I0609027

Johannes Trojan

Vom Einem zum Andern

Gesammelte Erzählungen

Johannes Trojan

Vom Einem zum Andern
Gesammelte Erzählungen

ISBN/EAN: 9783743627680

Hergestellt in Europa, USA, Kanada, Australien, Japan

Cover: Foto ©Andreas Hilbeck / pixelio.de

Weitere Bücher finden Sie auf **www.hansebooks.com**

Von Einem zum Andern.

Gesammelte Erzählungen

von

Johannes Trojan.

Berlin, 1893.

Verlag von Freund & Jeckel.

(Carl Freund.)

Das Recht der Uebersetzung wird vorbehalten.

Inhaltsverzeichniß.

Ein Kaufmann von alter Art.

Vor mir schwebt ein Bild, das ich erfassen und festhalten möchte. Es tritt vor mich hin seit vielen Jahren, im Wachen und im Traume, auf einsamer Wanderung durch die Heide oder im Gebirge wie im Gedränge der großen Stadt, wo man mitten unter Menschen auch so einsam hingehen kann wie durch Gras und Farnkraut. Oft schon dachte ich daran, es aufzuzeichnen, wenn ich aber ernsthaft daran ging, verließ mich der Muth, und ich gab es wieder auf. Zu meinem Kummer sah ich, wie viel mir dazu fehlte, ein auch nur einiger-maßen ausgeführtes Bildniß zu Stande zu bringen, und daß mein Vorrath nur hinreichte zu einer Skizze. Außerdem hielt eine gewisse Scheu mich zurück, wie der sie empfindet, der etwas lange im Busen Getragenes vor Fremden ausbreiten soll, und das geliebtesten Todten gegenüber, ach, so schmerz-liche Gefühl unabzahlbarer Schuld, das jene Scheu vermehrte. Wenn ich es jetzt doch unternehme, das Bild, wenn auch in leichten Strichen nur, aufzuzeichnen, so treibt mich dazu der immer nachdrücklicher mahnende Gedanke, daß es Zeit dazu sei, wenn es überhaupt geschehen solle. Nicht als ob ich das liebe Bild nicht länger noch frisch im Herzen bewahren könnte, aber ich sehe, wie mein Leben hingeht, wie kurz die Zwischenräume werden zwischen dem ersten und dem letzten Schnee, zwischen den ersten Blumen, die der Lenz streut und den letzten, die der Herbstfrost abbricht.

Das Bild, das ich zu zeichnen versuchen will, ist das meines Vaters. Ich sehe ihn, wie er im Vorstübchen seines Kontors am Fenster sitzt. Ueber den Beischlag kommt man durch die Hausthür, die den Tag über offen steht, in den gewaltig hohen Hausflur. Geradeaus geht es zum Kontor, dessen Fenster vom Hof her ihr Licht empfangen. Zur rechten Hand im Hausflur stehen ein paar große Schränke aus Nußbaumholz, auf den Schränken blaue holländische Vasen. Von diesem Hausflur sind auf der rechten Seite zwei Zimmer übereinander abgetrennt, das erwähnte Vorstübchen, das bis zur halben Höhe des einen der beiden großen Flurfenster reicht, und darüber die sogenannte Hangestube, die auch einfach „die Hangel" genannt wird. Man gelangt zu ihr durch die Treppe, welche im Hintergrunde des Hausflurs zu den Wohnräumen und zwar zunächst zu einer in halber Höhe des Flures angebrachten offenen Galerie führt. In dem Hause, von dem ich rede, führt die Hangestube nicht ganz mit Recht ihren Namen, denn sie hängt nicht wie anderwärts, wo das Vorstübchen fehlt, aber man nennt sie doch so. Und das hat sie mit den anderen gemeinsam, daß der Fußboden das Fenster schneidet, was auf einen Fremden, der zum ersten Mal ein solches Gemach betritt, einen eigenthümlichen Eindruck macht.

Das besagte Vorstübchen war eine Art Heiligthum, das keiner betreten durfte außer dem Chef des Hauses und benjenigen, die der Chef dorthin einlud. Mein Vater zog sich von seinem Platze im Kontor, wo er sonst an dem mächtigen Pult stand, in dieses Stübchen zurück, wenn er mit irgend jemand etwas Besonderes zu bereden hatte. Es kamen aber viele Leute zu ihm, um sich Hilfe oder Rath von ihm zu erholen, denn er war ebenso klug wie von Herzen gut. Ich habe es oft als Kind sagen hören, es ginge niemand von ihm, dem er nicht durch Rath oder That geholfen hätte.

Ich sehe ihn vor mir am Fenster des Vorstübchens in lebhaftem Gespräch mit einem, der ihm gegenübersitzt. Er sieht sehr ernst aus, es ist sicherlich eine schwierige Sache, die vorliegt. Auf einmal lächelt er, alle Fältchen um seine Augen gerathen in Bewegung und sein Gesicht strahlt von Freundlichkeit. Gewiß, er hat einen Ausweg gefunden, und es wird alles gut.

In der Zeit, aus welcher ich dieses Bild meines Vaters habe, war derselbe ungefähr sechzig Jahre alt. Es hätte ihn aber jeder wohl, der ihn sah, für jünger gehalten. Er hatte noch reichliches braunes Haar, das etwas gelockt und so weich war wie die feinste Seide. Uns Kindern war es eine Lust, es anzufühlen und zu streicheln, wenn wir das durften. Seine Augen waren von dem Blau, das nicht häufig im Menschenauge vorkommt, von dem des Bachvergißmeinnichts. Im übrigen zeigte sein Gesicht starke und kräftige Züge. Er war hoch gewachsen, ziemlich korpulent und hatte schön gebildete Hände. Wenn er auf der Börse vor dem Artushof bei den andern Kaufleuten stand, fiel er auf durch das Stattliche seiner Erscheinung.

Es lag aber, als er den behaglichen Sitz am Fenster des Vorstübchens einnahm, hinter ihm schon ein schicksalreiches Leben.

Mein Vater, Karl Gottfried in der Taufe genannt, ist
am 8. Februar 1795 im Dorfe Ohra bei Danzig, das im
Volksmunde „die Aur" heißt, geboren worden. Man könnte
Ohra beinahe zu den Vorstädten Danzigs rechnen, denn es
schließt sich mit seinen Häusern unmittelbar an die südliche
Vorstadt an. Die Lage des Ortes ist anmuthig in hohem
Grade. Er liegt auf der Grenze zwischen Höhe und Niede-
rung: auf der westlichen Seite ziehen sich, vom Höhenlande
herantretend, in langer Reihe reizende mit Wald geschmückte
Hügel hin, von den unten liegenden Ortschaften getrennt durch
den Kanal, welcher die neue Radaune heißt; auf östlicher
Seite geht der Blick nach der Mottlau und Weichsel zu in
die fruchtbare Niederung hinein, deren Ohra zunächst gelegener
Theil, das „Ohraer Niederfeld", als ein einziger ungeheurer
Obst= und Gemüsegarten erscheint. Ich habe das friedliche
Dorf häufig auf Spaziergängen mit meinem Vater besucht,
aber das Haus, in dem er geboren ist und seine Kinderzeit
verlebt hat, konnte er mir nicht zeigen, weil bei der Belagerung
Danzigs im August 1813 die Ortschaft von den Russen nieder=
gebrannt und vollständig zerstört worden ist. Mein Großvater,
Johann Gottfried Trojahn — so schrieb er sich — war ein
Handwerker, Maler und Wagenlackirer seines Zeichens, meine
Großmutter, Anna Katharina, eine Tochter des Eigengärtners
Trauschke in Ohra. Von meinem Großvater habe ich nur
erfahren, daß er ein harter Mann gewesen sei. Als er früh=
zeitig gestorben war, ernährte die Wittwe, eine stille, gute
und arbeitsame Frau, sich und ihr einziges Kind mit dem
Plätteisen. Mein Vater besuchte die Dorfschule in Ohra und
hat anderen Unterricht nie genossen. Er war aber noch sehr
jung, als er schon Fortschritte machte, die seinen Schulmeister

in Verlegenheit setzten. Dieser rief ihn eines Tages zu sich und sprach zu ihm so: „Hör' an, Karlchen, du kannst von mir nichts mehr lernen. Ich will dir nur sagen, daß du schon viel mehr weißt als ich. Aber weißt du was, du kannst mir helfen. Du sollst die kleinen Mädchen lehren — willst du das?" Mit Freuden ging mein Vater auf diesen Vorschlag ein, und, selbst noch ein Kind, übernahm er den Unterricht der weiblichen Dorfschuljugend von Ohra. Die Zustände waren damals noch so einfach und natürlich, daß es dazu einer obrigkeitlichen Genehmigung nicht bedurfte. Es genügte, daß er es verstand und konnte, und fest bin ich überzeugt davon, daß er seine Sache sehr gut gemacht hat. Ich stelle ihn mir vor nach den Bildern kleiner Jungen auf den Zeichnungen von Daniel Chodowiecki. Gewiß ist es, daß seine Mutter ihn immer nett und sauber gehalten hat, so arm sie war. Ich denke mir auch, daß er sich früh schon mit offenen Augen in der anmuthigen Landschaft umgesehen hat, in der er emporwuchs, denn alten Ursprungs schon mußte seine große Liebe zur Natur sein. Ich sehe ihn, wie er im Herbst ausgeschickt wird, um in den Hecken Fliederbeeren zu sammeln, aus denen dann seine Mutter für sich und ihn mit ein wenig Zuckerzusatz billige Suppen kochte. Er gedenkt in einem Liede mit Zärtlichkeit seiner Mutter. Gewiß hat diese ihn zur Rechtschaffenheit erzogen und früh schon in sein Herz eingepflanzt, was allein einen Menschen vornehm macht: ohne Bedenken zu thun, was anständig und recht ist.

Meines Vaters erste Jugend fiel in eine sehr stürmische Zeit. Zwei Jahre vor seiner Geburt hatte Danzig aufgehört, eine freie Stadt unter polnischer Oberherrlichkeit zu sein. Zwanzig Jahre hindurch war die Stadt auf wahrhaft raffi=

nirte Weise von preußischer Seite gequält und gepeinigt
worden, damit ihre Unabhängigkeit ihr verleidet werde. Als
sie dann im Jahre 1793 auf gewaltsamem Wege dem preußischen Staat einverleibt wurde, war das eine Erlösung aus
unerträglichen Zuständen. Ja, es war ein glückbringendes
Ereigniß. Denn soviel Anlaß die preußische Staatsraison zu
haben glaubte, Danzig, so lange es noch frei war, zu benach-
theiligen und zu drangsalen, soviel mußte der Regierung
daran gelegen sein, die Stadt, nachdem sie endlich gewonnen
war, zu begünstigen und in die Höhe zu bringen. Damit
wurde denn auch sofort vorgegangen. Sogleich nach geschehe-
ner Einverleibung fing der Handel Danzigs, der durch die
preußischen Zollmaßregeln zu Grunde gerichtet war, wieder
an aufzublühen, und der Wohlstand, der sehr gelitten hatte,
hob sich wieder. Das erkannten bald die Danziger Bürger
und mußten es zu schätzen, wenn auch lange Zeit noch alles,
was preußisch hieß, bei ihnen in keinem guten Geruch stand
und überaus abfällig beurtheilt wurde. Davon habe ich alte
Leute noch sprechen hören. Lieber Himmel, es war den Dan-
zigern nicht ganz zu verdenken, daß sie nicht sofort entzückt
und hin waren, nachdem der preußische Staat so lange Zeit
mit einem so außerordentlichen Aufwand von Unliebenswürdig-
keit um ihre Neigung geworben hatte.

Diesem neuen Aufblühen der alten Stadt machte die
Katastrophe von 1806 ein jähes Ende. Zu Anfang des
Jahres 1807 schon erschienen vor Danzig die ersten französischen Truppen. Vor den anrückenden Feinden floh, gleich
anderen Bewohnern der Vorstädte, auch meine Großmutter
mit ihrem Kinde in die Stadt hinein, Schutz suchend hinter
den Wällen derselben. Nicht lange darnach gingen die auf

der Höhe belegenen Vororte Danzigs in Flammen auf. Ein
so hartes Schicksal war diesmal dem Dorfe Ohra noch nicht
beschieden, sondern nur das Wasser wurde ihm auf den Hals
geschickt. Zu Zwecken besserer Vertheidigung der Stadt durch-
stach man den Damm des Mottlauflusses, dessen Wasser
darauf die ganze Niederung bis zu den Thoren der Stadt
überschwemmte. In großer Eile wurde die Festung, deren
Werke verfallen waren und der es an allem gebrach, was
zum Ertragen einer langen Belagerung nöthig war, in Ver-
theidigungszustand gesetzt. In dieser Zeit der Schmach zeigte
Danzig sich unverzagt. In der drangvollen Lage, in die sie
gerathen war, bewährte die Stadt ihren alten, in zahllosen
ehrenvollen Kämpfen erworbenen Ruf. Die Haltung der
Bürgerschaft war nicht weniger heldenmüthig als die der Besatzung. Nur durch den gänzlichen Mangel an Proviant und
Munition wurde Danzigs Vertheidiger, der tapfere Kalckreuth,
am 24. Mai zur Kapitulation gezwungen, die unter ehrenvollen Bedingungen ihm bewilligt wurde. Mit klingendem
Spiel zog die Besatzung ab, und die arme Stadt blieb wehr-
los zurück als Beute eines übermüthigen und unbarmherzigen
Siegers. Damit begannen für Danzig sieben Jahre unsäg-
lichen Leidens. Es erscheint als ein grausamer Scherz Napoleons, daß er die Stadt Danzig mit zwei Lieues im Umkreise zum Freistaat machte. Ein Staatswesen war es, das
nicht leben noch sterben konnte. Und obgleich die beste Er-
werbsquelle der Stadt, der Handel, durch die Kontinental-
sperre vernichtet war, folgte doch im Lauf dieser sieben Un-
glücksjahre unaufhörlich eine Gelderpressung der andern. Die
Stadt war zu vergleichen einer Fliege, die von einer Spinne
dermaßen ausgesogen wird, daß nur ein dünnes leeres Ge-

häuse noch zurückbleibt. Als zu Anfang des Jahres 1814 die Peiniger abzogen, war Danzig vollständig verarmt und dazu noch mit einer ungeheuern Schuldenlast behaftet.

Nicht lange nach der Kapitulation der Stadt begannen auch für meinen Vater sieben schwere Jahre. Er trat als Lehrling in das Naubertsche Leinwandgeschäft auf dem Kohlenmarkt in Danzig ein, unter der Vertragsbedingung, welche nach damaligem Brauch lautete: „Sieben Jahre auf Kleider." Das hieß so viel, als daß dem Lehrling für sieben Jahre, auf die er sich verpflichten mußte, außer freier Wohnung und Kost auch Kleidung gewährt wurde. Was wohl heutzutage junge Leute des Handlungswesens sagen würden, wenn ihnen zugemuthet würde, auf dergleichen Bedingungen in ein Geschäft zu treten! Aber damals war das so üblich, und man fand es ganz in der Ordnung. Die ganzen 7 Jahre hindurch bekamen die jungen Leute kein Geld, ausgenommen zu Weihnachten. Dann erhielt jeder von ihnen einen Gulden, damit konnte er auf den Weihnachtsmarkt gehen und sich kaufen, was er wollte, war aber verpflichtet, von diesem Gelde auch nicht einen Pfennig wieder nach Hause zurückzubringen. Der Weihnachtsmarkt aber war in Danzig sehr schön. Auf dem Langen Markt waren zahlreiche Buden aufgebaut, in denen unsäglich verlockende Dinge feilgeboten wurden, Thorner Pfefferkuchen z. B., die unter Spiegelglas bastanden. So bildschön sahen sie aus, so köstlich in ihrer geschmackvollen Mandelverzierung, daß man ernsthaft gar nicht an sie zu denken wagte. Aus dem Rathskeller schallte Musik, da saßen die wohlhabenden Bürger, tafelnd und bechernd, fröhlich und unbesorgt um den andern Morgen. Das, glaube ich fast, haben sie auch gethan in den furchtbaren Jahren von 1807 bis 1814 trotz der großen Geldnoth. Denn wahr ist es, ein leichtlebiges Volk ist bei uns oben an der See zu Hause, und so mit dem Groschen zu Rathe zu gehen, wie die Mär=ker es thun und die Schlesier — ganz von den Sachsen zu schweigen — ist uns nicht gegeben.

Da gingen nun die armen Handlungslehrlinge auf dem Weihnachtsmarkt umher, starrten die schönen Sachen an, wischten sich mit den Fausthandschuhen die geblendeten Augen, und von Bude zu Bude gehend wurden sie immer unsicherer darüber, was nun von den vielen Herrlichkeiten sie zuletzt sich erwählen sollten. Und nachdem sie lange geschwankt hatten, trugen sie endlich ein paar unnütze Sachen nach Hause, die ihnen gar keine Freude machten. Dazu gehört gewöhnlich ein Apfelmann, d. h. eine Figur, gebildet aus einer Anzahl auf Stöcke gespießter Aepfel, die auf einer Seite vergoldet waren. Auch hierdurch erwuchs wenig Befriedigung, weil der Geschmack der Aepfel durch das Aufspießen sehr ge=litten hatte.

II.

In schwerer Zeit und in ungünstigen Verhältnissen be=gann mein Vater seine kaufmännische Laufbahn. Welche Aus=sichten in die Zukunft eröffneten ihm die „sieben Jahre auf Kleider"? Keine glänzenden sicherlich! Und wie weit konnte er wohl kommen mit der Dorfschulbildung, die er in Ohra als Schüler und zuletzt als Lehrer der kleinen Mädchen er=worben hatte? Aber mein Vater gehörte zu der Art von Pflanzen, die unter ungünstigen Bedingungen sich empor=zubringen verstehen. Es geräth manchmal durch Zufall eine seltene Pflanze unter andere, in deren Gesellschaft

sie nicht hineingehört und auf einen Boden, der ungeeignet
für sie ist. Dann verkümmert die eine und geht aus, eine
andere aber behauptet sich. Sie hat in sich lebendige Kraft,
die sie nicht verkommen läßt. Sie holt Nahrung von unten
her, indem sie tief sich einwurzelt, sie holt sich Licht von
oben, indem sie hoch emporsteigt. Sie macht sich Platz
ringsum, weit sich ausbreitend. Daran dachte ich erst neulich
wieder bei der Nicandra, von der mein Freund und Gönner,
der Faktor in der Druckerei der „National-Zeitung", Herr
Rupertus, mir einen großen in Papier gehüllten Zweig über-
sandte mit der Frage: „Was ist das?" Er hatte aber selbst
schon die Pflanze ganz richtig bestimmt als Nicandra physo-
loides aus Amerika. Ein Korn war, wer weiß woher, in
sein Gärtchen in Steglitz geflogen und dort aufgegangen, und
weil er das ihm unbekannte Pflänzchen hatte stehen lassen,
um abzuwarten, was daraus werden wollte, so war daraus
ein großmächtiges fremdländisches Gewächs mit vielen seltsamen blauen Blumen geworden. Zu solcher Art lebens-
kräftiger Pflanzen gehörte auch mein Vater. Während er
seine sieben schweren Jahre in dem Geschäft auf dem Kohlenmarkt
abdiente, war sein ganzes Sinnen darauf gerichtet, durch
eigene Anstrengung es so weit zu bringen, daß er nach Ab-
lauf der siebenjährigen Dienstzeit befähigt sei, in ein Geschäft
höheren Ranges einzutreten. Und das gelang ihm. Zunächst
aber war seine Stellung sehr untergeordneter Art. Er hatte
nicht nur im Laden die Kunden zu bedienen, sondern wurde
auch von dem Prinzipal und der Prinzipalin zu allerhand
häuslichen Geschäften herangezogen, und wenn er einen Auftrag solcher Art nicht ganz zur Zufriedenheit seiner Herrin
ausführte, bekam er Worte so herben Tadels zu hören, daß

er dieselben auch in seinem sechzigsten Lebensjahre noch nicht vergessen hatte.

Die Raubert'sche Leinwandhandlung hatte ihre Haupt= kundschaft in dem polnischen Landvolk, das an den Markt= tagen nach Danzig kam, um seine Einkäufe zu machen, und für die in dem Geschäft Angestellten war die Kenntniß der polnischen Sprache unerläßlich. Ich weiß nicht, ob mein Vater schon etwas mit dem Polnischen bekannt war um die Zeit, da er als Lehrling nach Danzig kam. Andernfalls wird er sich rasch so viel davon angeeignet haben, als er nöthig hatte. Später war er der polnischen Sprache durchaus mächtig.

Außer dem Polnischen nahm er während seiner sieben Lehrlingsjahre noch eine ganze Anzahl andrer neuerer Sprachen auf eigene Hand in Angriff. Da das Geschäft ihm eigentliche Muße zum Lernen nicht übrig ließ, so mußte er auf listige Weise sich zu helfen suchen. Er schrieb eine Menge französi= scher und englischer Vokabeln auf kleine Zettel und befestigte diese Zettelchen überall im Laden. Während er dann umher= lief und die Kunden bediente, warf er seine Blicke bald auf diesen, bald auf jenen der kleinen Anschläge und prägte sich so im Laufe des Tages einen Vorrath fremder Worte mit ihrer Bedeutung ein, der sich mit jedem Tag vermehrte. Nicht lange nach Beendigung seiner Lehrlingszeit, im vierund= zwanzigsten Jahre, war er schon mehr oder weniger vertraut mit sechs oder sieben fremden Sprachen. In diesen Studien hat mein Vater niemals nachgelassen, und es gereichte ihm später zu großem Vortheil, daß er fast jeden fremden Mann, der zur See nach Danzig kam, in dessen eigener Sprache be= grüßen konnte.

Ich habe mir manchmal im Geiste die Räume ausgemalt,

in denen mein Vater damals hantirte. Natürlich waren sie
sehr beschränkt, der Laden, den ich mir nach hinten hinaus-
gelegen dachte, ziemlich enge, auch nicht besonders hell und
die Luft darin nicht die beste. An der Wand Repositorien,
deren Fächer mit weißem und buntgestreiftem Leinenzeuge voll-
gestopft sind. Vor der Tonbank die beschafpelzten Kunden und
die buntröckigen Kundinnen, lebhaft gestikulirend und so leicht
nicht zufrieden zu stellen. Das war das Reich des armen Lehr-
lings in den Jahren, als das Leben ihm aufgehen sollte, und
es ging ihm auf von innen heraus. Ich sehe meinen Vater,
wie er im Laden die Kundschaft bedient, so gut er es machen
kann. So oft er aber ein Stück Zeug herunterholen muß,
wirft er einen verstohlenen Blick auf einen der kleinen Zettel
mit den Vokabeln. Er schrieb eine deutliche Hand und hatte
scharfe Augen; das war ihm von Nutzen bei der Sache.

Mein Vater muß Gelegenheit gefunden haben, sich Bücher
zu leihen. Darauf deutet, abgesehen von seinen Sprachstudien,
auch anderes hin. Zum Theil mag er zu Büchern durch
einen Onkel gekommen sein, der in Danzig Weinmakler war,
einen Bruder seiner Mutter. Dieser nahm sich des armen
Knaben an, der bald völlig verwaist war, denn auch seine
Mutter starb kurze Zeit nach der Uebersiedlung in die Stadt.

Ich deutete schon an, daß mein Vater es bei dem Stu-
dium fremder Sprachen nicht bewenden ließ. Er war darauf
bedacht, auch auf dem Gebiet der schönen Literatur sich Kenntnisse zu erwerben. Da er sich nun Bücher nicht kaufen, sondern nur borgen konnte, beschloß er, sich aus den geborgten
Büchern eine kleine Bibliothek selbst zusammenzuschreiben und
führte diesen Vorsatz aus. In den Jahren 1810 bis 1815
hat er sich auf diese Weise zwei Sammlungen angelegt, von

benen die eine „Die zusammengeworfenen Papiere", die andere „Thalia und Melpomene" betitelt war. Beide umfaßten zahllose Bändchen. Dieselben sind hergestellt aus grobem Papier, das aber nach Jahrhunderten noch ebenso wohler= halten sein wird, wie es diesen Tag ist. Auch die Schrift ist in den achtzig Jahren nicht verblichen. Von den „Zusammen= geworfenen Papieren" habe ich achtzehn Bändchen gerettet. Jedes derselben ist geziert mit einem kolorirten Titelbilde, in dem ein ausländischer Volkstypus dargestellt ist, z. B. „Ein Chinese", „Eine Tänzerin auf Tahiti", „Ein Mädchen aus Tscherkast", „Ein Kamtschadale" u. s. w. Die Bilder sind alle offenbar nach Originalen eines und desselben illustrirten Werkes gemacht. Der Inhalt der achtzehn Bändchen ist sehr bunt. Es finden sich darin Schillers „Glocke" und „Kindes= mörderin", daneben Gedichte von Gleim, Pfeffel, Hageborn, Langbein, Kosegarten, Salis, Bürger und Schubart. Damit wechseln Auszüge aus Millers „Moralischen Schilberungen", aus Gellerts „Moralischen Vorlesungen", Albertis „Briefen von dem neuesten Zustande der Religion und der Wissen= schaften" und den „Blumen der Lebensphilosophie." Dann kommt ein Aufsatz „Ueber die Unreinlichkeit der Lappen", ein Bericht „Ueber den Fang eines Schwertfisches am Strande von Heubude bei Danzig." Zwischenein wieder eine Ab= handlung über das fünfzehnte Jahrhundert und kleine Er= zählungen aus „Raffs Naturgeschichte". Mehrere hübsche russische Volkslieder finden sich vor, und von deutschen Lie= bern manches aus der guten alten Zeit, wie Balthasar Anton Dunkers „Mein Herr Maler, will er wohl" und das einst= mals berühmte Gedicht von Joachim Lorenz Evers, in dem

auf die Frage: „Was ist der Mensch?" die nicht ganz un=
richtige Antwort ertheilt wird: „Halb Thier, halb Engel."
Zahllos sind, was für die damalige Zeit bezeichnend ist, die
Anekdoten aus dem unglücklichen Kriege Preußens gegen Na=
poleon.   An einzelnen Sachen findet sich einiges Interessante
vor, z. B. ein „Komisches Intelligenzblatt", ein „Zettelträger=
Lied beim italienischen und deutschen Theater zu Dresden",
in dessen Text die Titel aller damals beliebten Theaterstücke
hineinverflochten sind, und ein nach der Weise des „Landes=
vaters" gedichtetes Lied, welches die für den gelehrten Beruf
bestimmten jungen Danziger sangen, wenn sie Abschied von
ihrer Vaterstadt nahmen, um die Reise zur Universität an=
zutreten.   Den deutschen Sachen sind in den letzten Bändchen
der „Zusammengeworfenen Papiere" auch einige französische
zugesellt. Verschiedene Zeitungen und Zeitschriften seiner Zeit
hat mein Vater bei der Zusammenstellung der Bändchen vor
Augen gehabt; in keinem der Büchlein fehlen Räthsel, Charaden,
Anagramme und dergleichen mehr Belustigungen des Verstandes
und Witzes. Hie und da hat mein Vater in diese Samm=
lung verschämt etwas aus eigener Feder hineingestreut, ein
kleines Gedicht, einige Epigramme und Räthsel. Bei einem
Gedicht aus dem Jahr 1814 hat er die Bemerkung hinzuge=
fügt, daß es sein erstes Gedicht sei. Es ist eine Elegie „Auf
den veröbeten Birkenhain in Ohra". Als im Kriege der
Ort von den Russen zerstört wurde, sank auch unter den
Aexten der unholden Freunde ein Birkenwäldchen zusammen.
Mit Wehmuth denkt mein Vater des einst ihm so lieb ge=
wesenen Haines, in dem er an Freundesarm manche Erholungs=
stunde genossen hatte. Er sagt von ihm:

„Das mörbrische Beil verschonte dich nicht,
Geführt von liebloser Hand
Verkehrt' es dein heiliges Dunkel in Licht,
Wo oft Entzücken ich fand."

So viel von den „Zusammengeworfenen Papieren".
Von „Thalia und Melpomene", einer Sammlung von Schau=
spielen, wie schon der Titel besagt, besitze ich leider nur zwei
Bändchen, das achte und das zwölfte. Dieselben enthalten
Lessings „Juden" und außerdem „Romeo und Julie, ein
bürgerliches Trauerspiel in fünf Aufzügen von Weise".

Die vielen gelb und roth gebundenen Büchlein fand ich
als Kind schon in dem großen Bücherschrank, dessen viel=
fältiger Inhalt mir ohne jede Beschränkung zu Gebote stand,
und stubirte sie mit großem Eifer. Ich wurde durch sie ver=
anlaßt, eine ähnliche Sammlung anzulegen; da ich aber an
Büchern keinen Mangel hatte, so beschränkte ich mich auf
Sachen, die von mir selbst verfaßt waren. Deshalb gedieh
meine Sammlung nur bis zu wenigen Bändchen, und nur
eines von diesen, das in treue Freundeshand gefallen war,
ist mir erhalten geblieben. Dasselbe enthält ein Singspiel
„Edward und Klärchen", das unverkennbar nach Goethescher
Muster gearbeitet ist. In der Vorrede, die vom 1. Februar
1849 datirt ist, wird der damalige Direktor des Danziger
Stabttheaters, Genée, unseres Rudolf Genées Vater, ersucht,
die in dem Stückchen erhaltenen Gesänge schön komponiren
zu lassen und dasselbe alsbann ungesäumt zur Aufführung zu
bringen.

Von seinem Großvater, welcher Maler war, wenn auch
als Handwerker nur, hatte mein Vater frühe schon ein bischen
zeichnen und tuschen gelernt, auch das Werkzeugliche, das

dazu nöthig ist, in die Hände bekommen. Das zeigt sich in
den Titelbildern zu den „Zusammengeworfenen Papieren"
und auch sonst. Als 1812 in Danzig etwa 80 000 Mann
für den russischen Feldzug von Napoleon zusammengezogen
wurden, erregten diese fremden Kriegsvölker meines Vaters
Aufmerksamkeit in hohem Grade. Er machte sich daran, zeich=
nete Soldaten der einzelnen Regimenter und malte sie an
nach der Natur, so gut er konnte. Auf der Rückseite jedes
Einzelnen hat er das Regiment bezeichnet, zu dem derselbe
gehörte. Es war darunter Volk aus aller Welt, alte fran=
zösische Garde, Westphalen, Neapolitaner, Polen, Neger sogar.
Auf der Rückseite eines schwarzhäutigen Offiziers des 7. Nea=
politanischen Infanterie=Regiments hat mein Vater bemerkt:
„Unter diesem Regiment befanden sich viele Mohren, die
alle fertig Französisch sprachen." Alle diese Soldaten sind
auf grobem Papier ziemlich roh, ohne Zweifel aber genau
gezeichnet und getuscht. Was mir von ihnen übrig geblieben
ist, habe ich vor einigen Jahren durch Fritz Werner leihweise
einmal einem Pariser Maler überlassen, der sie zu Uniform=
studien für die Napoleonische Zeit benutzt hat.

Was mir von ihnen übrig geblieben ist, mußte ich leider
sagen. Uns Kindern wurden nämlich diese Soldaten an
Sonntagen zum Spielen überlassen, und dabei ist doch endlich,
so sehr uns auch Schonung ans Herz gelegt wurde, ein nicht
geringer Theil von ihnen verspielt worden und verloren ge=
gangen. Sie erlitten in milderem Maße das Schicksal, von
dem die große Armee auf ihrem Rückzuge aus Rußland er=
eilt wurde. Als ich selbst fleißig zu zeichnen und zu tuschen
anfing, waren mir die französischen Soldaten, die wir von
unserem Vater hatten, willkommene Vorbilder, und ich ver=

fertigte nach diesen Mustern ansehnliche Armeen zum Spiel für mich und meine jüngere Schwester. Besonders bei den Soldaten der alten Garde Napoleons gab ich mir große Mühe, denn diese betrachtete ich mit einer Art von Ehrfurcht. Wir brauchten aber auch für unsere Spiele Soldaten, die dem Tode geweiht waren. In den Schlachten, die wir lieferten, wurden viele Krieger mit der Scheere mitten durchgeschnitten. Auch dachten wir uns für solche, die sich feige benahmen, besonders empfindliche Todesstrafen aus: einige wurden verbrannt, andere ertränkt, andere lebendig begraben. Für diese Zwecke stellte ich zahlreiche Individuen her, die nur ganz obenhin gezeichnet und angetuscht waren. Denn um solche Schlachtopfer sich viele Mühe zu geben, erschien mir mit Recht als Zeitvergeudung.

Gegen Ende des Jahres 1812 gelangten nach Danzig die jammervollen Ueberbleibsel der großen Armee, und bald darauf begann für die vielgeprüfte Stadt eine Zeit, so schrecklich, wie nur je eine Stadt sie erlebt hat. In ihr lagen als feindselige Vertheidiger ein Jahr lang bis weit über die Leipziger Schlacht hinaus die Franzosen, welche keinen Grund hatten, die Bürger zu schonen; vor ihr die Russen als freundliche Angreifer und Befreier, aber auch nur von dem Bestreben erfüllt, möglichst viel Zerstörungen anzurichten. Was in diesem Jahre die unglückselige Stadt erlitt, erscheint unbeschreiblich furchtbar. Von dieser Zeit der schweren Noth hat mein Vater viel erzählt, aber wenn er davon erzählte, hörte man doch immer heraus, wie er damals jung, lebenslustig und heiteren Gemüthes war. So kann ich mir denken, wie er in Noth und Hunger sich und andere bei gutem Humor erhalten hat, bis dann endlich doch die erbarmungslosen

Peiniger sich genöthigt sahen, die halb zerstörte Festung den
Verbündeten zu übergeben.

Nur wenige sind noch am Leben, die es selbst erlebt
haben, daß über unser Vaterland der Krieg in seiner ganzen
Schrecklichkeit hinwegging, aber wir Aelteren haben noch aus
Lebender Munde davon berichten hören. Ich denke zurück an
meine Kindheit. Wie schauderten wir, wenn greuliche Geschichten aus der Belagerungszeit erzählt wurden. Und wenn
ich im Sommer auf den Anhöhen in der Umgebung der
Stadt Blumen suchte, dachte ich manchmal an die Kämpfe,
die um diese Höhen gewüthet hatten, und wie viele Todte
hier und da verscharrt lagen unter dem Rasen und dem blut-
rothen Mohn. Es war eine Stelle, die hieß „das russische
Grab". Ein einsamer Ort war es, aber ich ging gern dorthin, denn dort standen allerhand hübsche Blumen, und von
oben konnte man hinüberblicken nach der blauen See.

III.

Furchtbares Leiden war durch die zweite Belagerung,
die fast ein Jahr gedauert hatte, über die arme Stadt Danzig
ergangen. Mit großer Tapferkeit hatten die Franzosen unter
Rapp den Ort behauptet, auch nach der Leipziger Schlacht
noch, als er doch ein verlorener Posten war. Es war am
zweiten Januar 1814, als sie endlich abzogen. Dieses
Ausharren bis zum Aeußersten aber brachte auch das Elend
der Bürger auf den höchsten Grad; denn auf diese, in welchen
sie ihre heimlichen Feinde sahen, nahmen die Vertheidiger
der Stadt nicht die geringste Rücksicht, vielmehr war ihr Bestreben darauf gerichtet, so lange es ging, so viel wie möglich

aus ihnen herauszuquetschen. Die Bürger wurden bearbeitet wie Trauben, die unter die Presse kommen und so lange gedrückt werden, bis nur noch die trockenen Schalen und Kerne übrig sind. Dann werden auch diese noch einmal vorgenommen, und auch aus ihnen wird noch etwas herausgepreßt.

Man kann sich nur schwer noch eine Vorstellung von dem Greuel aller Art machen, den dieses Belagerungsjahr mit sich brachte. Von 18 000 Kranken der Besatzung starben im Lauf des Jahres 15 000 am Typhus. Die Todten verscharrte man vor der Stadt zwischen den Bergen, viele schob man unter das Eis, andere versteckte man hier und da, denn man wußte nicht mehr, wohin mit ihnen, zumal in den Wintermonaten, als harter Frost herrschte. Die mörderische Krankheit, welcher die Besatzung erlag, warf sich auch auf die Bürger und raffte auch von diesen Tausende dahin. Um nicht weniger als fünfundzwanzig Tausend ist die Einwohnerschaft Danzigs in den Jahren 1806—1814 zurückgegangen. Als die Stadt wieder unter das preußische Scepter zurückkehrte, befand sie sich in einem traurigen Zustande. Eine große Anzahl der Häuser und Speicher waren zerstört, die Vororte, die Landhäuser der Bürger lagen in Schutt und Asche. Weithin war die Umgebung ausgeplündert und verheert. Handel und Gewerbe waren zu Grunde gerichtet. Auf der Stadt lag eine Schuldenlast von über 37 Millionen Gulden. Nur langsam erholte sich meine Vaterstadt von diesen schweren Schlägen, noch viele Jahre nach den Befreiungskriegen herrschte dort, statt der früheren Wohlhabenheit, Armuth und Knappheit.

Für meinen Vater aber trat eine Besserung seiner Verhältnisse ein. Es mag 1816 oder 1817 gewesen sein, als

2*

er seine sieben Jahre abgedient und seine Lehrlingszeit beendet
hatte. Sein Abgangszeugniß wird nicht schlecht gewesen sein,
denn er erhielt alsbald eine Stellung im Geschäft des Ge=
treidefaktors August Lemke. Dies war für meinen Vater in=
sofern von besonderer Bedeutung, als er dadurch aus der
„Kramer=Sozietät" heraus in die Kreise der „Kaufmannschaft"
— wie damals nur der Großhandel genannt wurde — hinein=
gelangte. Welchen Nutzen ihm aber seine Kenntnisse brachten,
das geht daraus hervor, daß er nach zwei Jahren schon zum
ersten Kontoristen („head clerk", wie die Engländer sagen)
sich aufgeschwungen hatte. Als solcher bezog er ein Gehalt
von 600 Thalern. Ueber diese Zeit, während welcher mein
Vater dem Lemkeschen Geschäft angehörte — es mögen zwölf
Jahre oder mehr gewesen sein — liegt mir nichts Schriftliches
vor, als eine Reihe von Gedichten, von denen die meisten seinem
Prinzipal und dessen Gattin zu ihren Geburtstagen gewidmet
sind. Aus ihnen ist deutlich zu ersehen, wie sich im Laufe der
Jahre seine Stellung gegenüber seinem Chef veränderte. Durch
seine Klugheit und Liebenswürdigkeit gewinnt er sich diesen
mehr und mehr, aus einem Untergebenen wird er zum Freunde,
aus einem Gehilfen zum Vertrauten. In allen Gedichten,
deren Sprache mit der Zeit immer freier und sicherer wird,
rühmt er das gute Herz seines Prinzipals, dessen Wohlthätig=
keit gegenüber den Armen und Bedrängten.

Als im Anfang des Jahres 1814 die Stadt frei geworden
war, traten die jungen Männer dort zum Landsturm zusammen.
Als ich vor wenigen Jahren in Danzig war, erzählte mir eine
daselbst noch lebende hochbejahrte Cousine meines Vaters, daß sie
als ganz junges Mädchen ihn gesehen habe, wie er im langen
Mantel und mit einer Pike bewaffnet umherging und auf diese

Ausrüstung stolz war. Er kam aber nicht mehr dazu, gegen den Feind zu ziehen.

Das Erste, was er that, als er anfing, Geld zu verdienen und sich freier bewegen konnte, war die Gründung eines belletristischen Vereins unter seinen Berufsgenossen. Zu diesem wurde von ihm herbeigezogen, wer ihm dazu geeignet schien. Unter den Mitgliedern befand sich auch ein Jüngling, bei dem ich ein wenig verweilen will.

In dem für Danzig so unglückseligen Jahre 1813 war Johann Karl Gehrt, mein Großonkel, Vorsteher des städtischen Spendhauses, in welchem verwaiste Kinder aufgezogen wurden. Als im August des Jahres die Noth in der Stadt auf das Höchste gestiegen und für die hundertfünfzig Zöglinge des Spendhauses kein Brot mehr aufzutreiben war, übernahm es ihr Vorsteher, sie aus der Stadt hinauszuführen. Durch die französischen Posten kam er auch glücklich mit seiner Schar hindurch, als er aber an die russischen kam, erfuhr er zu seinem Schrecken, daß der Befehlshaber der Belagerungsarmee, der Herzog Alexander von Würtemberg, die strengste Ordre gegeben habe, niemand passiren zu lassen. Zurück konnten sie auch nicht, weil nun auch die französischen Posten sie nicht durchließen. Am 24. August war der Auszug aus Danzig geschehen, und vierzehn Tage irrte der arme Mann mit den Kindern in dem veröbeten Landgürtel zwischen den Vorposten umher. Da endlich gelang es den Fürbitten des russischen Generals Löwis, das Herz des Herzogs von Würtemberg zu erweichen, daß er die Unglücklichen, „so viele noch von ihnen übrig waren", durchzulassen befahl. Unterdessen aber war Gehrts Kraft durch Noth, Sorge und Gram gebrochen worden. Nachdem er seine Schutzbefohlenen in preutischen und pommerschen Orten, wo gutherzige Menschen sich ihrer annahmen, geborgen hatte, legte er sich hin und starb. Dieses Mannes Sohn, dem dasselbe Jahr auch die Mutter raubte, war Karl Eduard Gehrt, jener Jüngling, von dem ich sprach, der sieben Jahre jünger war als mein Vater. Mit diesem vereinten ihn Bande der Freundschaft zuerst, später auch der Verwandt=schaft. Wie mein Vater war auch er als Kaufmannslehrling für „sieben Jahr auf Kleider" verdungen worden. Auch er war beseelt von höherem Streben, auch er wußte hübsche Verse zu machen. Damit erregte er die Aufmerksamkeit der Leute, und als seine sieben Jahre um waren, boten Verwandte, die etwas übrig hatten, ihm an, ihn studiren zu lassen. Freudig ging er auf dies Anerbieten ein, kehrte als zwanzig-jähriger in die Quarta des Gymnasiums zurück und wurde schnell mit dieser und den übrigen Klassen fertig. In der Prima saß er als Bräutigam. Dann studirte er drei Jahre in Königsberg, und als er nach Beendigung des Studiums eine Pfarre in Pröbbernau auf der Danziger Nehrung erhielt und sich einen eigenen Herd gründete, war er immer noch in jungen Jahren.

Diesen forderte 1819, als er noch Handlungslehrling war, mein Vater auf, seinem neugegründeten belletristischen Verein beizutreten, und von dieser Zeit her stammte ihre Freundschaft.

Im belletristischen Verein wurden Vorträge gehalten über Literatur und Kunst, und wer selbst etwas leisten konnte auf dem Gebiet der Dichtkunst, gab das zum Besten. In einem hübschen Liede, das mein Vater am Schluß des Jahres 1820 in seinem belletristischen Verein vortrug, richtete er an seine Genossen aus dem Handelsstande die Worte:

„Dieſer Kreis, in dem Minerva thronet,
Dieſer Kreis, in dem Apollo wohnet,
    Den der Muſen Huld beglückt,
Möge er ein dauernd Denkmal bleiben,
Daß Merkur der edlern Blüthen Treiben
    Nicht in Gebana erſtickt.“

Dazu ſei bemerkt, daß Gebana oder Gebanum der alte lateiniſche Name Danzigs iſt.

Mein Vater fand bald noch andere Kreiſe, in denen er ſein poetiſches Talent verwerthen konnte: die Liedertafel und die Reſſource „Concordia“, deren Mitglied er wurde, gaben ihm manche Gelegenheit dazu. Außerdem aber hatte er einen engen Freundeskreis, in welchem die Literatur der Haupt= gegenſtand der Unterhaltung war. Man kam zuſammen in der Wohnung des einen oder des andern, und während man ſich unterhielt und geleſen wurde, rauchte man lange Pfeifen. Ge= trunken wurde dazu, wenn man etwas zu trinken hatte. Vielleicht hatte man damals mehr Vergnügen bei ſolchen Zuſammen= künften, als heutzutage das Skatſpiel bereiten kann, das an die Stelle derartiger altmodiſcher Beluſtigungen getreten iſt. Ich bin im Beſitz mehrerer Gedichte meines Vaters, die in dieſem vertrauteſten Freundeskreiſe vorgetragen ſind. In allen liegt eine gewiſſe Schwärmerei und Schwermuth, kaum eines ſchließt ohne den Hinweis auf eine beſſere Welt jenſeits der bethränten Hügel. In einer ſeiner „Epiſteln“ an die Freunde ſchildert mein Vater, was das Ziel ſeiner Wünſche ſei. Es iſt natür= lich nichts weiter, als mit einem lieben Weibchen ein Hüttchen zu haben, das, fern vom Prunk ſtolzer Zinnen, an einem grünen Hügel im ſtillen Thal ſein freundliches Dach erhebt. Dieſer Wunſch wurde ihm auch erfüllt, obſchon nicht ganz in der durch ſein Lied angegebenen Form.

Es gehörte aber diesem engen Freundeskreise auch einer an, der nicht nur Verse machte, sondern auch malte, ohne Unterricht genossen zu haben, auf eigene Hand. Weil seine Bilder unerwarteten Beifall fanden, kam er zu dem Entschluß, die Künstlerlaufbahn zu betreten. Er ging nach Dresden, wo er von befreundeten Menschen Unterstützung zu finden erwarten konnte, um sich dort als Künstler auszubilden. Mit Sorge sahen seine Freunde, zumal mein Vater, ihn scheiden. Er war ein Mensch von lebhafter Phantasie, der leicht von dieser oder jener Idee sich hinreißen ließ, während mein Vater bei tiefem Empfinden doch die Seelenruhe bewahrte, die ich als bestes Erbtheil von ihm empfangen zu haben glaube.

Als mein Vater für diesen Freund das zum Vortrage im engsten Kreise bestimmte Abschiedsgedicht machte, überkam doch seine neidlose Seele etwas, das — nein, Neid war es nicht, aber ein wenig Grollen mit dem eigenen Schicksal, daß es ihn „mit schweren Ketten an eine Bahn angeschmiedet habe, der nimmer wohl sich Rosendüfte nahn", während der Freund in die Freiheit zöge. Es klingt rührend, wenn er von dem spricht, was ihm einst die Jugend rosig umsäumte, er, der seine Jugend unter den kümmerlichsten Verhältnissen verlebt hatte. Und doch hatte er Recht damit. Als dann aber nach nicht langer Zeit der Freund mit gebrochenen Hoffnungen aus Dresden zurückkehrte, war mein Vater unermüdlich darin, ihm Trost und Ermuthigung zuzusprechen.

IV.

Meines Vaters Jünglingsjahre fielen in die Zeit, als die Poesie der Freundschaft noch nicht ganz abgeblüht war.

Die Saiten, die gerührt worden waren in den Tagen der Freundschaftstempel und der bekränzten Urnen, klangen noch nach. In dem Bannkreise dieser Dichtungsart, welche die Schwärmerei für das Ideale, verbunden mit einer sanften Schwermuth, kennzeichnet, lebte auch mein Vater, als er zum Mann ward. Dabei war er heiterer Gemüthsart und für alles Erfreuende, was das Leben bringt, empfänglich. Man darf nie vergessen, daß die Dichter älterer Zeit, die so leicht in Wehmuth zerschmolzen, im gemeinen Leben oft die frischesten und lustigsten Gesellen waren.

Aus dem engeren Freundeskreise, in dem mein Vater lebte, bildete sich ein engster heraus, „das Kleeblatt" genannt, weil nur ihrer drei dazu gehörten. Der Bund wurde in feierlicher Form gestiftet, indem die drei Freunde einander einen Eid schworen, bis zum Tode und über den Tod hinaus einander treu zu bleiben, auch im jenseitigen Leben einander zu begegnen wie auf Erden. Als dieses Kleeblatt nach wenigen Jahren ein Blättchen verlor, wurden statt dessen zwei neue hinzugefügt und dem Ganzen der Name „Vierkleewer", wie im Plattdeutsch meiner Heimath das vierblättrige Kleeblatt heißt, gegeben. Das Stiftungsfest des „Vierkleewers" fand statt am 30. September 1823. Zu dem Vierblatt gehörten außer meinem Vater und dessen einstigem Berufsgenossen Gehrt, der darauf Theologie studirte und Prediger wurde, zwei Kaufleute Namens Blech und Kaufmann. Für Blech, der ins Ausland ging und nicht wiederkehrte, wurde später ein Stellvertreter in dem Kaufmann Bulcke ernannt. Die Mitglieder des „Vierkleewers" hatten unter einander ausgemacht, daß sie alljährlich, wenn es ihnen irgend möglich wäre, am 30. September an einem bestimmten Ort zusammenkommen wollten. Der dann etwa

Fehlenden sollte von den anwesenden Freunden gedacht werden. Die ungedruckten und ungeschriebenen Statuten des Bundes stimmten vollkommen überein mit denjenigen des alten „Klee= blattes“, das dem „Vierkleewer“ vorangegangen war. Alles war begründet auf Einem: auf durch nichts in der Welt irrbarer Treue. Als Ort der jährlichen Zusammenkunft war bestimmt ein bewaldeter Berg bei Pulvermühl in der Gegend von Oliva.

Unter all den reizenden Sitzen, welche die mit klugen Augen um sich schauenden Cisterzienser sich ausgewählt haben, ist einer der reizendsten Oliva, das Kloster zum Oelberg. Der Reiz der Lage beruht in der Art, wie es sich an die bewaldeten Hügel lehnt, von denen man auf die nahe See blickt. Zwischen den Hügeln aber ziehen sich liebliche Thäler hin. Um die Jugendzeit meines Vaters residirte dort noch der letzte Abt, ein Fürst Joseph von Hohenzollern=Hechingen in dem Schloß, das um die Mitte des vorigen Jahrhunderts einer seiner Vor= gänger neben dem Kloster gebaut und mit einem prachtvollen Garten umgeben hatte. Als ich Kind war, gab es keinen Abt von Oliva mehr; das Schloß war, wie noch jetzt, Eigen= thum des Königs, und der Garten, dessen Pflege in tüchtiger Hand lag, hieß der königliche Garten. Ich sollte dort die Gärtnerei lernen, so war meines Vaters Wunsch, dem ich nicht nachkam.

In der Erinnerung meiner Kinderzeit spielt Oliva eine große Rolle. Aber weniger die landschaftlichen Schönheiten des Ortes zogen mich an als die Merkwürdigkeiten des Schloßgartens: der künstliche Wasserfall, die Schallgrotten und ein Meisterstück altmodischer Gartenkunst, das auf Täuschung der Augen berechnet ist. Zwischen hohen ge=

schorenen Lindenhecken führt ein breiter Gang anscheinend unmittelbar auf die See zu, deren Strand doch eine halbe Stunde entfernt ist. Das wirkt außerordentlich überraschend. Im Uebrigen aber ging mir die landschaftliche Schönheit des Ortes, den ich unzählige Male besucht hatte, erst später in der Erinnerung auf und wirkte dann, als ich vor nicht langer Zeit dieses Stück meiner Heimath, das ich in zwanzig Jahren nicht gesehen hatte, wiedersah, mit bezwingender Macht auf mich. Es war aber um die Jahreszeit, in welcher der Schmelz des jungen Grüns dieser Landschaft einen Reiz verleiht, mit dem sich im vielbewunderten Süden nichts vergleichen läßt.

Unmittelbar hinter der Klosterkirche erhebt sich ein bewaldeter Hügel, der nach dem Fürsten Karl von Hohenzollern, dem Vorgänger Josephs in der Abtschaft, der Karlsberg genannt ist. Von den Höhen desselben blickt man hernieder auf das in Grün gebettete Kloster, auf die Häuser und Häuschen des Marktfleckens Oliva mit ihren Gärten, darüber hinaus über Wald und Heide auf die blaue See, die von der Halbinsel Hela begrenzt ist. Nach Westen zu aber hat man den Einblick in ein entzückendes Thal. Zwischen schimmernden Wiesen hindurch geht ein Bach, der Mühlräder und Hämmer in Bewegung setzt. Das Pochen der Eisenhämmer schallt hinauf zu den Höhen der Waldberge, die das Thal begrenzen. Dorthin kam das alte Eisen, von dem so viel an unserm Hause in der Vorstadt Langefuhr vorbeigefahren wurde; von dorther kamen die Wagen, beladen mit Eisenstangen, die beim Fahren an einander schlagend das furchtbare Getöse machten, das mir noch heut in den Ohren klingt. Das Thal aber sah unbeschreiblich friedlich aus trotz der Eisenhämmer. Von den Bergen nun, die es einrahmten, war einer, nahe

bei dem Anbau Pulvermühl gelegen, derjenige, auf dem der
Vierkleeverbund allherbstlich seine Zusammenkunft abhielt. Ich
habe eine Zeichnung aus dem Jahr 1836, die von einem der
vier Bundesbrüder herrührt und sie darstellt, wie sie oben
auf dem Berge um einen plumpen Tisch aus rohem Holze
versammelt stehen, singend und mit einander anstoßend. Sie
haben Mäntel an mit großen Kragen und vielen Knöpfen
und Litzen, auf dem Kopf haben zwei von ihnen sonderbare
Schirmmützen, die andern beiden ebenso merkwürdige hohe
Hüte. Auf der Mitte des Tisches steht eine Laterne, um
dieselbe herum dickbäuchige Flaschen — es scheinen Cham-
pagnerflaschen zu sein. Ein Tabaksbeutel und ein paar auf-
geschlagene Bücher liegen dazwischen. Sie singen. Es waren
immer dieselben Lieder, die sie bei diesen Zusammenkünften
sangen, doch eins nur davon ist mir bekannt. Es ist eines,
das trotz seines altmodischen Tones sich immer noch in unsern
Liederbüchern, sogar in den Kommersbüchern der Studenten
erhalten hat, Zschockes nach einer „Volksweise" gesungenes
Lied, das mit den Worten anfängt:

> „Im Kreise froher kluger Zecher
> Wird jeder Wein zum Göttertrank."

Nie habe ich als Student dieses Lied mitgesungen, ohne
dabei der Heimath und des Vierkleewers zu denken. Außer
den fest bestimmten Liedern sangen aber die Bundesbrüder
auf ihrem Berge gewöhnlich noch eins, das von einem aus
ihrer Mitte besonders für die Gedächtnißfeier gedichtet war.
Solcher Lieder besitze ich eine Anzahl.

In den fünfziger Jahren begegnete dem Vierkleewer
etwas, das große Betrübniß bei ihm erregte: die Freunde

fanden den Wald, unter dessen grünem Zweigdach sie bis dahin sich versammelt hatten, zu Boden geschlagen. Die mitleidlose Axt, die in unserer ohnehin ziemlich waldarmen Provinz so vieles Land schon, das in lieblichstem Reiz prangte, wüst gelegt, verschonte auch dieses Heiligthum der Freundschaft nicht. Wie obdachlos kamen die vier Männer sich vor, als sie auf den kahlen Berg steigen und oben zwischen den Baumstümpfen ihr Fest feiern mußten. Dazu waren sie ja auch alt geworden und mehr als früher des Schutzes bedürftig, den der Wald gewährt. Manchmal war ja doch am 30. September das Wetter nicht das beste, wenn auch sonst auf den Herbst bei uns ziemlich Verlaß ist. Ich erinnere mich der Klagen, die über die Abholzung des Waldes erschollen, und mir selbst erschien sie als eine große Unthat, einerseits weil der schöne Wald nun vernichtet war, andererseits weil man damit dem Vierkleewerbund, dem er eigentlich doch gehörte, seinen Tempel und sein Heiligthum zerstört hatte. Denn in meinen Augen war dieses Fest von einem geheimnißvollen Zauber umgeben. Von unserm Landhause in Langefuhr aus wurde die Fahrt nach Oliva unternommen, bei uns wurde der Korb gepackt mit den gebratenen Rebhühnchen und den verschiedenen Flaschen edlen Weines, mit den schönen Gläsern und anderm mehr. Diesen Vorbereitungen folgte ich mit Andacht ohne Begehrlichkeit, nur mit großer Sorge wegen des Wetters, wenn es nicht ganz sicher schien.

Mehr als fünfzig Mal haben die Bundesbrüder, zuletzt freilich nur in verringerter Zahl, ihr Fest auf dem Berge bei Pulvermühl gefeiert. Manchmal fehlte einer von ihnen, dann wurde für ihn ein Stellvertreter aufgeboten, bis es zuletzt auch an Stellvertretern fehlte. Das fünfzigjährige Stiftungsfest feierten am 30. September 1873 noch zwei von ihnen, Karl Gehrt und Eduard Kaufmann. Mein Vater lag damals schon elf Jahre unter der Erde. Von da ab habe ich keine Nachrichten mehr. Ein paar Mal mögen die beiden Letzten noch auf dem Berge das Erinnerungsfest gefeiert haben. Eigen zu Muth muß es ihnen gewesen sein, wenn sie da standen auf dem abgeholzten Berge, ihre Lieder sangen und der alten Zeit und der Todten gedachten. Ob einer von ihnen einmal noch ganz allein dort oben gewesen ist, weiß ich nicht. Der eine starb 1878, und der andere zwei Jahre darauf. Damit hatte der Vierkleewerbund ein Ende. Auf dem Berge war alles still.

Eine Erinnerung an den Bund hat sich aber in der Gegend erhalten. Die alljährlich wiederkehrende Feier und daß es ihrer vier waren, die dort zusammen kamen und sangen, fiel den Leuten auf; sie nannten den Berg danach „Vierkleewerberg". Dieser Name besteht noch heute, er ist auch in den Schilderungen der Landschaft und auf den Spezialkarten zu finden.

V.

Wohl für jeden jungen Mann kommt eine Zeit, da er düster ins Leben hineinblickt oder vermeint, das Leben sähe ihn mit unfreundlichen Augen an. Das ist die Zeit, da die erste Jugend vergangen ist mit ihrer holden Einfalt, mit ihren angenehmen Träumen und Schwärmereien, und alles auf einmal einen prosaischen Anstrich gewonnen hat. Die Welt sieht plötzlich merkwürdig abgeblüht und verarmt aus, als könnte gar nichts Gutes mehr kommen. So denkt der junge Gelehrte, wenn die Studentenzeit vorbei ist mit den goldenen Tagen der Freiheit und er ins Philisterium wandern muß. Aehnliches empfindet der junge Kaufmann. Ist das nun das Leben, so fragt er sich, daß man Tag für Tag am Pult vor dem Buche sitzt, Zahlen einträgt, Geschäftsbriefe schreibt, an die Börse geht und sich um die Course bekümmert oder mit Leuten in fettigen Röcken über Lieferungen verhandelt? Ist der Weizenpreis wirklich dasjenige, um das alles im Leben sich dreht? Und so viel Mühsal um so geringen Lohn, so wenig Aussicht, daß es besser wird!

So denkt der junge Mann und hat von seinem Standpunkt aus Recht. Er kann nicht sehen, was ihm die Zukunft noch bringen wird. So liegt für uns hinter hohen Bergen der Süden, und wer die Berge nicht überstiegen hat, kann sich von dem, was dort zu sehen ist, keine Vorstellung machen, mag er auch noch so viel schön davon gehört und gelesen haben. Der junge Mann glaubt eben nicht, daß hinter den Bergen noch etwas sei. Da begiebt sich etwas, das mit einem Schlage die ganze Lage verändert und dem Leben einen nie geahnten Inhalt verleiht. Ich stelle mir einen jungen Buchhalter vor mit den Zügen meines Vaters, wie er im Kontor hinter dem Pult sitzt. Auf dem weißen, mit dem schönen Wasserzeichen gezierten Papier, das vor ihm liegt, sieht er eines Tages ein allerliebstes Gesichtchen von Locken umrahmt, umgeben von einem Blumenkranz. Und wo sind sie, die trocknen Zahlen? Da kommen sie schon fünf von rechts, fünf von links und führen ein niedliches Tänzchen auf. Indem der junge Buchhalter auf diesem Bildchen seine Augen haften läßt, hört unwillkürlich seine Feder auf zu schwirren, und das erregt die Aufmerksamkeit der anderen im Kontor. Noch mehr macht sie irre an ihm. Er sitzt manchmal, die Feder still in der Hand haltend, da und blickt verklärt um sich. Und doch sieht er nichts mehr als die halbblinden Scheiben des großen nach dem Hof hinausgehenden Fensters, als die Spinnweben an der Decke, und an den Wänden die mit Geschäftspapieren gefüllten Kisten, auf denen schön und deutlich die Jahreszahl aufgemalt ist. Sieht er aber gerade vor sich über den First des Pults hinüber, so begegnen seine Blicke denjenigen seines Prinzipals, in denen unzweifelhaft der Ausdruck der Befremdung liegt. Dies zu sehen, macht ihm großes Vergnügen, und er lacht lautlos in sich hinein, während er sich zugleich wieder in das Geschäft vertieft. Nach einiger Zeit erkundigt er sich in theilnahmvollster Weise nach den Londoner Coursen, welche die neueste Estafette überbracht hat. Welch ein Heuchler! Wenn in demselben Augenblick die Nachricht einträfe, daß England mit Mann und Maus untergegangen sei, ich glaube, er würde im Grunde seines Herzens nur ein mäßiges Bedauern empfinden.

Sein Benehmen wird immer sonderbarer. Zwischen den Geschäftsbriefen schreibt er kleine Briefchen, in denen, wie ein Pultnachbar erspäht hat, das Wort „himmlisch" vorkommt. Den Ausdruck „himmlisch" aber gebraucht man nie in Geschäftsbriefen, weder von Menschen noch von Gegenständen. Für wen also waren diese Briefchen bestimmt? Auffallend ist auch, daß er verschiedene Male in größeren Mengen Veilchen gekauft hat, mit denen sich doch ihrer geringen Haltbarkeit wegen nicht spekuliren läßt.

All dergleichen kommt dem Prinzipal zu Ohren, der sich allmälich über seinen Buchhalter zu wundern anfängt, bis ihm plötzlich eine Erinnerung aus seiner eigenen Jugendzeit einfällt und er sofort die Diagnose stellt: der junge Mann ist verliebt.

Als mein Vater in schwermüthigen Versen es aussprach, daß wohl nie Rosendüfte seiner Bahn sich nahen würden, hatte er seine Rechnung ohne den Faktor gemacht, von dem im Vorhergehenden die Rede gewesen ist. Denn auf einmal sieht er sich überschüttet mit Rosen und zwar mitten im harten Winter, zu Anfang des Jahres 1823. Meinen Vater, dessen Augen und Herz den Schönheiten der Natur geöffnet waren, zog vor allem das liebliche Oliva an. Dort erging er sich gern nach seinen Geschäften, obgleich es damals noch nicht so leicht war, von Danzig nach Oliva zu kommen wie heutzutage, wo die Eisenbahn dort eine Station hat. Auch die „Journalieren", die in meiner Jugendzeit von Danzig nach Zoppot über Oliva fuhren, gab es damals noch nicht. Er mußte, wenn er nicht zufällig eine Fahrgelegenheit antraf, die zwei Wegstunden zu Fuße zurücklegen. Doch war er oft da, allein und mit Freunden, im Sommer und im Winter. Oft blieb er die Nacht dort und herbergte bei der Müllerin, denn die Olivaer Mühle war damals im Besitz einer Frau. In diese Gegend legte das Schicksal ihm ein Idyll, das er nicht las oder dichtete, sondern durchlebte. In Oliva lebte in stiller Zurückgezogenheit seit ihres Mannes Tode eine Frau Kloß aus angesehener Danziger Familie mit zwei Kindern, einer Tochter und einem Sohn. Die Tochter war achtzehn Jahre alt, als mein Vater in diese Familie eingeführt wurde. Das Befreunden ging schnell von statten. In diesem traulichen Familienkreise las er seine Gedichte vor, dann hörte das Mägdlein ihm zu, mit Verständniß zuerst, dann mit noch etwas mehr. Aber auch in ihm geht etwas Besonderes vor sich, das sich in dem veränderten Charakter seiner Poesien zu erkennen giebt. Sie gelten nicht mehr wie früher der ganzen Menschheit, sondern

wenden sich an eine bestimmte Persönlichkeit, und ganz be=
stimmte Hoffnungen und Wünsche geben sich kund in ihnen.
Dieses ist am Ende der Bildungsgang, den jeder versmachende
Mensch einschlägt und einzuschlagen sich genöthigt sieht, wenn
er nicht ganz von Gott verlassen ist. Das war aber mein
Vater nicht, darum ging auch er diesen Weg.

In meinen Händen ist eine Anzahl von Gedichten meines
Vaters, die er an seine Geliebte gerichtet hat. Eines ist über=
schrieben: „D. 14. December 1822. Mitternachts." Davon
lautet die dritte Strophe:

> „O wüßtest du, wie ich für dich nur lebe,
> Wie überall dein theures Bild mir lacht,
> Wie ich den Blick jetzt zu den Sternen hebe
> Und dein nur denke in der stillen Nacht,
> Wie ich so ganz, so einzig darnach strebe,
> Dich mein zu nennen, trotz des Schicksals Macht!
> O könnt' ich dir, du reine Seele, sagen,
> Daß dir nur gilt des warmen Herzens Schlagen."

Ein anderes Gedicht trägt die Ueberschrift: „D. 22. Februar
1823. Mitternachts. (Bei der Müllerin gedichtet.)" Es beginnt
mit diesen Versen:

> „Sei mir gegrüßt in stiller Geisterstunde,
> Mein holdes Mädchen, sei mir hoch gegrüßt!
> Dein süßer Kuß glüht noch auf meinem Munde,
> Ich fühl' es noch, wie mich zum reinen Bunde
> Dein trauter Arm so liebevoll umschließt.
> Denkst du noch mein? Umgaukelt dich im Traume
> Vielleicht mein Bild mit leisem Geisterwehn?
> Führt Phantasie in goldner Zukunft Raume
> Dich jetzt vielleicht auf grün bekränzte Höhn?

Aus den Versen wurden bald Betheuerungen und Erklä=
rungen in Prosa, und im Jahre 1823 führte mein Vater

fein Mädchen heim. Er hatte damals als erster Buchhalter
im Lemkeschen Geschäft 600 Thaler Jahresgehalt. Das habe
ich aus seinem Munde gehört und mir wohl gemerkt. Danach stand es für mich fest, daß man mit 600 Thalern Jahres-
einkommen heirathen könnte, und als ich selbst 600 Thaler
als festes Gehalt hatte, habe auch ich geheirathet. War ich
doch auch schon ein Jahr älter als mein Vater, da er heirathete,
und seit zwei Jahren schon heimlich versprochen. Freilich
dachte ich nicht daran — wer kann an alles denken! — daß
600 Thaler im Jahre 1823 in Danzig doch ein Theil mehr
waren als dieselbe Summe 1866 in Berlin. Trotzdem ist
es auch mir gut gegangen.

Eins aber konnte ich meinem Vater nicht nachmachen.
Zur Begründung eines Hausstandes gehörte damals in Danzig
als selbstverständlich ein eigenes Haus. So ist es ja auch
das Richtige, sich ein Nest zu bauen, in das niemand hinein-
sehen kann. Aber wie soll man sich das in Berlin erwerben,
wo die Bewohner, die Wohlhabenden sogar, bis auf wenige
Glückliche, zufrieden sein müssen, in Kasernen untergebracht
zu sein? Meinem Vater war es damals nicht schwer, zu einem
eigenen Hause zu kommen, denn die alten Häuser Danzigs
sind klein und standen zu Anfang der zwanziger Jahre nicht
hoch im Preise. Wenn ich erwäge, was noch zwanzig Jahre
darauf gutgelegene Häuser in Danzig galten, so komme ich
zu dem Schluß, daß meinem Vater sein erstes Haus wohl
kaum mehr als 4000 Thaler gekostet haben mag. Auch so
würden seine Mittel zum Ankauf des Hauses nicht im ent-
ferntesten hingereicht haben, aber sein Onkel, der Weinmakler
Trauschke, trat ein für ihn und schloß für ihn das Geschäft
ab. Es war das Haus Johannisgasse Nr. 1331 — die

3*

Hausnummern wurden damals durch die ganze Stadt durch=
gezählt — ein schmales Haus, mit steilen Treppen und kleinen
Gemächern, aber sein Eigen doch, ihm allein gehörend vom
Keller an bis zum Giebel, ein Heim, das ihn und sein junges
Glück umschloß.

Er genoß dieses Glück, aber nur kurze Zeit. Nachdem
sie ihm drei Kinder geboren hatte, starb seine Frau im Sommer
1831. Sie erlag der furchtbaren Krankheit, die damals zum
ersten Mal Europa heimsuchte, der Cholera. Es war nicht
die schlimmste der Cholera=Epidemien, die Danzig zu erdulden
gehabt hat, aber es war die erste. Um sie woben sich die
Schrecken des Unbekannten, die noch vermehrt wurden durch
Anordnungen von Seiten der Behörden, wie sie später als
unnütz und schädlich erkannt worden sind. Dazu gehörte die
Absperrung des infizirten Gebietes durch einen Militärkordon,
wodurch nur Verkehr und Handel auf eine unerträgliche Weise
erschwert wurde. Auch innerhalb der Bürgerschaft wurden
Maßregeln getroffen, die aus der Zeit der Pestläufte stammten
und nur dazu beitrugen, die allgemeine Beunruhigung zu
vermehren. Zu dem, was dem Ganzen ein so erschreckendes
Ansehen gab, gehört es auch, daß polizeilicher Bestimmung
gemäß die Leichen der an der Cholera Verstorbenen nicht auf
den städtischen Friedhöfen beerdigt werden durften. Für sie
wurde ein eigener Kirchhof, der „Cholerakirchhof" angelegt,
der ein gut Stück von der Stadt entfernt im Osten derselben
lag, in einer öden Gegend: der Stolzenberg hieß sie und
heißt sie noch.

Es ist ein unheimlicher Fleck. Stolzenberg war vor
Zeiten ein blühender Vorort Danzigs. Als Friedrich der
Große Danzig drangsalte, um es zu gewinnen, that er vor=

übergehend Stolzenberg, das auf preußischem Gebiet lag,
alles zu Liebe, was er nur konnte. Er erhob den Ort zur
Stadt und baute ihm ein Rathhaus: 4—5000 Einwohner mag
Stolzenberg damals besessen haben. Aber dieses Ortes Glück
dauerte nicht lange; als Danzig preußisch geworden war,
nahm seine Selbständigkeit ein Ende. Dann litt Stolzen=
berg sehr bei der ersten Belagerung, und bei der zweiten
wurde es vernichtet. Das erheischte das Interesse der Be=
lagerten. Eines Tages wurde den Bewohnern von Stolzen=
berg angesagt, daß sie mit ihrer Habe den Ort zu verlassen
hätten, und nachdem sie unter Jammern und Wehklagen das
gethan hatten, wurden hinter ihnen die Häuser angezündet.
So gründlich wurde das Städtchen zerstört, daß auch nicht
ein Stein auf dem andern blieb. Unter denen, die damals
ihr Heim verlassen mußten, befanden sich auch die Großeltern
meines Landsmanns und Freundes, des Dr. Emil Jacobsen.
Als der Friede geschlossen war, fanden sie da, wo sie gewohnt
hatten, ein ödes Feld. Weder ihnen noch irgend einem der
andern, die von dort vertrieben wurden, ist später ein Pfennig
Entschädigung zu Theil geworden.

Auf dem Stolzenberg bin ich mit meinem Vater oft ge=
wesen, und auch den verwilderten Cholera=Kirchhof haben wir
uns manchmal angesehen. Ich dachte auf solchen Spazier=
gängen gar nicht darüber nach, was wohl in meines Vaters
Seele vorgehen möchte, sondern pflückte mir Blumen, und
genug wildes Kraut wuchs dort. Eines aber machte doch
einen tiefen Eindruck auf mich. Wir kamen mitunter an
Stellen, wo der Boden, offenbar von Ziegelstaub, ganz roth
gefärbt war. Dann wies mein Vater darauf mit dem Stock

hin und sagte zu mir: „Sieh einmal, das sind die Reste
von Stolzenberg."

VI.

Die erste Blüthe seines Lebensglücks war meinem Vater
verdorben und abgefallen, über Hoffen und Erwarten aber
entfaltete sich ihm eine zweite. Nicht lange blieb er mit den
beiden Kindern, die seine Frau ihm hinterlassen hatte, zwei
Mädchen — ein Knabe war ihm gestorben —, allein. Das
ging auf diese Art zu. Sein treuer Freund Gehrt hatte,
nachdem das dreijährige Universitätsstudium in Königsberg
vollendet und die Prüfung bestanden war, alsbald eine Pfarre
erhalten. Es war das Dorf Pröbbernau auf der Danziger
Nehrung am frischen Haf, dem er zum Geistlichen bestellt
war. Klein, wie das Dorf, das jetzt noch nicht über 400
Einwohner zählt, waren Haus und Einkommen auch. Trotzdem zögerte der junge Geistliche keinen Augenblick, nachdem
er das Amt erhalten hatte, seine geliebte Marie, eine Tochter
des verstorbenen Justizraths Wichmann in Danzig, mit der
er schon auf dem Gymnasium versprochen gewesen war, heimzuführen. Fröhlichen Herzens, muthig und anspruchslos, führten
die jungen Eheleute in dem bescheidenen Dörfchen, ein idyllisches
Leben, wie es reizender nicht zu denken ist. In dem Pfarrhause
auf der Nehrung war mein Vater, wie sich von selbst ver-
steht, ein häufiger und immer willkommener Gast. Es war
natürlich, daß er dort oft die Schwester der jungen Pastors-
frau, die Sophie Wilhelmine genannt war, antraf. Diese
gewann sich sein Herz und er das ihre. Im Sommer 1832,
um die Zeit, da die Rosen blühten, machte er sie zu seiner
Gattin. Sie ist meine Mutter geworden, aber umsonst suche

ich in meiner Erinnerung nach einem lebendigen Bilde von ihr. Manchmal ist es mir so gewesen, als sähe ich sie vorübergehen in einem Zimmer, in dem ich auf dem Fußboden spielte. Nichts von ihrem Gesicht, nur etwas von ihrer Kleidung schwebte mir vor dabei, aber alles war undeutlich und schattenhaft. Nur aus einer Bleistiftzeichnung, die eine ihrer Freundinnen angefertigt hat, kann ich entnehmen, wie sie aussah. Sie muß sehr ähnlich gewesen sein ihrer Schwester, meiner Tante Marie, die noch in ihrem Alter die Spuren großen Liebreizes trug, und ebenso zart wie diese.

Als mein Vater sein Herzensglück neubegründet hatte, nahm auch in äußerlichen Dingen sein Glück sich auf. Er machte sich selbständig und begründete mit einem Polen, dem Grafen Lubienski, ein Getreide-Speditionsgeschäft, das rasch emporblühte. Bald war er so weit gediehen, daß er sich und den Seinen ein behagliches Heim schaffen konnte von der vornehmeren Art, wie der wohlhabende Danziger Kaufmann seiner Zeit es hatte. Er erstand ein Haus in der Hundegasse in Danzig, in das er übersiedelte. „Hundegasse" klingt nicht schön, in der That aber war und ist wohl noch die so genannte Straße — auch in Danzig giebt es jetzt keine Gassen mehr, sondern nur noch Straßen — eine der vornehmsten der alten Handels- und Hansestadt. Es gab zu meiner Jugendzeit keinen Laden in der Hundegasse, auf beiden Seiten waren die Häuser in den Händen solcher Leute, die kein offenes Geschäft betrieben, und wohl wenige nur waren unter diesen Häusern, die nicht eine einzige Familie bewohnte. Sie sahen nicht alle gleich vornehm aus, es waren auch schmalgesichtige, einfache, wenig ansehnliche unter ihnen; von den ansehnlichen aber waren manche durch besonders schöne

Beiſchläge ausgezeichnet. Beiſchläge nannte man in Danzig
die mit Ruheplätzen verſehenen Vorbauten vor den Häuſern,
zu denen von der Straße her ein paar ſteinerne Stufen empor=
führten. Von einander geſchieden waren ſie durch Mauern,
auf denen die von den Dächern kommenden Rinnen entlang
liefen und nach der Straße zu in phantaſtiſchen Drachen= oder
Seethierköpfen endeten. Der ſchönſte Schmuck der Beiſchläge
aber war das Bildhauerwerk auf den Vordermauern zu beiden
Seiten des Aufganges, hergeſtellt um eine Zeit, als die
Bürger Danzigs noch reich genug waren, tüchtige Künſtler zur
Anfertigung ſolcher Arbeiten herbeizuziehen. Meiſt waren es
Darſtellungen aus der Mythologie und der Geſchichte des
Alterthums, welche die Beiſchläge zierten. Diejenigen, die
ſolcherlei Zierrath nicht beſaßen, waren wenigſtens mit großen
Steinkugeln verſehen, welche dem nach der Straße hinab=
führenden Geländer zur Stütze dienten. Doch was brauche
ich viel davon zu ſagen. Seit die Danziger Beiſchläge, den
Forderungen des modernen Verkehrs weichend, zum größten
Theile verſchwunden ſind, haben ſo viele Abbildungen und
Beſchreibungen derſelben ihren Weg in die Welt gefunden,
daß auch in weiten Kreiſen das Eigenartige dieſer Vorbauten
Danziger Häuſer bekannt geworden iſt. Gefallen aber ſind
die Beiſchläge erſt, nachdem ſie im Ganzen ſchon außer Ge=
brauch gekommen waren. Auch in meiner Kinderzeit benutzten
ſie nicht die Hausbewohner mehr wie einſt als Erholungsplatz,
ſondern hauptſächlich da nur, wo im Hauſe ein kaufmänniſches
Geſchäft war, ſah man auf dem Beiſchlage Leute im Verkehr mit
einander. Sonſt dienten ſie nur Kindern zum Spielplatz.

Das Haus, das mein Vater in der Hundegaſſe erwarb,
hatte auch einen Beiſchlag und zwar einen ſolchen, der nicht

mit der Arbeit des Bildhauers, sondern nur mit der des Steinmetzen verziert war. Sein einziger Schmuck bestand aus zwei großen steinernen Kugeln. Das weiß ich nur, weil mir nachher das Haus, das sonst recht ansehnlich war, gezeigt worden ist, mit der Bemerkung: Da haben wir einst gewohnt. Mir ist von dem Hause in eigener Erinnerung nur dies geblieben, daß vor einem Fenster Zweige schwankten, mit schwellenden Knospen bedeckt. Die gehörten einem Ahornbaum an, der vor dem Hause stand. Ich habe aus meiner ersten Kinderzeit noch den Eindruck im Gedächtniß, den mit seinen schwellenden und aufbrechenden Knospen auf mich dieser Baum vor dem Hause machte. Er grünt und blüht nicht mehr, seine Zweige schwanken nicht mehr vor den Fenstern des alten Hauses; als ich vor wenigen Jahren meine Vaterstadt besuchte und mich nach ihm umsah, bemerkte ich, daß er verschwunden war. Die Axt hatte ihn weggeräumt.

Um dieselbe Zeit etwa, da mein Vater in der Hundegasse in Danzig sich ankaufte, muß er auch ein hübsches Sommerhaus in der Vorstadt Langfuhr erworben haben. Da hatten die wohlhabenden Danziger Kaufleute ihre Villen, die zum Theil sehr schön waren und mit Treibhäusern und prachtvollen Gärten ausgestattet. Was mein Vater erwarb, war ein bescheidenes Besitzthum, nur so viel Räume enthaltend, als er brauchte, um die Seinen zu lassen und gute Freunde einmal aufnehmen und bewirthen zu können. Aber es war reizend gelegen, und hinter dem Hause befand sich ein Garten, der seinem Besitzer Platz genug gewährte, um anzusäen und zu pflanzen, was an Blumen und Kräutern ihm besonders lieb war. Dieser Garten ist mir nachher sehr genau bekannt geworden, aus den ersten Jahren aber, da er meinem Vater

gehörte, besitze ich nur eine einzige undeutliche Erinnerung.
Ich sehe auf den Steigen des Gartens, die mit Kies bestreut
sind, zwei kleine Kinder nach glänzenden Steinchen — Perl-
muttersteinchen hießen sie — suchen, und höre, daß sie „die
Kleinen" genannt werden. Sie tragen Anzüge von Nanking,
einem Zeuge, das damals sehr beliebt war.

Das Geschäft meines Vaters muß um jene Zeit gut
gegangen sein. Er galt für einen sehr reichen Mann, und
das Haus in der Hundegasse, wo er sein Kontor hatte, wurde,
wie ich lange nachher gehört habe, die „polnische Bank" genannt. In meine Hände gelangt sind nur zwei Gegenstände
aus diesem Geschäft meines Vaters, die ich mir nach
seinem Tode herausgesucht habe, um sie mir als Andenken
aufzubewahren: das Geschäftssiegel und das Geheimbuch
des Geschäftes. Mit einer gewissen Scheu nehme ich dieses
in die Hand. Es ist ein Folioband mit Goldschnitt, in rothes
Leder gebunden, in das hübsche goldene Zierleisten eingepreßt
sind. Ein Schloß verwahrt es, das ein sehr zierlicher kleiner
Schlüssel öffnet. Das Schloß trägt in schöner Arbeit das
Lubienskische Wappen mit geharnischten Wappenhaltern. Unter
dem Mittelschildchen des Wappens, das sich zurückschieben läßt,
ist das Schlüsselloch verborgen. „Lubienski u. Co." war der
Name der Firma, den auch das Petschaft zeigt.

Mein Vater erhielt von seiner zweiten Frau zuerst einen
Knaben, dann ein Mädchen. Das Söhnlein starb in noch
sehr jungem Alter, und so war wieder kein Stammhalter im
Hause. Ein solcher stellte sich ein auf eine etwas über-
raschende Art am 14. August 1837. Nachdem nämlich an
diesem Tage ein Mägblein geboren war, folgte demselben nach
einer Stunde ein Knäblein nach, das man nicht erwartet hatte.

Es sah auch nicht so aus, als ob es die Absicht hätte, sich längere Zeit auf der Welt aufzuhalten. „Es ist nicht nöthig", sagte die Wehmutter, „noch ein zweites Bettchen anzuschaffen, das junge Herrchen wird seine Augchen bald wieder zumachen." Aber das junge Herrchen that das nicht, es schloß seine Augen nur zum Schlaf, behielt sie sonst aber offen und hat sie auch in diesem Augenblick offen; denn das Kind, von dem ich rede, war ich selbst, der ich jetzt diese Zeilen schreibe. Aber diejenige, die mit mir zugleich unter demselben treuen Herzen getragen ist, hat ihre Augen für immer geschlossen. Viele Jahre schon schläft sie unter dem Rasen an ferner Stätte.

Wir Zwillinge waren es, die nachher im Hause „die Kleinen" genannt wurden. In der Taufe am 29. September 1837 erhielten wir die Namen Johannes und Johanna und keine andern. Vor mir liegt die Taufrede, die der junge Pfarrer Gehrt gehalten hat. Wenn ich sie lese, höre ich zwischen all der Freude über den Segen, der dem Hause widerfahren ist, die Sorge heraus um die Mutter des kleinen Paares. Diese Sorge war nicht unbegründet. Nicht lange nachdem sie den Zwillingen das Leben geschenkt hatte, verfiel die zarte Frau in ein Siechthum, von dem sie nicht wieder genesen sollte. Umsonst wurde Heilung und Rettung gesucht in deutschen Bädern und im Süden. Ihr Leiden schritt unaufhaltsam fort, und am 10. Juni ist sie im Bade Ems gestorben, fern ihrer Heimath und ihren Kindern. Eine treue Freundin hat sie gepflegt, und mein Vater kam zur rechten Zeit noch nach Ems, um ihr die Augen zudrücken zu können. Ihr Grabstein, der früher an der oberen Mauer des Kirchhofs stand, jetzt aber, nachdem die Mauer weggebrochen worden ist, mitten auf dem Kirchhof sich befindet, trägt ihren Namen mit der Zeitangabe ihrer Geburt und ihres Todes und darunter die Worte: „Gott ist die Liebe." Sie war eben erst einunddreißig Jahr alt geworden, als sie starb.

Kurze Zeit nach dem Tode meiner Mutter kam über meinen Vater ein anderes großes Unglück. Die Firma Lubienski u. Co. brach gänzlich zusammen in Folge ungünstiger Conjuncturen, wie sie im Getreidehandel häufig sind. Mein Vater verlor alles, was er bis dahin erworben hatte, mit einem Schlage war er aus einem reichen ein ganz armer Mann geworden. Was ihm an Besitz verblieb, waren seine fünf Kinder.

VII.

Ich muß unwillkürlich innehalten und die Feder ruhen lassen, wenn ich mir das vorstelle, was mein Vater um jene Zeit durchgemacht und erduldet hat. Ich habe aber nie so viel daran gedacht als in den Tagen, da über mich selbst Herzeleid und schweres Unglück gekommen ist. Nie habe ich so sehr das Andenken meines Vaters gesegnet als in diesen Zeiten. Ich weiß, wie sehr ihn der Tod seines innig geliebten Weibes gebeugt hat, und wie sehr auch der Zusammenbruch seines Hauses ihm zu Herzen gegangen ist. Aus dem Munde meiner ältesten Schwester habe ich es erfahren, wie er Tage lang weinend und allem Freundestrost sich verschließend in seinem Zimmer gesessen hat. Aber ich weiß auch, daß er sich nicht hat niederdrücken lassen in trostlosen Gram und in Verzweiflung, sondern Hoffnung und Muth wiedergewonnen und Herz und Haupt aufs Neue erhoben hat.

An uns Kleinen ging der Glückswechsel vorüber, ohne irgend welchen Eindruck auf uns zu machen. Und doch wurde so vieles anders dadurch. Mein Vater verlor nicht nur sein hübsches Landhaus in Langefuhr, auch das Haus in der Stadt mußte er aufgeben und mit einer Miethswohnung vertauschen. An dem Umzugstage waren wir bei einer guten Tante untergebracht, das weiß ich noch, und auch, daß sie ihren Nähtisch öffnete und uns verschiedene Knäule mit bunter Flockseide zum Spielen gab. Mit denen spielten wir und waren sehr glücklich; von den sorgenvollen Blicken, die an jenem Tage auf uns geruht haben mögen, ist in meiner Erinnerung nichts geblieben.

Das Haus, in das mein Vater nach dem Zusammenbruch seines Geschäfts übersiedelte, lag auch in der Hundegasse, aber am andern Ende derselben, nach dem Wasser zu. Es gehörte einem Herrn von Frantzius, einem Freunde meines Vaters, und der Miethspreis betrug nur 200 Rthl. jährlich. Schön allerdings war es nicht. Eigentlich sage ich das in Erinnerung an die vielen Scherze, die mein Vater über die Häßlichkeit des Hauses gemacht hat; wenn ich mir aber jetzt ins Gedächtniß zurückrufe, wie es aussah — und ich sehe es ganz deutlich vor mir — so muß ich noch einmal sagen: es war nicht schön. Erstens war es mit gelber Farbe angestrichen. Nun, ich gehöre nicht zu denjenigen Leuten, die alles Gelb häßlich finden, nein, ich kenne eine Anzahl von gelben Blumen, die sehr schön und vornehm anzusehen sind. Wollt ihr eine wissen? Die Königin der Nacht! Aber solches Gelb zeigte das Haus in der Hundegasse so wenig wie das der Nachtviole, der wilden Balsamine, des Sonnenröschens, der Sterndistel, des gelben Enzians, der Schlüsselblume und noch vieler anderer Blumen. Es war, um aufrichtig zu sein, ein recht gemeines Gelb, in das dieses Haus gekleidet war. Außerdem hatte es keinen Beischlag, und da gerade das Gegenüber, das Amort'sche Haus, einen sehr schönen Beischlag hatte, auf dessen

Vordermauern anmuthige ruhende Göttinnen dargestellt waren,
so fiel es als ein wenig plebejisch auf. Das Innere entsprach
dem Aeußern durch einen gewissen Mangel an Vornehmheit.
Immerhin waren alle für einen größeren Hausstand erforder=
lichen Wohn= und Wirthschaftsräume in solcher Zahl und
Ausdehnung vorhanden, wie man sie in Berliner Mieths=
häusern sich wohl wünscht, aber niemals findet. Das Haus
war, was nicht von allen alten Danziger Häusern gesagt
werden konnte, frei von Gespenstern, dagegen hausten in dem
weitläuftigen Keller unzählige große Ratten, die von dort aus
Excursionen in die oberen Räume unternahmen. Sie liefen
auf den Treppengeländern auf und ab, wenn es dunkel ge=
worden war, und in der Nacht hörte ich sie mitunter poltern.
Denn die Ratte geht nicht so leise wie die Maus und hat
überhaupt in ihrem ganzen Gebahren etwas weit weniger An=
genehmes und Sympathisches.

Wenn man des Nachts aufwachte, konnte man auch
anderes noch hören als die Ratten: das Geschrei der Katzen,
die auf den Dächern ihre Zusammenkünfte hielten, das Geheule
des Windes, der sich zwischen den hohen Mauern verfing,
das Kreischen der Wetterfahnen oder gar den grausigen
Feuerlärm, der mit Sturmglocken, Hörnern, Trommeln und
Knarren hervorgebracht wurde. Wenn man aber durch Feuer=
lärm aufgeweckt wurde, zog man nach der Vogel=Strauß=Politik
mit einer Art von angenehmem Schauder die Bettdecke über
den Kopf und fühlte sich dann einigermaßen sicher.

Während das Haus von unten herauf durch Ratten
heimgesucht wurde, war es oben her zeitweise der Ueber=
schwemmung ausgesetzt. Der Winterschnee nämlich häuft sich
zwischen den Dächern der Giebelhäuser zuweilen in sehr großen

Massen auf. Tritt dann im März Thauwetter ein, so gilt es, diesen Schnee möglichst rasch wegzuschaffen, was auf die Weise geschieht, daß er mit Schaufeln von oben herunter auf die Straße geworfen wird. Es geht aber häufig das Auf= thauen mit so großer Schnelligkeit vor sich, daß sich das Schmelzwasser, ehe noch der Schnee weggeschafft werden kann, einen Weg in das Haus sucht und ihn auch findet, wenn das Dach nicht wasserdicht ist. Das war das Dach des gelben Hauses nicht, in Folge dessen erscholl gewöhnlich um die erste Frühlingszeit plötzlich einmal — zuweilen mitten in der Nacht — der Ruf: „Es leckt. Alle Mann auf Deck!" Dann lief das Wasser im obersten Stockwerk an den Wänden herunter und tröpfelte durch die Decke. Es mußten Gefäße hingestellt werden, um es aufzufangen. Zu den Tönen, die mir aus alter Zeit her immerfort noch im Ohr klingen, gehört der= jenige, der verursacht wurde durch das herabtropfende Schnee= wasser. Wie sonderbar schallte das durch die stille Nacht, wenn man im Bett lag und horchte! Es kam aber auch vor, daß man im Bett liegend von den durch die Decke sickernden eis= kalten Wassertropfen auf die Nase getroffen wurde. Ganz gewiß war dieses Leckwerden des Hauses mit vielen Beschwer= den und Unannehmlichkeiten verbunden. Davon verspürten wir Kinder aber nichts, für uns war es, auch wenn wir da= durch aus den Betten gescheucht wurden, ein sehr interessantes Ereigniß.

Das gelbe Haus, wie gesagt, war nicht rattenfrei, nicht wasserdicht und sonst auch an sich nicht schön, aber es hatte eine recht hübsche Lage. Es war nicht weit entfernt vom Kuhthor, das an das Wasser führt, zur Mottlau, die den innern Hafen von Danzig bildet. Dorthin konnte man leicht

gelangen, und da gab es stets allerhand zu sehen. Im Kuh=
thor aber befand sich eine Wirthschaft zur Sonne, und auf
dem Wirthshausschild war die Sonne selbst zu sehen, von
goldenen Strahlen umgeben. Schiffer und Sackträger ver=
kehrten dort, und wenn es „Fleck“ gab, eine Speise, die in
meiner Vaterstadt nicht weniger beliebt ist als in Königsberg,
war dies den Gästen angekündigt durch besonderen Anschlag,
auf dem auch der Preis dieses Leckergerichtes, ein Silber=
groschen für die Portion, zu lesen war.

Unten in dem dunkeln Comptoir des Hauses arbeitete
mein Vater mit einem Compagnon, einem alten Herrn, und
mit einem jungen Buchhalter zusammen. Außerdem gehörte
zu dem Geschäftspersonal ein Kontordiener, Karl Schulz mit
Namen, ein aufgeweckter immer zu Scherzen geneigter Mensch,
der, weil es im Kontor nicht viel zu thun gab, zugleich zum
Schuhputzen, Kleiderreinigen und andern häuslichen Ver=
richtungen herangezogen wurde. Er war gutwillig und ge=
schickt, einen einzigen Fehler nur hatte er, denselben, mit dem
im Studentenliede der „Kerl von Sammet und Seide“ be=
haftet war. Da aber Karl Schulz mir als seinem jungen
Herrn durch Anfertigung von Drachen viele Freude bereitet
hat und außerdem längst todt ist, ziehe ich es vor, mich nicht
näher über diesen Gegenstand auszulassen.

In das Kontor kamen wir Kinder ab und zu, um uns
von dem jungen Mann Schreibmaterialien geben zu lassen,
die wir dort zu holen angewiesen waren: Conceptpapier und
besseres Papier, das bläulich weiß und mit einem geheimniß=
vollen Wasserzeichen geziert war, Gänseposen, später auch
Stahlfedern, und Tinte. Wenn wir sahen, was für große

Vorräthe von diesen Dingen vorhanden waren, sagten wir uns, daß unser Vater doch eigentlich sehr reich sein müsse.

Das Wohnzimmer unseres Vaters, das eine Treppe hoch nach dem Hof zu gelegen war, galt uns als ein Heiligthum, und nur auf den Zehen gehend betraten wir es. Jeden Abend, wenn wir unsere Suppe gegessen hatten, wurden wir in dies Zimmer hineingelassen, um unserm Vater mit einem Kuß gute Nacht zu sagen. Ich sehe ihn vor mir, wie er auf dem Sopha sitzt vor dem viereckigen Tisch. Der Tisch ist bedeckt von Papieren, die unter keiner Bedingung von einer anderen Hand berührt werden dürfen als von der seinen. Zwischen den Papieren steht ein Schreibzeug von altmodischer Form. Die Wände des Zimmers sind mit vielen Bildern geschmückt. Darunter ist ein Oelgemälde, das den Friedhof in Ems mit dem Grabe meiner Mutter darstellt. An einer Wand hängen ein paar Ansichten von Nizza, auf denen mir früh schon die Agaven und Kaktusfeigen im Vordergrunde als etwas Fremdartiges aufgefallen sind. Ein kleines Bild, von einer Freundin des Hauses gemalt, stellt das Haus in Nizza dar, das mein Vater mit meiner armen Mutter bewohnte, als er sie, immer noch Rettung hoffend, nach dem Süden gebracht hatte. Um das Haus breitet ein Garten sich aus mit Reihen von Pomeranzenbäumen, aus deren Laube die goldenen Früchte hervorschimmern. Hinter dem Garten steigt das blaue Meer des Südens auf. Ein anderes Bild giebt das Wohnzimmer des Hauses in Nizza wieder. Es ist mit einer gewissen Pracht ausgestattet, die Decke ist getäfelt, der Fußboden parkettirt. Eine Dienerin kniet auf dem Fußboden und reibt ihn mit einem Tuch ab. Mein Vater sitzt vor dem Tisch, sein Gesicht meiner Mutter zuwendend, die

eben ins Zimmer tritt. Diese Bilder sind nicht in meinen
Besitz gekommen, in meiner Erinnerung aber besitze ich sie vollständig. Meinem Geiste haben sie sich so fest eingeprägt,
nicht nur, weil ich sie so oft gesehen habe, sondern auch
weil ich ihnen die ersten Vorstellungen vom Süden verdanke.

In meines Vaters Zimmer sah ich jeden Tag auch das
Bild meiner Mutter. Das Bild meines Vaters, eine Litho-
graphie, die ihn mit lockigem Haupt im kräftigsten Mannesalter darstellt, hing in einem andern Zimmer. Alljährlich
wurde es zu seinem Geburtstag frisch bekränzt, und zwar
mit dem Laube eines Baumes, mit dem ich späterhin viel
mich beschäftigt habe, mit dem der Eibe. Eibenlaub war aber
gar so leicht nicht zu bekommen, es war eine eigens mit der
Beschaffung desselben betraute Frau, die es immer zur rechten
Zeit brachte. Woher sie kam und wohin sie wieder ging,
weiß ich nicht. Einmal nur im Jahr ließ die Eibenfrau sich
im Hause sehen.

Außer in seinem Zimmer sahen wir unsern Vater beim
Mittagessen, aber nur am Mittwoch, Sonnabend und Sonntag; an den andern Tagen mußten wir schulpflichtigen Kinder
früher abgefüttert werden, weil mein Vater der Börse wegen
nicht vor zwei Uhr zu Tisch kommen konnte. An den Tagen
aber, an denen wir mit unserm Vater bei Tisch saßen, war
das Mittagessen jedes Mal ein Fest für uns, und von diesen
Tagen her hat sich bei mir die Meinung herausgebildet, daß
Mittagessen in der Familie müsse stets einen festlichen Charakter
haben, und bestände es nur aus Kartoffeln und Hering —
was übrigens noch nicht das schlechteste Mahl ist. Wer wohl
von uns hätte es gewagt, mit einem Wort, ja mit einem Blick

nur den Frieden zu stören vom Tischgebet an, bis zu dem Stückchen Brot, das jedes zuletzt „zum Nachessen" bekam.

Am Sonntag hatten wir mehr von unserm Vater, an diesem Tage gehörte er uns ganz. Wir sahen ihn dann am Vormittag schon in der Marienkirche, wo wir in einer der alten Capellen ein paar Stühle hatten. Man saß hinter einem Gitter und konnte von der Predigt nicht viel verstehen, aber man sah hinein zwischen die mächtigen Pfeiler, die mit sonderbaren Bildern bemalt waren, und empor zu dem mit goldenen Sternen gezierten Gewölbe, und das reichte hin, um das Herz andächtig zu stimmen.

So lebten wir in unserm neuen Heim während meiner Kinderzeit. Von dem Gram und Kummer, den mein Vater damals im Herzen trug, habe ich ihm nichts angemerkt, in meiner Erinnerung finde ich nichts davon. Wie sein Antlitz mir vorschwebt aus jener Zeit, sah er immer heiter und freundlich aus. Es war aber seine Art, in sich zu verschließen, was ihn schmerzte, er wollte andere nicht mit leiden lassen. Wir sahen zu ihm empor mit großer Ehrfurcht und hingen mit grenzenloser Liebe an ihm. Der Gedanke, durch irgend etwas sein Mißfallen erregt zu haben, machte uns unglücklich. Bei ihm zu sitzen, seine Hände küssen und ihn streicheln zu dürfen, war unser größtes Glück. Es war unser Sonnenschein.

VIII.

O fröhliche Kinderzeit, die ich in dem alten Hause verlebt habe! Wir ahnten nichts davon, daß wir verarmt waren, und würde einer es uns gesagt haben, wir hätten ihm alles andere eher geglaubt. Wie schön war unser Weihnachts=baum — eine Kiefer natürlich, denn Tannen hatten wir da=

4*

mals nicht — und wie beglückt wurden wir durch die bescheidenen Gaben, die das Christkind uns brachte. Unsere
Wünsche gingen nicht hoch. Bilderbogen zum Austuschen
standen immer obenan auf dem Wunschzettel, den wir vor
Weihnachten und vor unsern Geburtstagen schrieben. Den
Weihnachtsbaum auszuschmücken fiel mir zu, als ich etwas älter
geworden war. Was an Schmuck in den Zweigen hing, war
alles mein Werk, und ich blickte mit großem Stolz darauf.

Was für herrliche Spiele spielten wir in der Kinderstube, wo der alte Eichenschrank stand, den ich jetzt hier in
meiner Berliner Wohnung habe. Lange romantische Geschichten wurden da aufgeführt. Von meinen ältern Schwestern
war die eine, Marie, die in blühendem Jungfrauenalter gestorben ist, besonders groß darin, solche Geschichten zu
erfinden. Ich war als Mitspielender dabei eigentlich nur gelitten, weil ich mich gar zu dumm anstellte. So wurden mir
denn nur kleine Rollen übertragen, wie die eines Schild-
knappen oder eines gewöhnlichen Herzogs, der nicht viel zu
sagen hatte, im besten Fall die eines Räubers. Was ich noch
einigermaßen gut verstand, war das, mich hinrichten zu lassen.
In diesen Geschichten kamen auch glänzende Bankette vor,
bei denen das edelste Getränk in Strömen floß. Dieses
edelste Getränk bereiteten wir uns selbst auf die Weise, daß
wir in Brunnenwasser Roggenbrot einbrockten und es eine
Weile ziehen ließen, ehe die Pokale damit gefüllt wurden.
Das gab eine Art von Bowle, die nicht übel schmeckte, und
von der wir während eines Spielnachmittags, gewiß nicht
zum Schaden unserer Gesundheit, ansehnliche Quantitäten zu
uns nahmen.

Meine Schwestern besaßen auch eine unglaubliche

Masse aus Papier geschnittener und bunt angemalter
Puppen, mit denen sie eifrig spielten. Zu diesen Spielen
wurde ich nie zugelassen, obgleich ich nicht ungern mich daran
betheiligt hätte. Dafür rächte ich mich dadurch, daß ich,
wenn sie mit den Puppen Pension oder Schule spielten, mich
leise heranschlich und unversehens eine ganze Klasse, die sich
gerade zur „Stunde" niedergesetzt hatte, umblies. Dann
aber war es auch Zeit für mich, an schleunige Flucht zu
denken, sei es in eine verriegelbare Kammer hinein, sei es,
zur Sommerszeit, auf den alten Bergamottbirnbaum hinauf,
der leicht zu erklettern war, und auf den sie mir doch so leicht
nicht folgen konnten oder mochten.

Jeden Dienstag kam in das Haus eine alte Nähterin,
Pauline Granzau mit Namen. Den Tag über besorgte sie
dann allerhand Flick= und Stopfarbeit, die ihr zu verschaffen
wir Kinder, bei denen nichts lange heil blieb, immer eifrig
bestrebt waren. Ich sehe die alte Pauline — so hieß sie bei
uns — wie sie am Fenster sitzt mit vorgebeugtem Kopf, eine
Nadel einfädelnd, was ihr, obgleich sie eine Brille trug, nicht
ganz leicht wurde. Sie brachte immer für uns Kinder ein
paar Kringel mit. Das sollte sie eigentlich nicht thun, uns
aber war es schon recht. Zum Abendbrot bekam sie immer
Pellkartoffeln mit Butter, und jedesmal brachte sie dann uns
Kleinen eine Kartoffel mit einem Stückchen Butter darauf
ans Bett. Wir wußten das und hielten uns so lange wach,
bis sie kam. Nie in meinem ganzen Leben hat mir wieder
etwas so köstlich geschmeckt wie diese heimliche Dienstagabend=
kartoffel. Mein Vater hat der alten Pauline nachher, als
sie ganz alt und schwach geworden war, die Kringel, die sie
uns mitbrachte, und die Kartoffeln, die sie uns heimlich zu=

steckte, viele, viele Male vergütet. Sie kam immer und holte
ihre fällige Miethe von ihm. Einmal wurde er ein wenig
ärgerlich und sagte zu ihr, das ginge doch nicht an, daß er
regelmäßig die Miethe für sie bezahlte, er thäte es nicht mehr.
Da erwiderte die alte Person, die doch ihm gegenüber von
dem größten Respekt erfüllt war, ganz ruhig: „Sie müssen
es thun." Als mein Vater das hörte, sagte er: „Wenn dem
so ist, dann bleibt mir allerdings nichts anderes übrig." Da=
mit ging er und holte das Geld, hat auch seitdem keinen
Einspruch wieder gegen ihre Forderungen erhoben.

Wir Kinder waren in besserer Hut und Pflege, als es
nach dem, was ich bisher erzählt habe, erscheinen könnte.
Den Haushalt führte meinem Vater nach meiner Mutter Tode
die Tante Hannchen, wie wir sie nannten. Sie war die
Tochter des Weinhändlers Naetler in Danzig, ihre Mutter
aber war von Namur in Belgien her. Die früh Verwaiste
nahm ein Anverwandter unserer Familie, Johann Benja=
min Dragheim, Prediger zu St. Johannis in Danzig, später
zu Käsemark im Danziger Werder, in sein Haus und zog
sie mit seinen Kindern auf. Diese unsere Pflegerin war es,
mit der unser Vater um die Mitte der vierziger Jahre seine
dritte Ehe einging. Sie ist meinem Vater in schwerer Zeit
eine treue, unermüdliche, selbstlose Helferin, uns Kindern
eine zärtliche, sorgsame Mutter geworden, die uns mit Ernst
und Eifer zu allem Guten anzuhalten bemüht war. In
meinen unnützesten Jungensjahren habe ich ihr einmal, durch
eine gewissenlose Person dazu angestiftet, ihre Stiefmutter=
schaft vorgeworfen. Als sie nichts darauf erwiderte, erschrak
ich sehr. Ich weiß es, daß sie mir vergeben hat, aber ver=
gessen wird sie es nicht haben, wie ich es nicht vergessen konnte

und kann. Es ist etwas von der Art, das dem Menschen immer wieder einfällt, in der Einsamkeit und unter Leuten, bei Tage und in der Nacht und vielleicht einmal noch in den letzten Augenblicken vor dem Tode.

Unsere neue Mutter war von lebhaftem Wesen und wußte uns vielerlei zu erzählen. Sie hatte auch viel musikalisches Gehör und spielte das Klavier und sang dazu, ohne im Spielen und Singen Unterricht genossen zu haben. Wir hörten ihr sehr gern zu, wenn sie erzählte und wenn sie spielte und sang. Wir bestürmten sie so lange, bis sie sich an das Klavier setzte — es war ein tafelförmiges Instrument, alt und klapprig — bis sie sich hinsetzte und uns den Willen that. Ich höre es noch in diesem Augenblick, wie sie unser Lieblingslied uns vorträgt: „Sohn, da hast du meinen Speer". O wie lange erhalten sich Töne unverändert im Gedächtniß! Wir fanden das Lied, das, genau besehen, nicht ganz frei von technischen Fehlern ist, wunderschön und konnten es immer wieder hören. Daß Friedrich Leopold, Graf zu Stolberg, es gedichtet hat, erfuhr ich erst, als ich meine Heimath schon verlassen hatte.

Als uns im Jahr 1846 ein Schwesterchen geboren wurde, war unsere Freude darüber groß. Wir konnten es nicht genug ansehen und bewundern, ein so niedliches Spielzeug war es. Aber meine Zwillingsschwester, die sehr nachdenklicher Natur war, sagte doch: „Alles gut, aber habt ihr auch daran gedacht, daß nun das Vermögen nachher in mehr Theile geht?" Wir mußten ihr zugeben, daß dies zu bedenken war, obgleich wir in Wirklichkeit keine Ursache hatten, uns Sorgen um das Vermögen zu machen, denn es war keins vorhanden.

Es ist mir nicht erzählt worden, sondern ich habe es mir

herausgedacht, und einige Notizen im Nachlaß meines Vaters
deuten darauf hin, daß seine Freunde ihn in der Noth nicht
verlassen haben. Sie standen ihm bei mit Rath und That,
sie haben auch dafür gesorgt, daß sein kleines Anwesen in
Langefuhr, an dem so sehr sein Herz hing, in Hände kam,
aus denen er es nach einigen Jahren zurückerwerben konnte.
Das war eine große Freude für ihn und uns. Nun wurden
wieder im Frühjahr, wenn die Linden in der großen Allee
ihr junges Laub bekamen, Möbel und Hausgeräth, soviel wir
draußen davon brauchten, auf Leiterwagen hinausgeschafft.
Ein Mann Namens Duble, der uns sonst vor der Thür das
Holz klein machte, ein sehr anstelliger Mensch, nur mit demselben Fehler behaftet, der von strengen Moralisten Karl
Schulz zum Vorwurf gemacht wurde, besorgte mit diesem
eben Genannten zusammen den Umzug. Für uns Kinder war
es jedesmal ein Fest, der Auszug auf das Land sowohl wie
der Rückzug in die Stadt. Im Hause ging dann alles drunter
und drüber, und es fand sich viel Gelegenheit zum Klettern.
Dazu war man nur wenig beaufsichtigt und konnte allerhand
interessante Entdeckungen machen, weil alle Räume des Hauses
an diesem Tage offen standen.

Im Hause sahen wir häufig unsere beiden Onkel geistlichen Standes, Dragheim und Gehrt, mit den Ihrigen.
Der Onkel Dragheim, von dem ich schon einmal gesprochen
habe, war lang und hager, dabei kräftig gebaut, ein geistvoller
Mann, aber derb in seinen Reden wie in seinem ganzen
Auftreten. Wenn er in ein Zimmer kam, warf er die Thür
hinter sich zu, daß das ganze Haus erzitterte. Das war etwas Schreckliches für meinen Vater, und wie oft habe ich ihn
sagen hören: „Wenn sich Dragheim das doch abgewöhnen

könnte!" Aber Dragheim gewöhnte es sich nicht ab, sondern
warf die Thüren zu bis zu seinem Tode, nach dem er mehrere
Male noch im Werder, wo viele Leute das zweite Gesicht
haben, gesehen worden ist, geräuschlos umhergehend, wie es
sonst nicht seine Art war.

Auch mein Onkel Gehrt kam, nachdem er von Pröbbernau nach Löblau und von der Nehrung nach der Danziger
Höhe versetzt und uns dadurch nähergerückt war, öfters nach
der Stadt. Zuweilen aber fuhren wir auch zu einem der
beiden Onkel hinaus, und das war allemal ein großes Vergnügen. Wie viel gab es auf dem Lande zu sehen und zu
essen! Im Werder bewunderten wir die weiten Wiesen und
die köstliche saure Milch mit dem fast fingerdicken Rahm
darauf; auf der Höhe war es der wonnige Wald, der uns
entzückte. Kuchen aber wurden gebacken in beiden Pfarrhäusern,
sobald wir uns zeigten.

Alles stand gut, bis auf das Geschäft meines Vaters.
Er hatte von vorn wieder anfangen müssen, und es wollte
nicht vorwärts gehen, so viele Mühe er sich auch gab. Ein
Mißgeschick nach dem andern traf ihn: Wenn wir in einem
Eckchen in der Wohnstube saßen, hörten wir manchmal, wie die
gute Mutter mit den Freundinnen über die schlechten Zeiten
sprach und ihr Herz vor ihnen ausschüttete. Der Handel, hörten
wir, lag ganz barnieder, und zu dieser im Allgemeinen ungünstigen Lage kam noch allerhand besonderes Unglück. Bald
war ein Schiff verloren gegangen, an dem unser Vater Antheil
hatte, bald konnte das Getreide, das er verladen wollte, nicht
die Weichsel herunterkommen, weil der Wasserstand fortdauernd
zu niedrig war, oder es trat ein anderer Zufall ein, der einen
Verlust für ihn herbeiführte. Wenn über solche Dinge ge-

sprochen wurde und die Mutter merkte es, daß wir horchten,
rief sie uns wohl zu: „Geht aus der Stube Kinder! Es
ist nicht nöthig, daß ihr das alles hört." Das war ja auch
nicht nöthig, aber wir hörten gar zu gern zu, und viele Sorgen machten wir uns, soweit ich mich erinnern kann, nicht um
unsern Vater. Es mußte ihm doch bald wieder besser gehen,
er war ja so gut und verstand so viel.

Mein Vater kam auch in dieser schlechten Zeit in die
Höhe, nur nicht in geschäftlicher Beziehung. Während er von
Sorgen bedrängt war, wie er für seine Kinder das Brot beschaffen sollte, fing er an, im öffentlichen Leben eine Rolle zu
spielen. Sein angenehmes Wesen, mit biederem Sinn verbunden, seine Kenntnisse, seine Klugheit und die Rednergabe, die
ihm verliehen war, machten ihn sehr beliebt und verschafften
ihm die Achtung aller, die ihn kennen lernten. Er wurde
zum Stadtverordneten gewählt und im Jahre 1845 zum Stadt-
verordnetenvorsteher. Jahre lang hat er in schwieriger Zeit
dieses Amt bekleidet. Im Jahre 1849 wurde er in die zweite
Kammer gewählt, die am 7. August desselben Jahres in
Berlin zusammentrat, und nahm seinen Platz auf der rechten
Seite derselben ein. Wir waren sehr stolz auf ihn. Bei
seiner Abreise von Danzig überreichte ich ihm — ich war damals zwölf Jahr alt — ein Abschiedsgedicht, in dem es
u. a. hieß:

> „Alle jetzo auf dich hoffen,
> Jeder Bürger auf dich baut.
> Wohl, o wohl dem großen Manne,
> Dem das Vaterland vertraut."

Mein Vater blieb lange fort. Als er endlich am 3.
März 1850 nach Hause zurückkehrte, begrüßte ich ihn mit

einem Gedichte, das in dem Maß der Ottave Rime abgefaßt
war, und meine Freude war groß, als mein Vater sowohl wie
mein Onkel Gehrt, der sehr erfahren war in der Dichtkunst,
mich belobten und mir sagten, das schwierige Metrum, in dem
ich zum ersten Mal mich versucht hatte, wäre mir wohl ge=
lungen.

Die erste Zeit nach der Rückkehr des Vaters war für
uns eine sehr schöne Zeit. Wie viel hatte er zu erzählen,
und wie hörten wir mit athemloser Spannung ihm zu, wenn
er über die Wunder Berlins berichtete. Aber so heiter er
auch erschien, es müssen ihn doch sehr schwere Sorgen gedrückt
haben. Wie groß sein Bedrängniß gewesen ist, entnehme ich
daraus, daß er sich um die Stelle eines Auctionators, die
gerade frei geworden war, bewarb. Nichts konnte ihm we=
niger zusagen, nichts weniger passend sein, aber es war ein
einträglicher Posten, und das war entscheidend für ihn. Daß
er die Stelle nicht erhielt, schlug ihn sehr darnieder, und doch
war es ein Glück für ihn und die Seinen.

IX.

Die „Kleinen" waren dem Kindertischchen, an dem sie
Jahre lang gespielt hatten, allmählich entwachsen. Sie fanden
keinen Platz mehr auf den beiden Bänkchen, die mit dem Tisch=
lein zusammenhingen, und überließen das niedliche Möbel
sammt der Schublade, die noch von ihrer Spielzeit her einige
Bauklötze, Farbentäfelchen und Bruchstücke hölzerner Thierchen
enthielt, und sammt den Resten von Bilder= und Märchen=
büchern, die in den Tiefen des alten Eichenschrankes zu finden
waren, dem jüngsten Mitgliede der Familie zur Benutzung.

Ich stand schon vor der Versetzung nach Secunda, als in der Lage meines Vaters der sehnlichst herbeigewünschte Wechsel eintrat. Durch den Tod Johann Friedrich Heins wurde die Stelle eines der beiden Danziger Schiffsabrechner frei, die von den Aeltesten der Kaufmannschaft vergeben wurde, und sofort bewarb mein Vater sich um dieselbe. Die Stelle galt mit Recht für sehr gut und blieb es auch bis zum Tode meines Vaters. Nachher ist das Abrechnergeschäft freiem Bewerb über= lassen worden, und es thaten sich in Folge dessen so viel Schiffsabrechnereien auf, daß sich damit, zumal die Zeiten schlechter geworden waren, nicht mehr viel verdienen ließ.

Da aber die Stelle gut und gewinnbringend war, so war sie auch vielbegehrt, und es erschien nicht außer allem Zweifel, ob mein Vater sie erhalten würde, wenn er gewiß auch die dazu erforderlichen Kenntnisse und Fähigkeiten besaß, und die Aeltesten der Kaufmannschaft ihm nur wohlwollend gesinnt sein konnten. Daß sehr viel davon abhinge für unser Haus, ob er gewählt würde oder nicht, wurde auch uns jünge= ren Kindern gesagt, und außerdem merkten wir es heraus aus allem, was wir mit den Ohren auffingen, ohne daß es zu uns gesprochen wurde. Wir fühlten es, daß unsere ganze Zukunft durch den Ausfall der Wahl bedingt war.

Wir wurden daran erinnert, Gott zu bitten, daß er unserm Vater zu der Schiffsabrechnerstelle verhelfe, und das thaten wir. Meine zweitälteste Schwester aber wollte noch etwas weiter gehen, sie erbot sich, jedem der Aeltesten der Kauf= mannschaft zu Füßen zu fallen und ihn anzuflehen, daß er unserm Vater seine Stimme gäbe. Damit war aber unser Vater nicht einverstanden. Er hielte das nicht für passend, meinte er, und für nicht ganz würdig einer aus dem Hause

Trojan. Ja, wenn vom Könige die Sache abhinge, dann würde er nichts dagegen haben, daß sie vor ihm niederfiele. Sonst aber dürfe man nur auf den Knieen liegen vor Gott, und der werde ja wohl in diesem Fall den Aeltesten der Kaufmannschaft die richtige Einsicht verleihen.

Ich erinnere mich, daß ich am Tage der Wahl in der Schule sehr unaufmerksam gewesen bin und deshalb einen Verweis erhalten habe. Ich beschloß, diesmal ihn nicht in mein Contobuch einzutragen, sondern ihn als nicht ertheilt zu betrachten, so empfindlich ich sonst auch gegen Tadel war. Der Lehrer, sagte ich mir, ist außer aller Schuld. Er hat keine Ahnung von dem, was dich heute unaufmerksam macht. Wüßte er es, so würde er dich vollständig begreifen, keine Aufmerksamkeit von dir verlangen und vor allen Dingen dich nicht zum Uebersetzen heranziehen.

Als wir aus der Schule nach Hause kamen, empfing uns die Nachricht, daß unser Vater gewählt war. Wir strahlten von Glück und wußten zuerst gar nicht, was wir anfangen sollten in unserer Seligkeit. Als wir nachher aber unter uns waren und — was entschieden das Richtige war — in der alten Kinderstube herumtanzten, jedes mit einem Butterbrot in der Hand, da sagte plötzlich meine kluge Zwillingsschwester zu uns: „Hört einmal, ich will euch was sagen. Ihr sollt sehen, es wird jetzt alles ganz anders. Paßt mal auf, es wird jetzt auch viel besser gegessen werden." Daran hatten wir andern noch gar nicht gedacht, und doch lag es so nahe. Wir dankten ihr, daß sie uns darauf aufmerksam gemacht hatte, und waren noch fröhlicher als vorher.

Ja, es wurde alles ganz anders. Der Umstand, daß mein Vater die Stelle erhalten hatte, verschaffte ihm bei dem

Vertrauen, dessen er sonst genoß, Kredit genug, um sich sofort besser einrichten zu können. Außerdem mußte er sich eiligst die Räume beschaffen, die das von ihm übernommene Geschäft erheischte. Sein kleines altes Geschäft aufzulösen, mochte ihm nicht allzuviel Mühe machen, aber auch das neue große in Stand zu setzen, gelang ihm bei seiner Geschicklichkeit in sehr kurzer Zeit.

Er erwarb für 6000 Rthl. ein Haus in der Brotbänken= gasse, das damals noch die Nummer 667 trug, die es später mit der Nummer 12 vertauschte. Schon im Frühjahr 1852 bezogen wir das Haus. Von dem alten gelben Hause in der Hunde= gasse zu scheiden, so glückliche Jahre wir auch darin verlebt hatten, wurde uns nicht gar zu schwer, wenigstens uns Jünge= ren nicht, die wir immer noch jeden Umzug als ein Fest be= trachteten. Außerdem ließ sich nicht leugnen, daß unser neues Haus sehr viel hübscher war als das alte. Es trug nicht wie dieses den Anstrich des Neides zur Schau, wozu es auch keinen Grund hatte, sondern war in ein gefälliges Grau ge= kleidet. Es hatte einen Beischlag und einen stattlichen Ein= gang, über der Thür aber stand der Spruch: ‚In vita hac non fixa domus stabilisque futura,‘‘ das heißt in der Form des Hexameters wiedergegeben: „Hier in der Welt ist das künftige Haus nicht fest und beständig.‘‘ Wenn man aber in diesem Spruch die zugleich Zahlen bedeutenden römischen Buch= staben, die als Majuskeln hervorgehoben waren, zusammen= zählte, so kam man auf die Jahreszahl 1690. In diesem Jahre war das Haus gebaut worden, es war also ein ziem= lich altes Haus und besaß die Vorzüge und Mängel eines solchen: einen gewaltig großen Hausflur, ein großes aber dunkles Kontor, in dem auch bei Tage Licht gebrannt werden mußte, eine vom zweiten Stockwerk an finstere Treppe, viele wohnliche Stuben und weitläuftige Nebengelasse. Das Seitengebäude zur linken Hand reichte nur bis zum dritten Stockwerk empor und schloß ab mit einem Altan, der von uns für sehr schön gehalten wurde. Auf dem Hof war ein immer fließender Brunnen, den man rauschen hörte, wenn man in der Nacht erwachte. Daß auch ein Schwalbennest auf dem Hof war, wurde als ein Glück verheißendes Zeichen angesehen.

Das Haus lag wie das alte nicht weit vom Wasser ab, zu dem ein Thor, das Brotbänkenthor, führte. Auf der andern Seite führte die Straße nach der Marienkirche zu, deren gewaltigen, unvollendet gebliebenen Thurm man gewahrte. Vom Fenster des nach hinten zu gelegenen Dachstübchens aber hatte man einen Blick nach dem Langen Markt zu auf eine Menge von Dächern, Giebeln und Thürmchen. Was für eine eigenartige Aussicht! denke ich heute, indem ich mich daran erinnere. Damals aber, als ich sie jeden Tag haben konnte, fand ich gar nichts Besonderes an ihr. Es war ja ein Stück von der Stadt, in der ich aufgewachsen war und deren Eigenthümliches für mich das Gewohnte war. In dem Kontor unten stand mein Vater an dem Pult am Fenster, ihm gegenüber der älteste Buchhalter des Geschäfts. Beide sehe ich deutlich vor mir, wie sie dastehen und schreiben und in den Büchern nachschlagen, und sehe meinen Vater auch in dem Vorstübchen, wohin er sich zurückzog, wenn er mit jemand etwas besonderes zu besprechen hatte. In dem Kontor arbeiteten aber noch fünf oder sechs andere Herren, die zu dem Geschäftspersonal gehörten, und außerdem war noch ein zwei=

tes Kontor da im Hafenort Neufahrwasser, in dem auch mehrere
Herren beschäftigt waren. Zu diesen letzteren zählte einer,
dessen Aufgabe es war, die Herren Kapitäne umherzuführen
und sie besonders mit den Orten bekannt zu machen, wo sie
am besten ihren auf der See gesammelten Durst löschen
konnten. Dazu gehörte, daß er mit ihnen trank, und dies
war die Ursache, daß der Inhaber dieses fürwahr nicht leichten
Postens gemeinlich in kurzer Zeit sich abnutzte und durch eine
frische Kraft ersetzt werden mußte. Es herrschten in dem Geschäft zur Zeit, als mein Vater es übernahm, noch einige aus
der alten guten Zeit stammende Bräuche. Jeder Schiffer, der
in den Hafen gekommen war, wurde mit einem Glase Madeira
empfangen. Empfahl er sich aber, um wieder in See zu
stechen, so erhielt er zum Andenken einen silbernen Löffel. Den
silbernen Löffel schaffte mein Vater ab, den Begrüßungs-
madeira aber behielt er bei. Ich würde auch so gehandelt
haben.

Das geschäftliche Treiben, das in den untern Räumen
unsers Hauses und vor demselben sich abspielte, war für uns
Kinder, obwohl wir wenig davon verstanden, sehr anziehend.
Allerhand fremdes Volk bekamen wir da zu sehen, das unten im Hausflur und auf dem Beischlag umherstand, und ab
und zu brachte mein Vater auch einen Schiffsführer, dem er
eine besondere Freundlichkeit erweisen wollte, zu uns in die
Wohnräume hinauf. Das war u. a. ein Schiffskapitän Pauls,
ein Niederländer aus Akumersiel, der im Dezember bei furcht-
barem Schneesturm und strengem Frost mit seinem Schiff unweit Neufahrwasser gescheitert war. Als mit unsäglicher
Mühe ein Boot in die Nähe des Wraks gebracht war, da
waren auf demselben nur noch der Kapitän mit seinem Sohn,

die mit übermenschlicher Anstrengung an dem gefrornen Tauwerk sich festhielten. Die Lotsen aber konnten nur einen Mann aufnehmen, und als der Sohn das hörte, ließ er, an seine Geschwister denkend, die noch des Ernährers bedurften, sofort sich los und versank in der See, auf diese Weise seinem Vater, ehe der ihm zuvorkommen konnte, das Leben rettend. Der Mann, der glücklich in den Hafen gebracht wurde, war später in unserm Hause, und ich sehe ihn noch, wie er bei uns am Tische sitzt, und wie ich nach seinen Händen blicke, die arg zugerichtet sind durch das Festhalten an den vereisten Tauen. Mein Vater hatte zur Tröstung des Unglücklichen die ganze Begebenheit in ein Gedicht gebracht, von dem jetzt nach vierzig Jahren noch kein Wort aus meinem Gedächtniß geschwunden ist.

Weil mein Vater dichtete, und weil ich seine Gedichte zu hören und zu lesen bekam, gerieth ich natürlich darauf, auch zu dichten. Wie früh ich damit angefangen habe, weiß ich nicht, aber es muß wohl sehr früh gewesen sein. Das Erste, was darüber in urkundlicher Aufzeichnung einem Literarhistoriker des nächsten Jahrhunderts vorzulegen ist, stammt aus dem Jahre 1847 her. Von dieser Zeit an mehren sich meine aufgezeichneten poetischen Produkte mit jedem Jahr.

Mein Vater verfolgte diese meine Thätigkeit mit Interesse und Freude, wie ich glaube, war aber sehr zurückhaltend mit seinem Beifall. Ein paar Mal schenkte er mir fünf Silbergroschen — einen halben Gulden, wie wir damals in Danzig sagten — für ein Gedicht, das ich ihm vorlegte und das ihm gefiel. Das war, ins Heutige übersetzt, ein Honorar von mindestens 20 Mark, und damit sind selbst die Führenden unter den heutigen Schriftstellern zufrieden, wenn es sich nicht um ein sehr langes Gedicht handelt.

Ich wurde natürlich durch ein solches Honorar, das ich jedoch in einer Reihe von Jahren nur wenige Male erhielt, sehr erfreut. An dem Gelde aber war mir, obgleich ich es sehr gut zum Ankauf von Stahlfedern, Honigfarben, chinesischer Tusche, Bindfaden, Zündhütchen und Blumenzwiebeln verwenden konnte, lange nicht so viel gelegen als an meines Vaters Lobe. Wenn ich ihm etwas zu lesen gegeben hatte, und er zu lesen anfing, sah ich nach seinem Gesicht — wie ich jetzt meiner Frau nach den Augen sehe, wenn sie ein Gedicht von mir im Manuscript zu lesen bekommt.

Einmal sagte mein Vater zu mir: „Johannes, wir wollen jetzt concurriren. Der und der" — ich weiß den Namen nicht mehr — „will von mir ein Gratulationsgedicht haben für seinen Richard zum Geburtstage der Mutter. Gut, wir machen beide das Gedicht, beide Gedichte schreibe ich ab und lege sie meinem alten Freunde vor. Dann wollen wir einmal sehen, welches von beiden er wählet." Sofort machte ich das Gedicht und gab es meinem Vater. Am andern Tage sagte er zu mir: „Du hast gewonnen, dein Gedicht ist gewählt!" Lange nachher, nicht damals, ist mir der Gedanke gekommen, er hätte sich einen Scherz mit mir gemacht. Das glaube ich aber doch nicht, sein Gesicht strahlte von zu unverstellter und herzlicher Freude, als er mir meinen Sieg verkündete. Ich spielte aber auch mit ihm Schach, das er gern hatte. Zuerst gab er mir die Königin vor, dann einen Thurm, endlich nichts mehr, und wir hatten harte Kämpfe mit einander. Als ich ihn dann zum ersten Mal schlug, ließ er sich nichts merken, daß er darüber verdrießlich wär, aber Schach gespielt hat er mit mir seitdem niemals wieder.

X.

Siebenundfünfzig Jahre alt war mein Vater geworden, als er in den Hafen einlief, in dem er sich sicher vor Anker legen konnte. Es muß ein großer Trost für ihn gewesen sein, daß er nun ohne Sorge in die Zukunft hinausblicken durfte, daß die Augen, die zu ihm emporsahen, die Hände, die sich ihm entgegenstreckten, sein Herz nicht mehr mit Angst erfüllten. Bei uns oben dort an der Küste folgt dem schlechten Sommer, dem ein vielverheißender Frühling vorangegangen ist, manchmal ein Herbst, der alles wieder gut zu machen bemüht ist. Solch ein Herbst war meinem Vater beschieden.

Ob die Stellung, die er schließlich errang, ganz dem entsprochen hat, was in seinen Wünschen und Hoffnungen lag: ich will nicht urtheilen darüber. Es mag etwas anderes gewesen sein, was er in den Träumen seiner Jugend sah, was er noch in seinem Mannesalter, als das Glück ihm hold war, erstrebte. Daß er aber nach schweren Kämpfen doch eine gesicherte Stellung gewann, dafür ist er gewiß dem Himmel sehr dankbar gewesen. Er war ohne Zweifel berufen zu einem anderen Posten, aber nachdem ich selbst in die Jahre gekommen bin, in denen er damals stand, sage ich mir: es ist ein so großes Gedränge um den Tisch, auf welchem der Brotkorb steht, daß man froh ist, überhaupt nur einen Platz daran bekommen zu haben, wenn man auch ziemlich enge sitzt.

Meinem Vater kamen seine Sprachkenntnisse sehr zu statten in seinem neuen Geschäft. Mit jedem Schiffer, der in den Hafen kam, konnte er in dessen heimathlicher Sprache reden, und das gewann ihm, der auch immer das rechte Wort zu finden wußte, die Herzen der Fremden und machte ihm seinen Beruf leichter, als er sonst wohl gewesen wäre.

5*

Aber auch sonst ging es ihm gut. Es ist ein altes Wort, daß wie ein Unglück auch ein Glück selten allein kommt, das bewährte sich auch bei meinem Vater. Ein Glück war es für ihn, daß er die Schiffsabrechnerstelle erhielt, ein anderes Glück, daß die Chancen dieser Stelle, als er sie erhalten hatte, günstiger und immer günstiger wurden. Die Schiffahrt Danzigs hob sich von 1852 an in einer Weise, wie niemand es erwartet oder gehofft hatte. 1853 schon liefen 1756 Schiffe in Neufahrwasser ein, das waren mehr, als seit 1803 gezählt worden waren. Seitdem hoben das Getreidegeschäft und der Schiffsverkehr sich immer mehr. In jedem Jahr nahm die Zahl der einkommenden Schiffe zu und betrug im Jahre 1861 die wohl überhaupt in Danzig erreichte größte Zahl von 2699. Seit diesem Jahr erst gingen Schiffahrt und Handel in beklagenswerther Weise zurück.

Mein Vater benutzte die günstige Lage, in die er gekommen war, um sich und den Seinen ein behagliches Heim zu schaffen. Dieses nach seinem Geschmack auszugestalten, war er unablässig bemüht. Ein hübsches Stück Hausrath nach dem andern kam in unsere Wohnräume, und jede neue Anschaffung war wohl überlegt und bedacht von meinem Vater. Er besaß, was ich die Liebe zum Eigenthum nennen möchte, und das ist eine gute Gabe. Ueber alles, was er anfertigen ließ, besprach er sich eingehend mit den Leuten, die es herzustellen hatten, und handelte es sich auch nur um einen einfachen Büchereinband. Er sorgte auch dafür, daß die Fenster unserer Wohnstube immer mit schönen Blumen besetzt waren, und was er an Blumen anschaffte, war immer etwas Eigenartiges. Von den Blumen, die bei uns am Fenster standen, sind mir in der Erinnerung geblieben die selt-

same Fliegenfalle (Dionaea muscipula), die schamhafte Sinn=
pflanze (Mimosa pudica), die entzückende Porzellanblume
(Hoya carnosa), die wir Marzipanblume nannten. Uns ent=
zückte so sehr die Gestalt ihrer Blüthe wie ihr köstlicher Duft.
Dann hatten wir zwei andere wundervoll duftende Blumen,
die nach der Zeit altmodisch geworden sind, die Volkameria
(Clerodendron fragrans) und die Mahernia, deren Name
ein Anagramm ist, gebildet aus den Pflanzennamen Hermannia.
Wir hatten die hohe, leuchtend rothe Lobelie und die kleine
blaue, die damals eben beliebt wurde. Wir hatten Begonien,
die glücklich durch den Winter gebracht wurden. Viele Freude
bereitete uns eine Fuchsia von zierlichster Blüthengestalt, der
ich nachher nicht wieder begegnet bin, wie ich auch die ent=
zückende Salvia, deren Blumen aus lichtblauem Sammet ge=
bildet zu sein schienen, nicht wieder gefunden habe, auch
nicht in den besten Blumenläden. Wir haben ja jetzt nur
„Marktpflanzen" noch, die so massenhaft gezogen werden wie
die Marktgesinnung, die man jetzt haben muß, um durchs
Leben zu kommen. Gegen das eine wie das andere wird
und muß eine Auflehnung stattfinden, die es über Bord wirft.
Dann aber werden mit andern guten Dingen auch die Vol=
kameria, die Mahernia und die Marzipanblume wieder zu
Ehren kommen.

Unser neues Haus hatte so viele Wohnräume, daß aller
Kinder Wünsche, etwas für sich zu haben, erfüllt werden
konnten, und daß auch ich mein eigenes Arbeitszimmer erhielt
mit einem Alkoven, in dem ich schlief. Ich war gewohnt
— und das kann ich noch — zu arbeiten, wenn es um
mich her wimmelte, aber herrlich war es doch, sein eigenes
Gemach zu haben. In diesem meinem Arbeitszimmer, das

von Süden her ziemlich viel Sonne hatte, richtete ich mir eine Blumenzucht ein für den Sommer nicht nur, sondern auch für den Winter. Ich weiß nicht, wie es mir damals gelang, soviel schöne Zwiebelgewächse mitten im Winter zum Blühen zu bringen. So viel Glück mit dem Blumentreiben habe ich nachher nie wieder gehabt, obgleich ich mir, wie ich meine, viel Mühe damit gegeben habe. Damals aber gedieh mir alles, und meine Maiglöckchen, die ich in der Ofenröhre trieb, blühten um Weihnachten schon. Wenn ich im Februar oder März meinem Vater ein besonders schön blühendes Gewächs brachte, erhielt ich eine kleine Prämie von ihm in baarem Gelde, die mich weit mehr erfreute, als was ich sonst von ihm für ein gelungenes Gedicht bekam. Mit vollem Recht! Wie viel schwerer ist es, eine Hyazinthe oder gar eine Tazette im Winter zu vollkommener Entfaltung zu bringen, als ein Gedicht zu machen, wie viel mehr Sorgen sind damit verbunden! Und wenn ein Gedicht seine Mängel hat, so kommt man hinweg darüber, vorausgesetzt daß man es selbst gemacht hat; daß aber eine Blume, mit der man sich Mühe gegeben hat, nicht gut einschlägt, ist sehr schwer zu verwinden.

So viel Sorge mein Vater auf die Ausschmückung seiner Danziger Wohnung verwandte, so sehr war er auch bedacht darauf, sein kleines Anwesen in Langefuhr freundlicher und behaglicher zu gestalten. In dem Garten, der nicht groß war, aber eine gute Lage hatte, pflanzte er an und säete aus, was er besonders liebte. Es gehört zu den glücklichsten Erinnerungen aus meiner Kinderzeit, daran zu denken, wie ich hinter ihm herging, wenn er Nachmittags aus der Stadt gekommen war und dann im Garten zwischen den Beeten hinschritt, um sich anzusehen, was neu aufgeblüht war. Seinen Augen entging nicht leicht eine neu aufgeschlossene Blume, auch wenn sie nur klein war. Geschah das aber doch einmal, so war ich da, ihn darauf aufmerksam zu machen, daß er etwas übersehen hatte. Ich hatte ja so viel mehr Zeit als er, den Garten zu studiren. Meine Blumentöpfe nahm ich im Frühling zum größten Theil nach dem Garten mit, einige aber überließ ich zur Pflege unserer alten Köchin, die neunundzwanzig Jahre bei uns gewesen ist und sehr blumenlieb war. Ihr gedieh alles, obgleich sie in ihrer Stube unter viel ungünstigeren Bedingungen Blumen zog, als ich in der meinen. Ihre Geranien, besonders aber ihre Rosen, machten mich neidisch.

Ein Jahr nachdem mein Vater Schiffsabrechner geworden war, wurde ich mit meiner Zwillingsschwester zusammen confirmirt. Damit traten wir aus dem Stande der Kleinen zu dem der Großen hinüber. Ich weiß es noch, wie wir beiden Kinder bald nach unserer Einsegnung zum ersten Mal — wohlhabende Zwillinge waren als Taufpathen sehr beliebt — „Gevatter standen", wie das arme kleine Kind aus den Händen meiner Schwester in die meinen gereicht wurde. Aber dies Recht des Pathenamts war für uns das geringste, das wir erwarben; viel größer erschien uns das andere, daß wir nun Abends aufbleiben durften. Denn ehe wir eingesegnet waren, mußten wir immer um acht Uhr, wenn wir unsere Suppe gegessen hatten, zu Bette gehen. Nun durften wir „aufbleiben" und zuhören, wenn unser Vater vorlas. Er las uns jeden Abend vor, eine Stunde mindestens, es wurden aber auch anderthalb und zwei Stunden. Meist las er englische Romane in guten Uebersetzungen, Romane von Dickens und Thakeray, aber auch mit deutschen Dichtungen, die er

gern hatte, machte er uns bekannt. Er las so gut, daß er
mir für alle Zeit das Anhören von Vorlesern und Recitatoren
verleidet hat. Die Wirkung seines Vortrages beruhte wahr=
scheinlich darauf, daß er gar keine Kunst in den Vortrag hin=
einlegte, sondern so sprach und las, wie es ihm ums Herz war.

Vier Jahre habe ich, glückliche vier Jahre, noch im
Elternhause verlebt, nachdem wir in die Brotbänkengasse über=
siedelt waren. Dann bin ich in die Fremde gegangen und
habe seitdem nur zwei Mal noch meinen Vater wiedergesehen.
Als ich zum dritten Mal, durch den Telegraphen herbeige=
rufen, nach Danzig kam, am 30. Dezember 1861, sah ich ihn
todt auf seinem Bette liegen. Eine rasch hinraffende Krank=
heit hatte ihn überfallen, der er in wenigen Tagen erlag.
Als es schlimm mit ihm stand, fing er an in fremden
Sprachen zu reden. Als es zu Ende ging mit ihm, überkam
ihn die Vorstellung, es läge ein Schiff da, mit dem er auf
die See hinausgehen sollte. Und das Schiff kam und nahm
ihn mit. Sein Angesicht trug den Ausdruck des Friedens.

Er hat zu uns gesagt, als er im Frühjahr 1852, aus
der Noth gerettet, mit uns am Tisch saß, nun bäte er Gott
darum, ihm noch zehn Jahre das Leben zu erhalten. Diese
zehn Jahre sind ihm gewährt worden.

Er ist begraben an einer schönen Stelle unter schattenden
Bäumen auf dem Kirchhof von Sanct Marien — dem Pfarr=
kirchhof, wie dort gesagt wird — in der Familiengruft, in
der wir, seine Kinder, auch alle einmal ruhen sollten. Aber
wir sind verstreut worden in alle Welt, und die von uns
schon gestorben sind, blieben da liegen, wo sie hinsanken, fern
von der Heimath.

Der Heimathgarten.

Ich kann es mir gar nicht vorstellen, wie jemand seiner Kinderzeit sich erinnern kann, ohne dabei an einen Garten zu denken und ihn vor sich zu sehen. Doch wachsen so viele auf in gartenlosen Häusern, und zu ihnen gehören meine eigenen Kinder, die ich deshalb sehr bedauere. Gern möchte ich ihnen zu einem Garten verhelfen, aber ich vermag ihnen nur einen solchen von Blei zu verschaffen, wie man ihn um Weih= nachten unter dem Tannenbaum aufbaut.

Besonders viel muß ich um die Herbstzeit an den Garten der Heimath denken. Wie vergnüglich war es, wenn die Obst= ernte losging, und nun eine Fruchtgattung nach der anderen an die Reihe kam: zuerst Beerenfrüchte, dann Kirschen und Pflaumen, Birnen und Aepfel, und zuletzt der Wein. Und nach der Ernte kam die Nachernte, die uns Kindern überlassen war. Denn die Bäume waren nach der Haupternte noch nicht ganz leer. Die Leute, welche das Abnehmen des Obstes be= sorgten, hatten den Glauben, daß man ein paar Früchte an den Zweigen lassen müsse, um den Baum nicht zu kränken, und außer denen, welche sie mit Absicht hängen ließen, über= sahen sie auch noch manche. Welch ein Vergnügen dann, in den Bäumen umherzuklettern und aufzusuchen, was man von unten her erspäht hatte! Dabei kümmerte ich mich nicht um den Glauben der Leute, von denen ich eben sprach, sondern ruhte nicht eher, bis ich die letzte Birne und den letzten Apfel heruntergeholt hatte. Am reichsten fiel die Nachernte aus bei den Bergamottbirnbäumen, weil deren bräunlich-grüne, dem herbstlichen Laube ähnlich gefärbten Früchte um die Haupt-erntezeit am leichtesten übersehen wurden.

Der Garten meines Elternhauses war nur klein, doch stand eine ganze Anzahl von Obstbäumen darin, und vorzüg-liche Sorten waren es alle. Ganz versteckt aber stand an einer Stelle ein Pflaumenbaum, von dem ich allein etwas wußte. Daneben war im Garten noch Raum für schöne andere Bäume, unter denen ein alter Ahorn war, eine hohe Lärche und eine Silberpappel, sowie für allerhand Ziergesträuch. Reich an Blumen war der Garten auch, denn mein Vater liebte die Blumen sehr. Ich sehe noch vor mir die Beete von pracht-vollem gefüllten Mohn, die Reihen von buntem Rittersporn und von duftenden Levkoyen, die hohen Stockrosen mit ihren angenehmen Blüthenfarben. Mancherlei Lilien gab es, rothe und weiße Rosen und auch einen Strauch gelber. Der Garten hatte nichts Stilvolles, aber vieles und schönes Blumenvolk war darin zu finden den ganzen Sommer hindurch, von den ersten Schneeglöckchen bis zu den letzten Astern.

Nachbargärten waren zu beiden Seiten, und nach hinten zu war der Garten begrenzt durch einen hohen Zaun, über den ich aus Liebhaberei hinüberzuklettern pflegte, auch wenn die Thür, die hinausführte, nicht verschlossen war. Hinter dem Garten war ein anmuthiges Plätzchen von Bäumen beschattet. Zunächst stieß daran ein Kornfeld, und den Hintergrund bil-deten bewaldete Höhen.

Von diesem Garten habe ich geträumt unablässig die ganze lange Zeit hindurch, seit ich von Hause fort bin, bis vor wenigen Jahren und dann nicht wieder. Immer war ich im Traume in diesem Garten und hörte den Wind rauschen in seinen Bäumen. Auch was ich nachher erlebt habe, wenn davon etwas in meinen Träumen vorkam, so war es sehr häufig nach diesem Garten versetzt, und die Menschen, die ich später kennen gelernt habe und die wieder gestorben sind, fanden sich dort zusammen. Eines Nachts aber nahm mein Gartentraum eine eigenthümliche Gestalt an. Ich stand wieder in dem Garten der Heimath, aber ich sah nichts von ihm, ich war blind. Da warf ich mich, ohne bekümmert zu sein, auf die Erde nieder und fühlte umher, um etwas mir Bekanntes zu finden. Bald hatte ich etwas unter den Händen, das ich genau erkannte: es war eine Einfassung von Porzellanblümchen, die sonst auch Jehovablümchen, mit dem botanischen Namen aber Saxifraga umbrosa genannt werden. Die starken, rundlichen, am Rande gekerbten Blätter, welche auf dem Boden Rosetten bilden, waren sehr leicht mittelst des Gefühls zu erkennen, ebenso die aus den Rosetten aufsteigenden schlanken Blüthenstiele, die eigenthümlich anzufühlen sind wegen der kleinen Drüsen, welche sie bedecken. Nun wußte ich genau, an welcher Stelle des Gartens ich war. Hinter der Einfassung stand Reseda, weiter nach links zu kam dann das Verbenenbeet und dahinter die grüne Laube, an welcher der alte Birnbaum stand. Gegenüber der Laube war das runde Beet, das mit Mirabilis bepflanzt und von Tausendschönchen eingefaßt war. An diesem Beet stand der Baum, der die schönen Citronenäpfel trug, an seinem Stamm aber waren an Fäden buntblühende

Winden emporgezogen. Nun mußte ich Bescheid und konnte mich durch den ganzen Garten leicht von einem zum andern hindurchfühlen. Als ich aber so dachte, zerrann mein Traum, und ich wachte auf. Da nahm ich mir vor, meine Heimath aufzusuchen, und diesen Vorsatz habe ich nicht lange darauf ausgeführt, in der schönsten Zeit des Jahres, als die Buchen das erste zarte Grün gewonnen hatten.

Der Garten meiner Kinderzeit mit dem kleinen Hause, das wir im Sommer bewohnten, liegt in der Vorstadt Danzigs, welche Langefuhr heißt. Von Danzig führt dorthin eine Doppelallee von alten Linden. Auf einer Zeichnung Chodo-wieckis vom Jahre 1773 sieht man ein Stück dieser Allee, deren Bäumchen auf diesem Blatt noch sehr jung erscheinen. Wenn aber in einer Notiz der Amslerschen Angabe der „Danziger Reise" zu jenem Bilde bemerkt wird, die Allee sei sechs Jahre vor der Zeichnung erst angelegt worden, so ist diese Angabe nicht ganz genau, denn die Allee ist in den Jahren 1768 bis 1770 angepflanzt worden. Jetzt sind die Bäume also schon ein gut Stück über hundert Jahre alt, da sie aber dem Nordwinde ausgesetzt sind und deßhalb langsam gewachsen, machen sie nicht den Eindruck eines so hohen Alters.

Als ich um die Mitte des Maies durch diese pracht-volle Allee nach Langefuhr wanderte, waren ihre Lindenbäume erst spärlich belaubt. Ich freute mich herzlich darüber, daß die Bäume alle so wohlerhalten und gesund aussahen. Welch ein herrliches, unschätzbares Vermächtniß unserer Altvorderen ist das, dachte ich bei mir, ein lebendiges und ein solches, das mit den Jahren immer mehr an Werth gewinnt.

Die Vorstadt Langefuhr, in welcher die Danziger Kauf-leute ihre Landhäuser haben, fand ich nicht sehr verändert.

Als ich zu meinem väterlichen Hause kam, sah ich mit Freude, daß vor demselben noch die alten Linden standen, in deren Gezweige ich, in einem Dachstübchen hausend, einst so oft in der Morgenfrühe, wenn ich aufwachte, hatte die Vögel singen hören. Vom Garten konnte ich von der Straße aus nicht viel sehen, ich gewahrte aber doch den Wipfel der Lärche, der stark windschief nach Osten hinübergebogen war. In meiner Kinderzeit stand der Baum noch kerzengerade da vom Fußende bis zur Spitze. Seitdem aber war er über alles andere Gebäume hinausgewachsen, und da war es ja kein Wunder, daß er unter dem Einfluß des vorherrschenden starken Westwindes sich nach Osten hinübergelegt hatte. Noch klopfte ich nicht an die Thür des Hauses an, sondern ging um dasselbe herum, um auf der Waldhöhe hinter ihm, die der Johannisberg heißt, einen Blick in den Garten hinein zu gewinnen. An dem Abhange des genannten Berges, nach den Häusern von Langefuhr zu, liegt ein Kaffeelokal, welches jetzt wieder, wie es vor langer Zeit schon hieß, Zinglershöhe genannt ist. Dort hinauf stieg ich und spähte hinunter. Der Blick ist schön, man sieht ein hübsches Stück Land und ein großes Stück von der blauen See. Ich aber suchte nach der Stelle, wo der Garten sein mußte, und fand sie. Viel von ihm war nicht zu sehen, aber das, was ich sah, war der Wipfel des Ahornbaumes. Da ich nun gewiß war, doch wenigstens zwei alte Bekannte noch lebend anzutreffen, faßte ich mir ein Herz, stieg hinunter, begab mich zu dem Hause, in dem ich einst zu Hause gewesen war, und zog die Klingel. Ein Dienstmädchen öffnete mir und meldete mich der Besitzerin. Diese, eine einzelne alte Dame, welcher seit einigen Jahren das Grundstück gehörte, das seit meines Vaters Tode schon verschiedene

Besitzer gehabt hat, empfing mich mit Freundlichkeit, und als
sie vernahm, was mein Begehren war, führte sie mich in den
Garten und zeigte mir alles.

Ach, wie sehr hatte der Garten sich verändert! Er war
größer geworden, ein Stück von dem Felde, das dahinter lag,
war dazu genommen, und das wenigstens freute mich, daß er
gut gehalten war. Er war offenbar in guter Hand und wurde
mit Sorgfalt gepflegt. Die Beete waren sauber und mit
schönen Blumen, Sträuchern und Bäumen besetzt. Aber wie
wenig von alledem, was ich einst in Wirklichkeit und nachher
so oft im Traum gesehen hatte, war noch vorhanden! Ich hatte
halb und halb darauf gerechnet, sogar noch ein paar Stauben=
gewächse der alten Zeit wiederzufinden; aber der Garten war
wohl einmal von Grund aus umgearbeitet worden, und bei
dieser Gelegenheit hatte man alles alte Staubigt ausgeworfen
und entfernt. Selbst die Balsamstaube und die Pfefferminze,
die, wo sie einmal sitzt, nicht leicht wegzubringen ist, waren
verschwunden. Alle Sträucher waren weg bis auf ein paar
Fliedergebüsche. Die standen noch da und schienen kaum merk=
lich stärker geworden zu sein seit dreißig Jahren. Sie ge=
hörten zu der weißblühenden Art, die jetzt seltener gezogen
wird als vordem. Nichts von den alten Obstbäumen war
mehr da; selbst den Pflaumenbaum, der mein Geheimniß ge=
wesen, hatten sie gefunden und ausgerottet. Nun suchte
ich nach den andern Bäumen. Daß ich die alte Akazie,
die zu meiner Jugendzeit schon leidend war und in jedem Früh=
jahr ein Theerpflaster bekommen mußte, daß ich diese nicht mehr
unter den Lebenden finden würde, dachte ich wohl. Aber die
junge, die so sehr kräftig aufgeschossen war, die konnte doch
noch leben. Nein, auch sie fehlte! Ich mußte vorher, daß der

Tannenbaum der auf dem Grasplatz gestanden hatte, nicht mehr vorhanden war, und doch schmerzte es mich, ihn zu vermissen. Mein Vater hatte ihn als ein ganz kleines Bäumchen in der Tasche aus dem Walde mitgebracht und ihn eingepflanzt, als ich eben mit einem Schwesterchen zusammen geboren war. Bald wuchs er uns über den Kopf und schien ein sehr stattlicher Baum werden zu wollen. Eines Tages aber — es mögen wohl zwanzig Jahre her sein — ging das uns benachbarte Grundstück in Feuer auf. Da schlugen die Flammen auch in unsern Garten hinein und ergriffen die Tanne, die so schweren Schaden davon erlitt, daß sie bald darauf eingegangen ist.

So blieben denn als mein Trost der Lärchenbaum und der Ahorn. Ich erzählte der alten Dame, wie gerade „zu meiner Zeit" die Lärche gewesen sei. „Jetzt ist der Baum freilich schief", sagte sie, „aber ich habe ihn doch gern. Der Gärtner nebenan will ihn weg haben, aber so lange ich lebe und dies Grundstück besitze, soll ihm keiner etwas zu Leibe thun." — Das zu hören freute mich. Dir aber, liebe Lärche, wünsche ich, daß Gott die alte Dame noch recht lange am Leben erhalten möge.

Den Ahorn hätte ich größer und stärker wiederzufinden erwartet. Er war doch damals schon, als ich noch klein war, ein Riesenbaum, und wie viel Jahre sind seitdem verflossen! Damals war er der Lieblingsaufenthalt der Singvögel, und auch ein Eichhorn, das aus dem Walde herübergekommen, hatten wir auf ihm umherlaufen sehen. Wir hatten es gut, denn in unserm Garten und sogar in unserm kleinen Hause lernten wir allerhand Thiere kennen, deren Bekanntschaft den Berliner Kindern erst der illustrirte Brehm ver-

mitteln muß. Wie viele Vögel kamen in den Garten! Am
Hause nisteten die Schwalben. Fledermäuse waren gewöhnliche
Gäste bei uns. Auf dem Boden fand sich ein Eulennest vor,
und einmal besuchte uns sogar ein Marder. Dazu hatten
wir einen Hund Namens Picabon, der uns eigentlich nicht
gehörte, und von Katzen eine schauderhafte Menge in allen
Größen und Farben.

Aber ich muß von dem Thierreich zurückkehren zum Pflan=
zenreich und etwas melden, was mich sehr angenehm über=
raschte. Ich fand in meinem Heimathgarten außer der Lärche
und dem Ahorn noch eine andere alte Bekanntschaft lebend
vor, eine Silberpappel, auf die ich gar nicht mehr gerechnet
hatte. Schon als ich noch ein Kind war, erschien sie uns
kränklich, und wir waren gefaßt darauf, sie eingehen zu sehen.
Und nun in ihren alten Tagen hatte sie sich herausgemacht
und stand da frisch und kräftig. Ich mußte bei ihrem An=
blick denken an ein altes Fräulein, das ich auch ganz zusammen=
gefallen und verkümmert wiederzufinden erwartet hatte. Und
wie fand ich sie? Als ein Bild des Lebens, blühend und
lustig und, mit einem Wort, ganz verjüngt.

„Nein, so hätt' ich nicht geglaubt dich wiederzusehen,"
sagte ich zu der alten Weißpappel, als ich vor ihr stand.
„Du hast dich sehr gut gehalten!" Da sagte sie zu mir:
„Du nicht! Sieh, kommst du auch einmal wieder hier ange=
strolcht? Und was meinst du wohl, daß man sich nicht gut
halten soll, wenn man in der Heimath bleibt und begibt sich
nicht unter fremdes Gelichter. Schämen solltest du dich!
Kannst du es irgendwo besser haben als hier, wo du nur ein
Stückchen zu steigen brauchst, um einen Blick auf die See zu be=
kommen? Ist es nicht guter Art entsprechend, daheim zu bleiben,

in der Heimath einen Herd zu gründen, der Bürgerschaft zu nützen mit dem, was man kann und, wenn man das Seine gethan hat, sich hinzulegen, wo die anderen von der Familie liegen? Was am Ende auch hat es dir geholfen, daß du fortgegangen bist? Diesem Boden hier gehörst du doch zu, und wer weiß, ob du zu dem, was du aus der Heimath mitbrachtest, viel noch hinzuerworben hast. Ich glaube es nicht, und du siehst mir nicht aus danach. Versteh mich nicht falsch: ich meine nicht Geld und Gut. Aber auch was dieses letztere betrifft, scheint es bei dir nicht sehr weit her zu sein.“

Als die alte Dame sah, daß ich mit der Pappel zu sprechen hatte, überließ sie uns für ein Weilchen uns selbst. Nun aber rief sie mich an, um mir eine Blume zu zeigen. Die hatte sie aus Samen gezogen, den sie von der Schweiz mitgebracht hatte. Es war eine reizende Silene.

Saxifraga Hirculus.

Ein großes Herbarium ist eigentlich eine Last für den Besitzer. Man weiß nicht, wo damit bleiben in einer Berliner Miethswohnung, in der die Lagerräume so sehr beschränkt sind und so stark in Anspruch genommen werden. Außerdem ist es gar nicht leicht, die Sammlung vor Staub und Würmern zu bewahren. Letztere sind unwillkommene Gäste, wenn es auch anziehend ist, ihre Thätigkeit zu beobachten und darauf zu merken, was ihnen besonders gut schmeckt. Einige Pflanzenfamilien werden von ihnen den anderen vorgezogen, und sie gehen nicht so sehr den zarten Pflanzen nach, als den derbe gebauten, vielleicht weil an diesen mehr „dran ist". Ich habe es mit Staunen gesehen, daß sie ein getrocknetes ansehnliches Exemplar der Strandbistel, die auch Seemannstreue genannt wird, in kurzer Zeit vollständig zu Staub zermahlen haben.

Ein Herbarium ist, wie gesagt, im Grunde eine Last, aber doch möchte ich mich von dem meinen nicht trennen. Außer dem Nutzen, den ich sonst davon habe, besitzt es Werth für mich als ein Tagebuch, denn ich habe von meiner Kinderzeit bis heute dafür gesammelt und bei jeder Pflanze auf dem

Bogen, in dem sie liegt, neben ihrem Namen auch noch Fund=
ort und Datum verzeichnet. Darum sind die von mir selbst
gesammelten Pflanzen mir viel lieber als diejenigen, die ich
durch Tausch gewonnen oder geschenkt bekommen habe. Sie
wissen alle, abgesehen von der Angabe ihrer besonderen Eigen=
schaften, auch sonst noch etwas zu erzählen.

Neulich nahm ich eine Mappe heraus, und als ich den
ersten Bogen aufschlug, fielen meine Blicke auf eine zierliche
kleine Staude, die mit schmalen Blättern besetzt war und an
ihrer Spitze ein paar goldgelbe sternförmige Blumen trug.
Das Goldgelb der Blumenkrone war, wie es auch sonst bei
dieser Farbe der Fall zu sein pflegt, sehr gut erhalten ge=
blieben. Auf der Vorderseite des Umschlages aber stand
unter dem Namen Saxifraga Hirculus L. die Bemerkung:
Groß=Katzer See 1864. Sofort stand lebhaft vor mir der
Ort, wo ich die Pflanze gefunden, und genau erinnerte ich
mich der Verhältnisse, in denen ich damals lebte.

Ich hatte um Ostern 1864 Strike gemacht, d. h. meine
in Berlin schon gewonnene Stellung preisgegeben zu dem
Zweck, bessere Lohnverhältnisse zu erzwingen. Da ich deshalb
vor der Hand in Berlin nichts zu suchen hatte, so begab ich
mich im Frühjahr in die liebe Heimath und verlegte meinen
Standort nach dem damals noch recht einfachen Seebadeort
Zoppot, wo ich mit äußerst geringem Geldaufwande den
Sommer zubrachte, in holdem Nichtsthun und in angenehmer
Erwartung des Kommenden. Denn ich machte mir keine
Sorgen um die Zukunft, sondern war überzeugt davon, daß
sie mir von Berlin mit günstigen Anträgen kommen müßten.
Und sie kamen auch, wenn auch erst im Herbst, als das Heide=
kraut schon abgeblüht hatte. Bis dahin bestand meine Thätig=

6*

keit darin, daß ich einen Tag wie den andern vom Morgen
bis zum Abend in Wald und Heide umherstrich wie ein
richtiger Taugenichts. Galt auch dort ziemlich allgemein für
einen solchen. Diese Lebensweise war zum großen Vortheil
für mein Herbarium, welches eine starke Bereicherung in diesen
Monaten erfuhr, und unter den seltneren Pflanzen, die ich
damals erbeutete, befand sich auch der goldgelbe Steinbrech,
Saxifraga Hirculus. Doch den zu erlangen war nicht gar so
leicht, obgleich ich erfahren hatte, wo er stand.

Im Nordwesten von Zoppot erstreckt sich ins Land hin-
ein ein großer Wald, der früher noch ansehnlicher war, als
er jetzt ist. Darin liegen und an ihm Orte mit wohlklingen-
den Namen, wie das Forsthaus Bernardowo, das Dörfchen
Golombia und Golombia Woda, d. i. Tauben-Wasser zu
Deutsch. Weniger angenehm ins Ohr fällt der Ortsname
Groß-Katz. Bei Groß-Katz lag ein See mit stark versumpftem
Ufer, und in dem Ufersumpf stand der schöne Steinbrech.
Denn er ist eine unserer Moorpflanzen von alpinem Charakter.
Hie und da kommt er bei uns im Norden vor und tritt dann
häufiger auf in den Hochmooren Süddeutschlands, besonders
Baierns. Leider hat von manchem früheren Standort die
Gier der Sammler ihn weggetilgt.

Es war an einem heißen Tage um Mittag, als ich aus
dem Walde heraustrat und vor mir in einiger Entfernung
den See schimmern sah. Die Luft war still, kaum daß ein
wenig die Binsen sich regten. Man hörte nichts als das
Gesumme der großen Fliegen, und schöngeflügelte Libellen,
„blaugoldne Stäbchen mit Karmin", wie unsere größte Dichterin
sie nennt, schwebten in zitternder Bewegung über den Blumen,
die das Ufer kränzten. Aus dem Ufergrün leuchteten zahl-

reich die schneeweißen Blüthen unserer heimischen Calla auf.
Nie habe ich diese Pflanze seitdem in gleicher Schönheit wieder
gesehen. Nicht viele kennen sie überhaupt wohl, obgleich sie
nicht selten ist. Sie sieht durchaus wie eine Verkleinerung
der afrikanischen Calla aus, die bei uns als Fensterblume
beliebt ist. An beiden ist es die blendend weiße Blüthen-
scheide, welche den Eindruck einer Blume macht und als
solche gilt.

Ich bemerkte, daß der See ziemlich weit hinein versumpft
war. Die Oberfläche war bedeckt mit inselförmigen Erhöhungen,
welche mit Torfmoos, Gras, Binsen und Kräutern bewachsen
waren. Bei einigen aber war der Pflanzenwuchs schon so
weit gediehen, daß Lorbeerweiden und buschförmige Kiefern,
wie sie hier in der Mark „Kuscheln" genannt werden, auf
ihnen sich angesiedelt hatten. Diese durch die Vegetation im
Sumpf oder Moor hervorgebrachten Aufhöhungen werden
anderwärts „Bülten" genannt.

Nun ging ich in den Sumpf hinein, indem ich mich vorsichtig von Bülte zu Bülte schwang und vornehmlich solche
zu erreichen suchte, auf denen Kieferngebüsch stand. Auf diese
kann man stets ruhig den Fuß setzen, auch wenn sie zittern
und schwanken; diejenigen, die nur mit Gras und Krautwerk
bestanden sind, erweisen sich weniger zuverlässig und geben
leicht unter dem Fuße nach. Eine nicht sehr lange Strecke
hatte ich auf diese Weise zurückgelegt, als ich vor mir etwas
Goldenes aufglänzen sah, das ich für den gesuchten Steinbrech hielt. Bald war ich an Ort und Stelle, und richtig,
ich hatte ihn gefunden.

Nachdem ich mir ein paar Exemplare für mein Herbarium
ausgewählt hatte, betrachtete ich ruhig und mit herzlicher

Freude die schöne Blume, da drang vom Ufer her lautes Geschrei zu mir, und als ich hinübersah, bemerkte ich einen Mann, der am Waldrande stand, mich anschrie und mir winkte. Mir mußte es gelten, denn ringsum war kein anderes lebendes Wesen zu sehen. Lieber Gott, dachte ich, es ist wohl ein Unglücklicher, der nach Hilfe schreit. Vielleicht ist er von einer Schlange gebissen. Es kann aber auch sein, daß er nur wissen will, was es an der Zeit ist.

Bald langte ich, indem ich wieder von Bülte zu Bülte sprang, bei ihm an. Es war offenbar ein Kossäth aus dem nächsten Ort. Schweigend stand er nun vor mir und be= trachtete mich mit ein wenig scheuen Blicken. „Haben Sie nach mir geschrieen?" fragte ich. „Ja wohl!" antwortete er. „Und was wollen Sie von mir?" „O," sagte er, „gar nichts; ich dachte nur, Sie wollten sich das Leben nehmen." „Nein," erwiderte ich, „daran habe ich nicht gedacht, nur eine Blume wollte ich mir holen, diese hier!" Damit hielt ich ihm den Strauß von Saxifraga vor das Gesicht. Aber er sah die Blume gar nicht an, er hatte keine Augen für ihre Schön= heit. Mir warf er einen Blick zu, der aus Grausen und Mitleid gemischt war, dann wandte er sich um und entfernte sich eiligst. Ich weiß wohl, was er bei sich dachte. Ein Apotheker, dachte er, oder ein Verrückter, oder beides zu= sammen.

Damit soll von mir nichts gegen die Apotheker gesagt sein, die ich sehr verehre. Schon als ich noch ein Kind war, konnte mir nichts Lieberes geschehen, als zur Apotheke ge= schickt zu werden, denn gewöhnlich kehrte ich zurück mit einem Stückchen Reglise, einer Locke Gerstenzucker, einem Stänglein Lakritzensaft, oder sonst einer kleinen Leckerei, die der gute

Herr Sabewasser mir geschenkt hatte. Und heute befinden sich unter meinen Freunden drei Männer, die früher Apotheker gewesen sind, und einer, der es noch ist. Bei diesem kehre ich gern ein, wenn mein Weg mich an seiner Apotheke vorbeiführt, denn er besitzt ein gutes Herz, ist ein Blumenfreund und hat im Hause ein Tränklein, das wohlschmeckend und heilsam ist.

Dreiundzwanzig Jahre waren vergangen, da kam ich — es war vor einigen Jahren — wieder einmal in meine Heimath, und mich befiel die Lust, die Gegend wiederzusehen, in der ich einstmals den schönen und stillen Sommer verlebt hatte. Es stand alles so lebendig vor mir, wie ich damals die ganzen Tage hindurch draußen umherstrich durch das hohe blinkende Waldgras und das dichte Farnkraut, über die Rodungen, die im Blüthenschmuck der reizenden rothen Heidenröschen prangten, wie ich im Himbeerschlag mein frugales Frühstück verzehrte; wie ich lange oft auf die See hinausblickte und allerhand Träumereien nachhing. Gewöhnlich waren dieselben hoffnungsvoller Art, obgleich die Zukunft noch ganz ungewiß vor mir lag. Bei mir dachte ich, es wird alles gut werden, und ich dachte dabei nicht an die Stellung allein, die ich zu erlangen hoffte, sondern an etwas anderes noch, das mich bewogen hatte, mittelst eines Gewaltstreichs eine Verbesserung meiner Lage zu erstreben. Ich hatte von Berlin ein liebes Bild mitgenommen und dazu einen kleinen Ring. Darum wußte noch keiner.

Als ich nach dreiundzwanzig Jahren nun von Zoppot aus wieder den Wald aufsuchte, geschah es in Begleitung eines rüstigen jungen Gefährten, der seines Zeichens ein Schullehrer war. Mir kam aber der Gedanke, nachzusehen,

ob die Saxifraga Hirculus an dem einsamen See wohl noch
zu finden sei und ob sie vielleicht schon in Blüthe stände.

Wir brachen erst ziemlich spät am Nachmittag auf, weil
wir lange Zeit darauf warteten, daß es aufhören sollte zu
regnen. Da sich unsere Hoffnung als eitel erwies, beschlossen
wir endlich, uns so wenig an den Regen zu kehren, wie er
sich an uns kehrte, und machten uns auf den Weg. Nachdem
wir ungefähr zwei Stunden zuerst über Feld, dann durch den
schönen Nadel- und Laubwald gewandert waren, blieb mein
Begleiter plötzlich stehen und sprach die selten etwas Gutes
bedeutenden Worte aus: „Wo sind wir denn eigentlich?"
Ich konnte ihm darauf keine Antwort geben, denn da er mir
als ein in der Gegend wohlbewanderter und vollkommen orts-
kundiger Mann erschienen war, hatte ich selbst auf den Weg
gar nicht geachtet, sondern mich ganz dem Vergnügen hin-
gegeben, welches das Wandern durch den Wald in erquicken-
dem Regen gewährt. Es mochte aber um die Zeit, als mein
Begleiter seine unbeantwortbare Frage that, die Sonne schon
im Untergehen begriffen sein, und die Aussicht auf ein Ueber-
nachten im Walde, soviel Verführerisches sie bei trockenem
Wetter gehabt hätte, büßte doch durch den sonst so verdienst-
vollen Regen erheblich an Reiz ein.

Da wir keinen Kompaß bei uns hatten, so thaten wir,
was in solchen Fällen als das Rathsamste erscheint: wir beschlossen, einem der stärker betretenen Wege beharrlich zu folgen,
in der Voraussetzung, daß derselbe auch in dieser spärlich be-
völkerten Landschaft uns endlich zu Menschen führen werde.
Dergleichen ist aber viel leichter beschlossen als ausgeführt.
Man ist noch nicht weit gekommen, so theilt der Weg sich in
zwei Wege, und der klügste Mensch kann nicht sagen, welcher

von den beiden Wegen der mehr betretene ist. Dasselbe
wiederholt sich, welchen von beiden Wegen man auch ein=
schlagen mag, und am Ende geschieht es, wie es Heinrich
Seidel und mir schon zwei Mal ergangen ist, daß man nach
langer Wanderung wieder an den ersten Kreuzungspunkt zu=
rückkommt.

Der junge Schulmeister und ich aber hatten Glück. Nach
einiger Zeit gelangten wir aus dem Walde heraus, und vor
uns lag nun eine Landschaft von recht ödem Charakter. Wir
standen am Waldsaum auf einer Anhöhe, zu unsern Füßen
senkte der Boden sich hinab in einen anscheinend sumpfigen
Grund und stieg jenseits desselben wieder auf. Drüben aber
auf kahler Höhe stand ein kleines Haus. Das war schon
etwas Trostvolles in dieser Einöde, und noch mehr Trost ge=
währte es uns, daß wir neben dem Hause einen Mann be=
merkten. Einen Menschen zu sehen erschien uns schon als
Bürgschaft für eine sichere Heimkehr. Sofort versuchten wir
es, uns mit dem Mann über die Bodensenkung hin in Ver=
bindung zu setzen. Wir riefen hinüber: „Hollah!" und er
rief etwas Aehnliches zurück. Damit war der Anschluß er=
reicht, aber auch weiter noch nichts. Darauf fragten wir an,
wo wir wären und wo der Weg ginge nach Zoppot. Es
kam eine Antwort, aber sie war uns unverständlich. Die Frage
wurde wiederholt, und von der andern Seite wurde auch wieder
etwas zurückgeschrieen — was, das verstanden wir nicht.
Immer lauter und heftiger wurde von beiden Seiten gebrüllt,
aber ohne jeden Erfolg. Nur unartikulirte Laute gelangten
von jenseits zu uns, und dem Manne, der dort stand, ist es
unzweifelhaft nicht anders als uns ergangen. Auf diese
Weise also war eine Verständigung nicht zu erzielen. Da

wir nun nicht erwarten konnten, daß der Mann, der neben
seinem Hause stand, zu uns käme, so entschloß endlich mein
Gefährte sich, zu ihm zu gehen.

Durch Dämmerung und Regen sah ich, wie er den Ab-
hang hinabstieg, vorsichtig durch den nassen Grund storchte
und sich dann auf der andern Seite mühsam an dem schlüpf-
rigen Lehmboden emporarbeitete. Ich sah, wie er zu dem
Manne trat und mit ihm sprach. Endlich kehrte er zurück
und stattete mir Bericht ab. Das kleine Haus auf der Höhe
drüben nannte sich Groß-Katzer Ausbau. Das klang uns
allerdings ungefähr so, wie „Ende der Welt", indessen gewährte es doch einen gewissen Anhalt. Außerdem hatte der
Groß-Katzer Ausbauer meinem Begleiter den Rückweg zu
unserm Ausgangspunkt so klar und deutlich beschrieben, daß
wir gar nicht fehlen konnten, wenn wir ein wenig nur auf-
merkten.

Nachdem wir ein Stück Weges gegangen waren, erkannte
ich plötzlich die Gegend wieder. Wir mußten am Ufer des
Groß-Katzer Sees sein, wenn auch von dem See selbst nichts
zu sehen war. Und in dieser Annahme hatte ich recht: ich
war an dem einstmaligen Ufer des Sees, und ihn selbst konnte
ich nicht sehen, weil er verschwunden war. Vor Jahren schon
war er, wie ich nachher erfuhr, abgelassen und trocken gelegt
worden und nur ein Stück Sumpf an seiner Stelle zurückgeblieben. In dieses Stück Sumpf hinein machten wir noch
eine kleine Exkursion zur Aufsuchung des Steinbrechs. Das
war nicht so unsinnig, weil gelbe Blumen im Dunkeln ebenso
sehr leuchten wie weiße, daher sie von Nachtschmetterlingen
leicht gefunden und auch von Menschen nicht wohl übersehen
werden können. Wir fanden auch hellleuchtende gelbe Blumen,

es waren aber die einer Art von Kreuzkraut, deren ich mich auch noch aus der alten Zeit her erinnerte. Eine Weile suchten wir noch, dann überlegte ich bei mir, das schöne Kraut möchte doch wohl vertilgt worden sein oder auch noch nicht blühen. Da außerdem der Boden stark unter unsern Füßen zu schwanken begann, und ich an das halbe Centnerlein dachte, um das ich seit 1864 an Gewicht mochte zugenommen haben, so hielten wir es für rathsam, unverrichteter Sache den Rück= weg anzutreten. Durch den triefenden dunkeln Wald fanden wir uns glücklich nach Zoppot zurück. Nachdem wir uns dort durch Speise und Trank gestärkt hatten, marschirten wir in immer noch strömendem Regen weiter, der guten Stadt Danzig zu, deren Festungswälle wir gegen Morgen erreichten. Während der letzten Stunde unseres Marsches schlief mein Gefährte. Er konnte sich auch ohne Sorge dem Schlaf über= lassen, denn ich wachte für ihn, und wenn es mir schien, daß er gegen einen Baum ansegeln wollte, weckte ich ihn auf. Die Kunst, im Gehen zu schlafen, hatte er beim Militär gelernt, wie er mir nachher sagte.

So kam ich von dieser sonst sehr angenehmen Wande= rung zurück, ohne ein frisches Exemplar von Saxifraga Hir- culus, auf das ich halb und halb gerechnet hatte, nach Hause zu bringen. Aber das schadet nichts, denn das alte ist noch wohlerhalten.

Die alte Schulzin.

Ich sehe sie noch, wie sie zwischen den Beeten hin- und hergeht, in der einen Hand ein Messer, in der andern ein paar Baststreifen, fast überragt von den blühenden Stauden und dem bunten Mohn, der aus blaugrünem Blattwerk so hoch und in so prächtiger Fülle seine wie aus Federn zusammengeballten Blüthenköpfe erhebt. Hier bleibt sie stehen und da, um eine Wolfsmilch oder Brennessel auszuziehen, die sich frech in die Gesellschaft der Zierkräuter gedrängt hat, oder um eine „Auginie" (so hieß die Georgine bei ihr), welche der Wind von ihrem Stock losgezerrt hat, wieder aufzubinden. Den ganzen Georginenbusch zu umfassen, macht ihr einige Mühe; es dauert eine Zeit, bis sie damit zu Stande kommt, ein neues Band herumzulegen und zu befestigen.

Solcherlei Arbeit war ihres Berufes, denn sie gehörte als Gartenfrau zu dem kleinen Landhause, das mein Vater besaß, unserm bescheidenen Sommersitz um die Zeit, als ich noch Kind war. Soweit ich mich zurückerinnern kann, war sie immer schon die „alte Schulzin". Daß sie jemals jung gewesen sein könnte, daran habe ich damals nie gedacht. Dennoch ist sie es sicher gewesen, und ihre Jugend muß in das vorletzte Jahrzehnt des vergangenen Jahrhunderts gefallen sein. Es muß auch einmal einen Herrn Schulz gegeben haben, denn sie wurde von denjenigen, für welche sie Respektsperson war, Frau Schulzin genannt. Was aber für eine Stellung besagter Herr Schulz im Leben bekleidet und welch ein Ende er genommen, ob er durch eine Krankheit aus dieser Zeitlichkeit gerufen, oder über See oder nach Polen gegangen und verschollen ist, darüber habe ich nie etwas erfahren und habe auch nie danach geforscht. Die alte Schulzin war etwas Gegebenes, etwas Selbstverständliches, wie der alte Birnbaum im Garten, bei dessen Anblick man auch nicht daran dachte, daß er jemals anders gewesen sei, als er war, oder anders werden könnte.

Niemand wußte, auch sie selbst nicht, wie alt sie war, daß sie aber steinalt war, konnte jeder ihr ansehen. Ihre Gestalt erschien zusammengesunken, und sie ging gebückt. Ihr gelbes Gesicht war lauter Plissé, es bestand aus nichts als Fältchen. Sie hatte eisgraues, etwas strobeliges Haar und große, stark hervortretende grünliche Augen mit gerötheten Lidern. Gern gäbe ich ihr auch noch eine spitzige Nase, aber um aufrichtig zu sein — und ich halte die Aufrichtigkeit für das Erste, was von einem Schriftsteller zu fordern ist — muß ich doch sagen, daß sie keine spitzige Nase hatte. Sie brauchte dieselbe auch gar nicht zu haben, denn sie sah ohnedies schon wie eine Hexe aus. Es ist nicht zu verwundern, wenn sie mit dem Krückstock durch den Wald schlich, um Pilze oder Kräuter zu suchen, daß die Leute, die ihr begegneten — das Volk ist sehr abergläubisch in dortiger Gegend — vor ihr entflohen. Auch uns Kindern erschien sie mit ihren grünlichen Glasaugen wie die Hexe aus dem Märchen „Hänsel

und Gretel", wir hatten aber gar keine Furcht vor ihr. Stand
sie doch in unserm Dienste und aß unser Brot; herte sie
also, was auch wir ihr zutrauten, so war es natürlich und
selbstverständlich, daß sie zu unserem Vortheil herte, und das
konnten wir uns wohl gefallen lassen. Die kleinen Leute
aber der ganzen Umgegend, die es mit der Ehrlichkeit nicht
sehr genau zu nehmen gewohnt waren, hatten eine heillose
Angst vor ihr; denn nichts fürchtet man dort mehr, als daß
einem etwas angehert wird. Das war von großem Nutzen
für uns: so lange die alte Schulzin lebte, ist kein Diebstahl
bei uns verübt worden. Kaum aber hatte die alte gute
Garten= und Waldfrau ihre Augen zugemacht, als auch schon
unser Citronenapfelbaum in der Nacht der Last seiner halb=
reifen Früchte entledigt und eine schöne Linde zur Gewinnung
des Bastes uns abgeschält wurde. Im Spätherbst darauf
wurde uns der Gartenzaun gestohlen. Es muß, dachte ich
mir, eine eigenthümliche Ueberraschung sein, wenn man am
Morgen in den Garten hinaustritt und bemerkt, daß der
Zaun weg ist.

Die alte Schulzin machte sich in vielfacher Art nützlich.
Sie war im Stande, mit den kassubischen Bauern, die ihre
kümmerlichen Erzeugnisse zweimal in der Woche auf Ochsen=
wäglein zu uns brachten, in der Art von polnischem Platt,
welches diese Leute reden, zu verhandeln. Was sie brachten,
war gewöhnlich Torf und eine außerordentlich weiße, nach
Torf schmeckende Butter. Auch mit den Beerenweibern leitete
die alte Schulzin das Geschäft ein. Diese kamen um die
Blaubeerzeit an den Markttagen nach Danzig mit Kiepen voll
reifer Beeren, die sie in den Waldbergen mit hölzernen Kämmen
von den Sträuchen abgeerntet hatten. Am Abend gelangten

sie in die Vorstadt, in der wir wohnten, und hielten dort
Rast bis zur Morgendämmerung, indem sie auf den Bänken,
die vor den Häusern standen, sich niederließen. Auch vor
unserm Hause standen zwei Bänke unter schönen Linden=
bäumen, und auch da nächtigten sie. Wenn wir Nachts er=
wachten, hörten wir, wie sie sich lebhaft mit einander unter=
hielten, aber verstehen konnten wir nichts von ihren Er=
zählungen.

Die gärtnerischen Kenntnisse der alten Schulzin waren
nicht bedeutend. Sie konnte eine Anzahl Pflanzen mit Namen
nennen, welche sie sich oft wunderlich zurecht gemacht hatte.
Aber sie hatte eine glückliche Hand: was sie säete, ging auf,
was sie pflanzte, gedieh, und ihre Ableger schlugen immer
Wurzel. In schwierigen Fragen holte sie sich Rath bei dem
steinalten Gärtner des benachbarten Grundstücks, mit dem sie
überhaupt befreundet war. Oft sah ich die beiden, wie sie
hinter dem Nachbargarten auf einer kleinen Bank saßen und
sich etwas erzählten. Sie sprachen dann wohl von der guten
alten Zeit, da alles noch so sehr viel besser in der Welt war.

Natürlich konnte die Alte schwerere Gartenarbeiten nicht
verrichten, zu solchen mußten Hilfskräfte herbeigezogen werden.
Im Begießen der Beete standen ihr die Töchter einer herunter=
gekommenen Familie von Adel bei. Sie gingen barfüßig,
schürzten sich hoch bei der Arbeit und waren sehr mager.
Wenn ihnen dickgeschnittenes Butterbrot zu Gesicht kam, lachten
sie alle drei von einem Ohr zum andern.

Viel Anziehendes hatte für uns Kinder die Wohnung
der alten Schulzin. Das Haus mußte einer gebaut haben,
der eigenes Geschirr besaß, denn es gehörte dazu eine Wagen=
remise, und auf dem Hof befand sich ein Stall für zwei Pferde.

In dem Kutscherstübchen dieses Stalles wohnte die alte Frau.
Es war ein sehr kleines Stübchen, in dem kaum etwas anderes Platz hatte, als ihr Bett, dessen Kissen und Zudeck mit
buntgeblümtem Stoff überzogen waren.   Wir besuchten sie
manchmal auch, wenn sie krank war.   Wenn sie dann im
Bett lag, kam sie uns vor, wie Rothkäppchens Großmutter,
und ein klein wenig Furcht hatten wir immer, statt ihrer einmal den Wolf im Bett liegend zu finden.

Nach dem Hof ging ein kleines Fenster, an dem zog sie
schöne Blumen, scharlachrothen Cactus und dunkele Monats-
rosen, deren halberschlossene Blüthen sie mit Ringen von
Papier umgab, damit sie sich länger hielten.   Ob dieser Blu-
menflor nur ihrer glücklichen Hand seinen Ursprung verdankte,
oder ob etwas Hexerei mit im Spiel war, will ich dahin-
gestellt sein lassen.

Was uns aber am merkwürdigsten vorkam in der Wohnung
der alten Schulzin, waren die kleinen Heiligenbilder, welche
die Wände bedeckten, auf die wunderlichste Weise ausgeziert
mit Tüllstreifen, allerhand bunten Bändern und Lappen, Glas-
perlen und sonstigem Flitterwerk.   Sie war nämlich katholisch,
und das vermehrte in unsern Augen sehr das Geheimnißvolle ihres Wesens, denn für unsere kindlichen Begriffe lag
katholisch sein und ein bischen zaubern können, nicht gar weit
auseinander.

Im übrigen waren wir, in einer konfessionell gemischten
Bevölkerung lebend, gewohnt, mit Katholiken friedlich zu ver-
kehren.   Nur daß wir sie alle für ein klein wenig falsch
hielten, und wenn die katholischen Nachbarskinder, mit denen
wir täglich spielten, uns mit Bedauern versicherten, daß wir
als Ketzer einmal in der Hölle würden brennen müssen, ent-

gegneten wir mit protestantischer Kühle: das fragte sich doch noch sehr, und wir wollten doch erst einmal sehen, ob der liebe Gott wirklich so ungerecht wäre.

In dem eigentlichen Stallraum hatte die alte Schulzin ihr Laboratorium und ihren Speicher. Von der Decke hingen Bündel von trocknen Kräutern herunter, und an den Pfeilern hatte sie Aalhäute — oder waren es Häute von Schlangen? — aufgehängt, welche sie — zu welchem Zweck, weiß ich nicht — trocknete. In den Fenstern standen Flaschen voll schwarzer Waldameisen, auf welche sie Spiritus gegossen hatte. Mit dem Ameisenspiritus, der beim Volk als ein vorzügliches Heil= mittel für verschiedene Leiden gilt, und ich glaube, auch mit allerhand Kräutern betrieb sie einen kleinen Handel. Für die Ameise hatte sie eine von der gewöhnlichen abweichende Be= zeichnung. Aus Mißverständniß hatte sie „Ameise" für die Mehrzahl genommen und daraus die Einzahl „die Amaus" ge= bildet. Nur von ihr allein habe ich das fleißige Waldthierchen mit diesem Namen benennen hören.

In dem Stall und auf dem Boden darüber fand ein starker Katzenverkehr statt. Außer der Hauskatze, die sich viel mit ihrer Familie dort aufhielt, kamen dorthin zum Besuch die Katzen der Nachbarschaft, sowohl die fest angestellten, als auch diejenigen, die in Gärten und Feldern ein freies Leben führten und größtentheils wohl durch Vogelfang sich ernährten. Letztere fielen auf durch ihr sehr scheues Wesen, es waren aber wunderschöne, schwarz=weiß und gelb=weiß gefleckte unter ihnen. Daß man die alte Frau so viel von Katzen um= schlichen sah, trug sicherlich nicht dazu bei, den Glauben, daß sie ein wenig hexen könne, zu erschüttern.

Uns Kindern hing sie mit großer Zärtlichkeit an. Zu

unseren Geburtstagen, die in den Sommer fielen, überraschte
sie uns mit herrlichen Balsaminentöpfen, die sie heimlich ge=
zogen hatte. Manchmal ließ sie uns auch von ihren Pilz=
gerichten kosten, und wir fanden dieselben köstlich. Sie war
eine emsige Pilzsammlerin und wußte, wo die besten Pilze zu
finden waren. Den edlen Reizker, den Linné mit Recht
agaricus deliciosus genannt hat, schätzte sie besonders und
stellte ihm mit großem Eifer nach. Körbe voll davon brachte
sie nach Hause, wenn andere sich umsonst nach ihm müde ge=
sucht hatten. Ob er vielleicht plötzlich da aus dem Boden
herauswuchs, wo sie denselben leise mit der Spitze einer Hasel=
ruthe berührt hatte?

Ihr verdanke ich meine ersten Bekanntschaften in der
Welt der eßbaren Pilze. Manches habe ich dann später hin=
zugelernt, gleichfalls von einer alten Frau, in Hankels Ablage
am Zeuthensee, wo ich einen Sommer lang hauste.

Mitunter besuchten wir die alte Schulzin um die Zeit,
da unser Haushalt noch in der Stadt war oder schon wieder
dorthin verlegt, im ersten Frühjahr oder im Spätherbst. Dann
war ihre Freude groß, und sie hatte immer etwas, um uns
damit zu bewirthen. Nicht lange waren wir da, so hörten
wir ein Pfännlein kreischen, und auf dem Hof fing es an
knusprig zu riechen. Bald darauf erschien sie dann selbst mit
einem Teller voll niedlicher kleiner Fische, die sie herbeige=
zaubert und gebacken hatte.

In Heiligenbrunn, wo der gemeine Mann sehr aber=
gläubisch ist, behauptete man steif und fest, sie könne fliegen.
Ich habe sie nie fliegen sehen und glaube auch nicht, daß
sie dieser Kunst mächtig war. Aber ein gutes Herz hatte
sie gewiß.

Der Schmuckkasten.

Die Sonntagabende im Winter waren doch wunderschön. Wenn ich mich an sie erinnere, wird mir wohlig zu Muth. Eine angenehme Wärme umfängt mich, während ich zu hören glaube, wie von draußen der herabrieselnde Schnee leise an die Fensterscheiben klopft. Fröhlicher Stimmenschall kommt von einem runden Tisch her, auf dessen Mitte eine der hohen Messinglampen mit cylinderförmigem Oelbehälter steht — Stobwassersche nannten wir sie damals. Zwischenburch ertönt ein Zischen vom Ofen her, wo auf heißer Platte Bratäpfel liegen, welche, von der Glut gepeinigt, durch obiges Zischen anzeigen, daß es die höchste Zeit ist, sie herauszunehmen.

An den Sonntagabenden im Winter gab es für uns Kinder immer ein besonderes Vergnügen. Häufig setzte man sich um den Tisch zu einem der damals am meisten beliebten Glücksspiele. Das waren „Glocke und Hammer", ein Spiel, das sehr alt ist, aber nie veralten, sondern immer anziehend und unterhaltend bleiben wird, und das „Post- und Reisespiel", das mit den Jahren etwas altmodisch und unzeitgemäß geworden ist, wenigstens in seiner damaligen Form.

7*

Denn man reiste damals noch vorwiegend mit der Post im
Ernst wie im Spiel. Noch deutlich steht vor mir der große
Karton mit den vielen aneinander gereihten Bildchen, welche
die einzelnen Stationen der Reise darstellten und zugleich
über die Schicksale, welche den Reisenden auf diesen Stationen
trafen, Aufschluß gaben. Die Beförderung geschah mittelst
zweier Würfel; soviel Augen man warf, um soviel Stationen
rückte man vor. Nun kam es aber sehr darauf an, zu welcher
Station man gelangte und wie es einem da erging. Je
nachdem blieb man entweder dort stehen, wohin man ge=
kommen war, oder man wurde weiter befördert, oder man
mußte zurück, manchmal sehr weit zurück. Denn man war
auf der Reise recht übeln Zufällen ausgesetzt, von denen die
schlimmsten, wenn ich nicht irre, in Schiffbruch und Ueberfall
durch Räuber bestanden. Vor letzterem war man immer sehr
in Sorge. Wer aber Glück hatte und als der Erste am Reise=
ziel anlangte, gewann den Einsatz.

Großen Reiz hatte für uns das Abhebe=Spiel. Im
Hause befand sich ein solches, das ein kleines Kunstwerk war.
Selten nur wurde es uns gegeben, und dann stets uns ein=
geprägt, recht vorsichtig damit umzugehen. Außer an Sonn=
tagabenden kam es auch zum Vorschein, wenn eines von uns
krank war und darum gebeten hatte. Es bestand aus einer
großen Anzahl zierlicher Geräthe, meist landwirthschaftlicher,
die aus Knochen geschnitzt waren. Für die künstlichsten dar=
unter hielten wir eine Harke und eine Leiter. Alle diese
Gegenstände wurden auf einen Haufen geworfen, und nun
mußte man mit einem Haken sie der Reihe nach abheben,
ohne daß, wenn man einen von ihnen fortnahm, irgend einer
der andern auch nur im Mindesten erschüttert wurde. Wer

diese Bedingung nicht erfüllte, mußte den Haken an den Nächsten der Mitspielenden abtreten. Gewonnen hatte der, welchem das letzte Stück zufiel.

Manchmal spielten wir auch Zahlenlotterie. Dabei wurden die gezogenen Nummern auf den Karten mit Glasplättchen bedeckt, wodurch die Kontrole sehr erleichtert wurde. Andere solcher Spiele, bei denen der Zufall entscheidet, kannten wir nicht. Noch hatten sich nicht einige Leute in den Kopf gesetzt, daß jedes Jahr zu Weihnachten eine Anzahl neuer Spiele auftauchen müsse. Wieviel der Art ist seitdem erfunden und auf den Markt gebracht worden, und wie wenig Hübsches, wie wenig, das in der Gunst der kleinen Welt sich zu erhalten vermocht hat! Vom größten Theil der neueren Spiele kann man sagen, daß eines immer alberner und weniger ergötzlich erscheint als das andere.

Der Einsatz bei unsern Spielen bestand gewöhnlich in Bonbonabfall, welcher stets aus einem Laden, der dafür berühmt war, geholt wurde. Wir dachten uns, daß die Bonbons aus großen, nicht ganz regelmäßig gestalteten Tafeln geschnitten wurden. Beim Ausschneiden fielen dann diese Schnitzel ab, die uns sehr willkommen waren, denn sie waren ebenso gut wie die vollständig ausgebildeten Bonbons und dabei sehr viel billiger. Für eine kleine Münze erhielt man schon eine ansehnliche und für längere Zeit ausreichende Portion davon. Zuweilen bekamen wir auch eine Tafel Chokolade zum Einsetzen, welche dann natürlich in viele kleine Stücke zerbröckelt wurde.

Es gab aber auch Vergnügen anderer Art an den Sonntagabenden des Winters. Ab und zu wurde das große Puppentheater vom Boden herabgeholt und ein Stück aufgeführt. Oder es wurde eine Vorstellung mit der Laterna magica gegeben, doch das geschah selten nur, weil dazu allerhand Vorbereitungen und Veranstaltungen gehörten. Oefter erhielten wir „die Thiere" zum Besehen. So nannten wir eine Sammlung sehr gut ausgeführter Abbildungen aus dem Thierreich, die für gewöhnlich verschlossen gehalten wurde, um sie vor unsern zerstörenden Händen zu bewahren, sowie vor der Bekanntschaft mit unsern Farbenkästen und Pinseln. Denn wir hatten eine große Neigung dazu, alles von Bildern, was nicht schon bunt war, kunstreich anzutuschen.

Aber das Schönste, was es an Sonntagabenden zu besehen gab, war doch der Schmuckkasten. Das war ein großer alter Kasten, der äußerlich mit Bernstein ausgelegt war. Manche Stücke waren schon abgefallen, andere im Laufe der Zeit stark nachgedunkelt, wie es bei dem Bernstein zu geschehen pflegt, wenn er nicht ganz vor der Einwirkung des Lichtes bewahrt bleibt. Von außen schon erschien dieser Kasten sehr merkwürdig und wunderbar, in seinem Innern aber barg er in vielen Fächern unermeßliche Schätze.

Da gab es drei große geschliffene Edelsteine, von denen der eine grün, der zweite roth und der dritte gelb war. Der grüne, der so groß war wie eine Haselnuß, galt uns für einen Smaragd und für besonders werthvoll. Diesen drei Steinen hatten wir Namen gegeben; der grüne hieß Romulus, der rothe Carlos und der gelbe Heinrich der Weise. Weshalb wir sie so nannten, weiß ich nicht, ich weiß nur, daß wir ihnen eine Art von Verehrung widmeten, die an Götzendienst streifte.

Dann waren da Ringe verschiedener Art. Siegelringe und andere, Ringe mit und ohne Kapsel. Ein Ring war ganz besetzt mit Brillanten, wenigstens hielten wir die Steine, welche ihn schmückten, dafür. Wir veranschlagten, was er wohl werth sei, und was man sich für das Geld kaufen könnte, das man vom Juwelier für ihn bekommen würde. Wenigstens doch einen vierspännigen Wagen voll Bonbonabfall und so viel Chokoladenplätzchen, daß man damit einen Ring um die ganze Erde legen könnte, vorausgesetzt, daß man immer festes Land unter sich hätte.

Noch andere Schmucksachen waren da, mit Steinen und echten Perlen verziert, und Medaillons mit Haarlocken, die von verstorbenen Anverwandten herrührten und uns ein bischen unheimlich waren. Dann eine Halskette von großen Bernsteinperlen, die sehr viel werth sein sollte.

Ferner enthielt der Schmuckkasten eine Menge von alten Münzen, solchen, die in unserer Vaterstadt früher in Gebrauch gewesen waren, und andern aus fremden Ländern. Manche waren so alt, daß man gar nicht mehr erkennen konnte, welchem Lande und welcher Zeit sie angehörten, und die waren gewiß die kostbarsten. Auch waren da verschiedene Denkmünzen, bei festlichen und denkwürdigen Anlässen geprägt, alte und neue. Man brauchte Erklärungen dazu, und diese konnten nicht immer gegeben werden oder befriedigten nicht ganz.

Da war eine Repetiruhr, die immer neues Entzücken erregte. Wenn man auf ein Knöpfchen drückte, so schlugen zwei kleine Mohren, von jeder Seite einer, auf eine kleine Glocke, so viel Mal, als die Stundenzahl betrug, auf welche der Zeiger deutete.

Mit das Wunderbarste aber war ein Riechböschen. Darin lag ein Stückchen Schwamm, welches stark nach Patschouli roch. Nahm man aber das Schwammstückchen heraus, so entstömte dem Döschen noch derselbe starke Duft. Ich weiß nicht, wo es jetzt sich befindet, aber ich glaube, daß der Geruch, der einst uns Kindern so köstlich erschien, mit oder ohne Schwamm noch immer darin ist.

Alle diese Dinge hielten wir für über die Maßen kostbar. Ach, wenn der Kasten wirklich einmal so große Schätze ent= halten hätte, wie unsere Augen sie in seinen Fächern erblickten, in sorgenvoller Zeit wären sie für unsere Eltern ein großer Trost gewesen. Für uns Kinder aber wäre dann wenig wohl zum Bewundern übrig geblieben.

Wohin ist der Schmuckkasten gekommen, wohin sein In= halt? Einen Ring daraus besitze ich, einen Siegelring mit rothem Stein. Der Goldschmied schätzt ihn gering, für mich aber ist er von großem Werth. Ich sehe ihn an, und er er= innert mich an den Bernsteinkasten, an alle die schönen Dinge, an die frieblichen Sonntagabende, wenn die Bratäpfel zischten und braußen der Schnee fiel, an die lieben Gesichter, an fröhliches Lachen, an das alte Haus, in dem so lange, so lange schon fremde Menschen wohnen.

Ostererinnerungen.

Wenn ich darüber nachdenke, was in der Osterzeit auf mich, als ich noch Kind war, den größten und nachhaltigsten Eindruck gemacht hat, so finde ich, daß es nicht sowohl das Erwachen der Natur gewesen ist, als vielmehr, um es offen zu gestehen, der Kringel. Es gab aber zwei unter einander sehr verschiedene Arten von Kringeln. Der eine war der gewöhnliche oder Gründonnerstagskringel, der um Ostern herum statt des Franzbrotes, wie in meiner guten Vaterstadt Danzig das Weizenbrot genannt wurde, auf den Tisch kam. Es war ein einfaches Gebäck, der Berliner Salzbretzel ähnlich, glatt und hart, daher für alte Leute und für Kinder, die stark im Schichten waren und vorübergehend nicht viel Zähne im Munde hatten, nicht gut zu beißen. An den Feiertagen aber trat der Mandelkringel in seine Rechte, ein süßes und feines Backwerk, flach von Form, braun von Farbe und über und über mit Mandelstückchen bestreut, von denen es seinen Namen hatte. Außerdem wurde noch um Ostern der Flaben gebacken, der kreisrund und sehr gut zu essen war. In heidnischer Vorzeit soll er der Göttin Ostara heilig gewesen sein, von der ich als Kind jedoch nichts wußte. Wir aßen ihn, wie er vom Bäcker

kam, oder auch „eingerührt". Fand das Letztere ſtatt, ſo wurde
aus der Mitte ſeiner Oberfläche ein rundes Stück herausge-
ſchnitten, durch die Oeffnung geſchmolzene Butter mit Zucker
und Zimmt hineingefüllt und mittelſt Umrührens das Innere
des Fladens in einen Brei von unbeſchreiblichem Wohlgeſchmack
verwandelt. Es iſt etwas Aehnliches, was in Mecklenburg
Heetwecken genannt wird.

Mandelkringel und Fladen hatten aber nicht nur ihren
eigenthümlichen Geſchmack, ſondern auch ihren beſonderen
Geruch. An die Düfte von Blumen und Kuchen hängen
Erinnerungen ſich ſehr feſt an. Wenn ich mir jetzt nur vor-
ſtelle, wie Mandelkringel und Fladen duften, ſo ſehe ich vor
mir das Wohnzimmer des elterlichen Hauſes. Ich ſehe alle
die ſo oft betrachteten Bilder an den Wänden, das altmodiſche
Sopha mit dem viereckigen Tiſch davor, die „Servante" oder
das Glasſpind mit den bemalten Taſſen, den aus Muſcheln
zuſammengeſetzten Blumen, den Prunkgläſern, in denen Büſchel
von Federgras ſtanden, den Porzellanfigürchen und anderen
Koſtbarkeiten. Ich ſehe den Bücherſchrank mit den blauen
holländiſchen Vaſen darauf und den „Sekretär" mit der
Marmorplatte, die ſo kalt anzufühlen war. Ich ſehe die
beiden mit Lichtbildern verzierten Fenſter, die auf die Straße
hinausgingen. Sie befanden ſich höher über dem Fußboden,
als es in den Berliner Häuſern der Fall iſt, und vor jedem
der beiden war ein kleines hölzernes Podium angebracht,
welches „der Tritt" hieß. Auf den Tritten ſtanden je zwei
Stühle einander gegenüber, das waren die Fenſterſitze. Auf
den breiten Fenſterköpfen lagen geſtickte Kiſſen. Sie waren
nicht nur eine große Zier, ſondern auch eine angenehme Unter-
lage für den Arm deſſen, der zum Fenſter hinaus ſah. Zwiſchen

den beiden Fenstern war der große Standspiegel angebracht,
der Trumeau, der als etwas noch Neues und als ein Wunder-
werk angestaunt wurde. Epheu umrankte seinen Rahmen, und
in dem Epheu saßen zwei niedliche ausgestopfte kleine Vögel.
Auf dem Fußgestell des Spiegels aber lagen zwei große selt-
same Muscheln, das Geschenk eines Seefahres, der sie aus den
indischen Gewässern mitgebracht hatte.

Es läßt sich nicht sagen, wie gemüthlich und behaglich die
Fenstersitze waren. Welch ein Vergnügen war es, hinauszu-
sehen und zu beobachten, was auf den „Beischlägen" geschah,
was für Leute vorüberkamen, wer gegenüber am Fenster saß,
und wer in „die Täubchen" ging. So hieß nämlich nach dem
über der Hausthür angebrachten, aus Holz verfertigten Sinn-
bild eine unserm Hause gegenüberliegende Wirtschaft, in der
starke Getränke ausgeschenkt wurden. Mancher ehrsame
Bürger verschwand in der Thür, über welcher die angeblich
so harmlosen Vögel der Venus mit einander schnäbelnd Wacht
hielten, und auch die Schiffskapitäne, die im Kontor meines
Vaters verkehrten, lenkten gern den Schritt dorthin, um etwas
„ans Herz" zu sich zu nehmen und eine angenehme Bekanntschaft zu machen mit den Säften, in deren kunstgerechter Be-
reitung meine Vaterstadt ehemals allen anderen Städten der
Welt, Amsterdam und Schiedam nicht ausgenommen, voraus
war.

Wie war es hübsch, aus dem Fenster zu sehen! Dieses
Vergnügen kennt der Berliner kaum mehr. In den modernen
Häusern verbietet es schon die Anlage der Fenster selbst und
die Art der Vorhänge oder Gardinen. Und welch Interesse
könnte es auch haben, auf die Vorübergehenden zu achten,
unter denen man so selten einen Bekannten sieht. Wen kennt

man denn selbst von den Leuten, mit denen zusammen man in demselben Hause wohnt? Nein, als Auge des Hauses hat das Fenster in der Großstadt den größten Theil seiner Bedeutung eingebüßt.

Nach diesem Blick auf die Straße der alten Stadt hinaus kehre ich wieder zu Ostern zurück. Ich muß bemerken, daß zu dem Mandelkringel auch ein eigenthümliches Getränk gehörte, das war der Meth. In meinem Elternhause kam noch dieses süße goldgelbe Getränk, das aus Honig gemacht wird, auf den Tisch, um die Osterzeit wenigstens, sonst mag es auch schon selten geworden sein. In älterer Zeit aber gab es mehrere Brauereien in Danzig, in denen Meth und Methkrilling hergestellt wurden, der zum Meth sich verhielt wie das Dünnbier oder der Schemper zum Vollbier. Der Ausdruck kommt her von „krillen", das so viel wie abbrühen bedeutet. Scherzhafter Weise wurde erzählt, daß die Braugesellen, wenn sie den richtigen Meth zurechtgebraut hatten, ihre Kleider in heißem Wasser auswuschen, und daß so der Krilling gemacht würde. Jetzt sind Meth wie Krilling verschollene Getränke. Das alles gleich machende und einebnende Bier hat sie verdrängt, und zu ihrem Verschwinden mag auch die Urbarmachung der Heiden, auf welchen die Bienen ihre beste Nahrung finden, mit beigetragen haben. Nur weit hinten in Ostpreußen wird, wie ich höre, jetzt noch Meth gebraut, hie und da unter der litthauischen Bevölkerung, die zäher als die deutsche an alten Bräuchen festhält.

Zum Meth bin ich geführt worden durch den Kringel, der mir um jede Osterzeit lebhaft vor Augen steht. Vom Aufwachen der Natur merkte man um Ostern in meiner Heimath gewöhnlich noch nicht viel. Ostern mußte schon sehr spät fallen,

und der Winter sehr milde gewesen sein, wenn an den Fest-
tagen draußen schon etwas grünen oder gar blühen sollte. Es
kommt alles dort, was der Frühling bringt, ein Theil später
zum Vorschein als hier an der Spree. Ein Merkzeichen dafür ist das Grünwerden der Linden. Vor Ende Mai pflegt
die „Allee", so heißt im Besonderen die von der Stadt Danzig
nach der Vorstadt Langefuhr führende schöne vierfache Baum-
reihe, nicht grün zu sein. Ist sie aber grün geworden, dann
ist der Sommer da, der Uebergang des Winters in den Sommer erfolgt sehr rasch. Es ist das Land des spät kommenden
und kurzen Frühlings, des schönen, lange anhaltenden Herbstes.
Daß der Frühling nahte, merkte man aber doch meistens um
Ostern schon an dem Eintritt des Thauwetters, und das
war ein Ereigniß, das den Charakter einer Katastrophe hatte.
Der Schnee wurde während des Winters niemals weggefahren.
Eine Schneeschicht über der andern wurde festgetreten, und
so bildete sich auf dem Straßenpflaster eine steinharte Decke
von wohl einem Fuß Mächtigkeit oder noch mehr. Trat dann
Ende März oder Anfang April das erste ordentliche Thauwetter ein, so wurde von der Polizei das Aufeisen der Straßen
angeordnet. Mit Hacken wurde die Eisschicht über dem Pflaster
zerschlagen, die Eisstücke, wie Steinquadern anzusehen, wurden
auf den Seiten der Straßen zusammengehäuft und abgefahren.
Sah man dann zum ersten Mal das nicht ganz ebene Straßenpflaster wieder, so sagte man: Jetzt kommt der Frühling!

Nun hatten sich aber auch während des Winters zwischen
den Dächern der großen Giebelhäußer große Schneemassen
angesammelt. Diese mußten bei dem Eintritt des Thauwetters mit der Schaufel von oben herunter geworfen werden,
und auch das war eine Sache, die auf Kindergemüther einen

großen Eindruck machte. Wer unten ging, mußte sich wohl in Acht nehmen, daß er nicht eine Lawine über den Kopf bekam. Auf der Erde wurde der Schnee zusammen geschaufelt zu Bergen, die abgefahren werden mußten. Sehr spaßhaft war es, vom Fenster aus zu sehen, wie die mit der Wegräumung dieser Gebirge betrauten Arbeiter jede günstige Gelegenheit benutzten, von ihrem Schneehaufen dem Nachbarn möglichst viel zuzuschaufeln. Dabei nahm man, wenn ich mich recht erinnere, ohne Rücksicht auf höhere Gerechtigkeit für diejenigen Schneeschaufler Partei, die zum Hause gehörten, und empfand es als ein persönliches Unglück, wenn sie abgefaßt wurden und Vergeltung an ihnen geübt ward.

Geraume Zeit erst nach der ersten großen Schneeschmelze fing es draußen zu grünen und gleichzeitig zu blühen an. Die Knospen der Kastanien thaten sich auseinander, und am Stadtgraben und im „Irrgarten" erschienen die ersten Blumen. Es waren die Taube Nessel, der Goldstern, den die Botaniker Gagea lutea nennen, die weiße Anemone und das Veilchen. Ich weiß nicht, ob in der Umgebung Berlins irgendwo das echte wohlriechende Veilchen wildwachsend gefunden wird. In meiner nordischen Heimath war es in Menge zu pflücken. Wir konnten noch draußen Veilchen suchen und „den Sommer finden", wie es in der alten Sprache heißt. Am häufigsten aber waren die Veilchen auf den Festungswällen, welche die Stadt umgaben. Da wurden sie eifrig von armen Kindern gesammelt. Eigentlich war es verboten, die Böschungen der Wälle zu betreten, um die Veilchenblüthezeit aber wurde es der Armuth zu Liebe nicht so strenge damit genommen. Arme Jungen und Mädchen boten dann in der ganzen Stadt ihre Veilchen-

ſträußchen auf Tellern feil, und alles kaufte und trug den
Frühling in der Hand.

Jetzt iſt damit angefangen worden, die Wälle Danzigs
niederzureißen. Mit ihnen geht auch der Stadtgraben ein
mit ſeinen Holzflößen und ſeinen weißen und gelben Waſſer=
roſen. Die ganze innere Befeſtigung der Stadt wird in
Bauland verwandelt, wie es anderwärts auch geſchehen iſt,
zuletzt in Köln und Erfurt. Es läßt ſich gar nichts dagegen
ſagen, die Maßregel muß als vernünftig und zeitgemäß er=
achtet werden. Die innere Umwallung war eine gute Schutz=
wehr gegen die Huſſiten, ſie erfüllte wohl auch ihren Zweck
noch zur Zeit der ſchwediſch=polniſchen Händel: neuer Kriegs=
kunſt gegenüber erſcheint ſie vollkommen überflüſſig. Es iſt
auch der Stadt nicht zu verdenken, daß ſie den Gürtel ſprengt,
durch den ſie unnöthiger Weiſe eingezwängt wird. Alles das
iſt gut und richtig, wer aber in der Stadt aufgewachſen iſt,
als ſie noch dieſe grüne Umfaſſung hatte, die ihr ſo reizend
ſtand, wie ſoll er ſie wiedererkennen, wenn dieſe Faſſung
zerbrochen iſt? Und ein ſchwerer Schlag iſt es für den
Veilchenhandel.

Wie man die See ansieht.

———

Aus eigener Erfahrung kann ich nicht darüber urtheilen, wie einem zu Muth ist, der die See zum ersten Mal erblickt. Das ist natürlich, denn ich bin in der Nähe der See aufgewachsen, und soweit ich zurück denken mag, immer erscheint sie mir als etwas Bekanntes. Aber ich weiß von andern, daß der erste Anblick der See einen großen Eindruck auf sie gemacht hat. Ein Dienstmädchen wurde zum ersten Mal an den Strand geführt, als das Wasser still war und hell gefärbt wie der Himmel. Ihre erste Frage war: „Ist das vor uns alles Himmel?" Und als ihr gesagt war, bis zu dem Strich, den sie wohl sehen könne, sei es Wasser, das darüber aber Himmel, rief sie aus: „O, ich muß an die Schöpfung denken!"

Ich bin in Seebädern manchmal Zeuge davon gewesen, welchen Eindruck die See auf Badegäste aus dem Binnenland machte, die sie noch nicht gekannt hatten. Sie waren erfüllt von Bewunderung und zumal, wenn das Wasser stark bewegt war, was allerdings während der Badesaison nur selten vorkommt, konnten sie nicht aufhören, von der Schönheit und Großartigkeit des Schauspiels zu reden, das sich ihnen

darbot. Ein Schauspiel nannten sie es, und diese Bezeichnung
erschien mir bemerkenswerth. Ich glaube nicht, daß einer,
der von Jugend auf die See kennt, dergleichen ein Schau=
spiel nennen wird. Auch an den Ausdrücken „großartig" und
„schön" nahm ich Anstoß. Der eine schien mir nicht stark
genug, und den andern fand ich unpassend. Man kann die
See ja schön nennen, wenn sie ruhig ist oder sanft bewegt,
obwohl sie auch dann immer etwas von Schlangenschönheit
an sich hat; wenn sie aber aufgeregt ist, müßte sie meiner
Empfindung nach jedem Schauder einflößen und als etwas
Furchtbares erscheinen, wie ein reißendes Thier, das sich seiner
Bande entledigt hat. Aber die neuere Art, die Natur anzu=
schauen, unterscheidet sich wesentlich von der alten. Es ist
noch nicht so lange her, daß man für den Felsen des Bode=
thales im Harz nur die Bezeichnungen „grauenhaft" und
„Entsetzen erregend" hatte; heutzutage gelten sie für in hohem
Grade anziehend, und es wimmelt von Sommergästen und
Vergnügungsfahrern an dem Ort, den man früher nur zum
Tummelplatz greulicher Gespenster geeignet erachtete. So hatte
man früher auch durchaus nicht den Wunsch, der See allzu=
nahe zu treten. Der älteste deutsche Seebadeort Doberan
ist eine Stunde ungefähr vom Strande angelegt. Man fuhr
nach dem heiligen Damm zum Baden und von dort wieder nach
Doberan zurück; zu einem längeren Verweilen am See=
strande sah man keinen Anlaß. Jetzt können die Sommer=
frischler der See nicht nahe genug sein, und so sind denn
in allen Badeorten in den letzten Jahren „Strandhotels" ent=
standen, die unmittelbar am Seestrande stehen. Da sitzen die
besser situirten Familien aus der Hauptstadt vor dem Hause
oder, wenn es dort „zu sehr zieht," in der Veranda und ge=

nießen des Schauspiels, das ihnen die See — im Gegensatz
zu dem, was sie sonst genießen — gratis zum Besten giebt.
Die See wird angesungen und angemalt, und es fehlt nur
noch, daß den Wellen Beifall geklatscht wird. So herrscht
eine Zeit lang am Strande fröhliches Leben. Dann leert
sich der Badeort wieder, das Strandhotel verödet, und es hat
alles wieder seine alte Ordnung. Im Spätherbst oder Winter
jedoch stattet dann wohl einmal die See dem Strandhotel
einen Besuch ab und sieht sich die einzelnen Räumlichkeiten
an wie ein Mann, der eine Wohnung miethen will. Ent=
täuscht dadurch, daß sie alles nicht nach ihrem Geschmack
findet, kehrt sie zurück, doch pflegt sie dann zum Behuf genauerer
Untersuchung einzelne Theile des Strandhotels mitzunehmen.

Die Leute bei uns auf dem Lande, die in der Nähe der
See wohnen, die Fischer ausgenommen, bekümmern sich nicht
um dieselbe. Die Dörfer liegen ein gutes Stück vom Strande
ab, und wenige Wege führen über das Ackerland und die Wiesen
auf den Strand zu. Jedem muß das auffallen, der einmal
ein paar Meilen am Seestrande hingewandert ist. Es ist
nichts zu holen an der See nach der Meinung der Landleute
bei uns, und auch zum Bade wird sie wenig von ihnen be=
nutzt. Ich sprach einmal in mecklenburgischer Heide unweit der
See mit einem Waldwärter über das Seebad, und wie ange=
nehm und erquicklich dasselbe besonders bei Wellengang sei. Da
schüttelte er sich ordentlich und sagte: „Das kann ich aber
gar nicht begreifen. Wenn die See unruhig ist, sieht sie ja
schon so greulich und scheußlich aus, daß doch unmöglich einer
Lust bekommen kann, da hineinzugehen!"

Bei uns heißt es wohl: „das liebe Land," aber nicht
„das liebe Meer"; dieses heißt vorzugsweise das wilde. Als

die wilde See erscheint es mir auch in den Erinnerungen
meiner frühen Jugend. Man hörte oft von Schiffbrüchen erzählen und bekam auch einmal einen Menschen zu sehen, der
sich von einem gescheiterten Schiff mit Mühe und Noth gerettet hatte. Wenn im Herbst und Winter der Wind einmal
ordentlich bei der Arbeit war und die Steine von den Dächern
warf, pflegten wir zu sagen: Ach die armen Leute, die jetzt
auf der See sind! Bei schwerem Unwetter bin ich damals
nie am Strande gewesen. Wie hätte ich auch dazu kommen
sollen! Jedermann war froh, im Hause bleiben zu können.
Aber im Sommer sah ich doch zuweilen auch einen stärkeren
Wellenschlag, mit demselben Eindruck, den der Waldwärter in
Mecklenburg von dem Seegang hatte. Ebenso wenig schwärmte
ich, auch als ich schon der reiferen Jugend angehörte, für die
Schönheit der ruhigen See. Viel mehr als sie selbst zog
mich der Strand an, wo auf dem Sande allerhand Muscheln
lagen, mannigfaltige bunte Steine und geheimnißvolle Donner-
keile; wo im Seetang Bernstein zu finden war, den man,
wenn man genug kleine Stücke gesammelt hatte, an Juden
verkaufen konnte. Diese verhandelten ihn dann weiter als
Räucherwerk für katholische Kirchen. Bald zogen auch die
eigenthümlichen Arten von Kräutern, die am Seestrande zu
Hause waren, meine Aufmerksamkeit auf sich. Alles das galt
mir mehr als die See selbst, die bei aller ihrer Pracht doch
nur langweilig war. Aus einiger Entfernung, von den meiner
Vaterstadt benachbarten Höhen aus sah ich die See in der
guten Jahreszeit fast täglich. Sie lag dann eine Stunde ungefähr von mir ab, so daß ich, wenn sie bewegt war, zwar
nichts von ihr hören, aber die weißen Kämme der Wellen
sehen konnte. Die Bilder, welche sie darbot, von dieser Ent-

fernung aus gesehen bei Wetterverhältnissen verschiedener Art, stehen lebhaft im meiner Erinnerung Man empfand es wie eine Art Verpflichtung, so oft man konnte, nach der See auszusehen, und wenn man nach Hause zurückkehrte, war die erste Frage, die man zu beantworten hatte, immer die: Wie war die See? Nun, sie war klar oder verschleiert, die beiden Leuchtthürme, in Neufahrwasser und auf Hela, waren zu sehen oder nicht zu sehen, Hela selbst trat deutlich hervor oder war verschwommen oder ganz unsichtbar. Ferner war die See entweder leer oder es waren Schiffe auf ihr zu sehen gewesen. Es hatte noch ein ganz besonderes Interesse für mich und meine Geschwister, zu erkunden, ob Schiffe auf der See waren, ob sie ein- oder ausgingen. Denn von jedem einkommenden Schiff hatte unser Vater von Amtswegen einen Gewinn, und wenn wir viele auf der See erblickten, die einkamen, so freuten wir uns darüber, in dem Gedanken, daß dadurch der häusliche Wohlstand sich mehrte. Freilich ersahen wir auch daraus, daß der Vater viel in der Stadt zu thun hatte, und wir ihn erst zu später Stunde wieder bei uns haben würden. Denn wenn wir im Sommer auf unserem Landhause wohnten, war er den Tag über in der Stadt auf seinem Kontor beschäftigt.

Welch ein Anblick war es, wenn die ganze Rhede von Segelschiffen bedeckt war, welche dem Danziger Hafen zusteuerten! Es kamen damals an einem Tage mitunter hundert und mehr Schiffe ein, wenn lange anhaltender Ostwind endlich durch Westwind abgelöst worden war, und alles, was von Fahrzeugen am Sunde sich angesammelt hatte, seinen Weg hatte fortsetzen können. Solch einen Anblick hat dort lange schon niemand mehr gehabt, und auch fernerhin wird ihn niemand haben. Denn erstens ist durch das Darniederliegen unseres

Seehandels die Ostsee überhaupt veröbet, zweitens sind die Segelschiffe, die größeren wenigstens, fast gänzlich durch die Dampfboote verdrängt worden. Wo früher das Wasser wie von glänzenden Schwänen bedeckt war, da schwebt jetzt darauf ein einsames Dampfschiff, von dessen Schlott aus sich eine garstige lange Rauchwolke weit über die See hinzieht. Auch das Antlitz der See verändert sich wie das des Landes im Lauf der Jahre. Das Gewässer, das einstmals von Tausenden von Kielen gepflügt wurde, liegt nach einiger Zeit wieder unbestellt da.

Im Ganzen ist mir von der Jugend her die See in der Erinnerung als das Stück Blaues, das überall, wo man einen freien Blick hatte, das Landschaftsbild abschloß. So wenig ich das auch als etwas Besonderes erachtete, so schmerzlich vermißte ich es doch, als ich es nicht mehr zu sehen bekam. Keine Gebirgslandschaft, keine noch so schöne Aussicht befriedigte mich. Mir fehlte das Stück Blaues. Erst als ich über die Alpen kam an das mittelländische Meer, sah ich wieder etwas der Art. Das ist, sagte ich mir, eine richtige Landschaft und eine anständige See, von der Schönheit der Farbe ungefähr wie die zu Hause. Denn das lasse ich mir nicht ausreden — und andere haben es auch gefunden — daß die See, die im Norden über dem großen Bernsteinhort liegt, eine Pracht der Färbung besitzt, wie sie nur noch in den Meeren des Südens wiedergefunden wird. Anderwärts ist nicht ein solches Stahlblau des Wassers zu finden, und daß dem so ist, besteht nicht etwa nur in meiner Einbildung.

Ich sah vor nicht langer Zeit im Frühling die See meiner Heimath wieder. Das Stück Blaues war dasselbe in der Schön-

heit der Farbe, wie ich einst es gesehen hatte, wie es in meiner
Vorstellung stand. Auch die Landschaft war noch von derselben
Heiterkeit, wie sie einst gewesen, nur daß ich hie und da den
Wald umgehauen fand, der noch gestanden hatte, als ich Kind
war.

Das Seebad Zoppot erschien mir sehr großstädtisch geworden, und ich machte, daß ich wieder ins Freie hinauskam.
Am Seestrande ging ich nach dem Vorgebirge, das Adlershorst
heißt. Es war aber um die lieblichste Zeit des Jahres, und
die Abhänge an der See waren überdeckt von goldgelben
Schlüsselblumen, rother Waldwicke und schneeweißem Steinbrech. Langsam hinwandernd überschritt ich die vielen Bäche,
die dort von den Waldhöhen herunterkommen und ihr krystall-
klares Wasser in die See ergießen. Da kam mir ins Herz
die Erinnerung, wie ich einst durch alle diese Bäche, von
denen damals noch keiner überbrückt war, eine liebe Last getragen hatte, mich freuend, daß ihrer so viele waren. Lang'
ist es her.

Duchen.

In der Großstadt durch die Menge
Ging ich hin in dem Gedränge
Jüngst auf einem eil'gen Gang,
Als es in das Ohr mir klang:
„Hör' mal, Duchen!"

Wer so sprach, gleich nahm ich's wahr,
Just vorüber ging ein Paar,
Mann und Frau, an mir; zum Mann
Sprach die Frau, die so begann:
„Hör' mal, Duchen!"

„Duchen" — gleich füg' ich's hinzu —
Ist Verkleinerung von „Du".
Also drückt man gern sich aus,
Wo mir stand mein Vaterhaus,
Oben an dem Ostseestrande,
Dort in meinem Heimathlande,
Wo der Menschen Sprache so
Traulich klingt wie nirgendwo

Sonst auf Gottes weiter Welt
Und mir drum so sehr gefällt.
Dorther müssen sein die zwei,
Dacht' ich, die da gehn vorbei.

Augenblicklich vor mir stand
Mein geliebtes Heimathland,
Korngefilde, Meer und Wald
Und die Stadt, ehrwürdig alt,
Alles hell im Sonnenlicht,
Und manch liebes Angesicht.
Alles dieses nahm ich wahr,
Und als lange schon das Paar
Im Gedränge sich verloren,
Klang es noch mir in den Ohren:
„Hör' mal, Duchen!"

Grob wider Grob.

Als ich in Berlin hauszuhalten anfing, war dieser Ort eigentlich noch eine ansehnliche Mittelstadt. Wenn gesagt und gesungen wurde: „Berlin wird Weltstadt!" so geschah es mit einem Anflug von Jronie und mit Hindeutung auf bekannte und oft bespöttelte Uebelstände. Es fehlte damals Berlin noch viel zur Großstadt, aber einen Vorzug hatte das damalige Spreeathen vor dem heutigen doch: es war nicht so theuer man lebte billiger, als die alte Stadtmauer noch stand, zumal aber hielten die Wohnungsmiethen sich noch in bescheidenen Grenzen. Meine erste Wohnung mit eigenem Herde, eine Treppe hoch und im Südwesten Berlins belegen, kostete 140 Thaler jährlich und war sehr hübsch. Vorher hatte ich als Student in der Dorotheenstraße, wo ich auch eine Treppe hoch wohnte, 7 Thaler monatlich und zuletzt in der Neuenburgerstraße für zwei fast fürstlich eingerichtete Zimmer 10 Thaler den Monat bezahlt. Von 120 bis zu 140 Thalern war kein großer Sprung. Auch ein Junggeselle, der ein nur mäßiges Einkommen besaß, durfte es damals nicht als ein allzu großes Wagniß betrachten, eine Frau heimzuführen, wenn sie hauslieb und verständig erzogen war.

Meine erste Familienwohnung in Berlin war behaglich und sonnig. Sie hatte aber noch etwas besonders Gutes an sich: mit ihr verbunden war die Benutzung eines geräumigen Gartens, der nur durch Zäune von benachbarten Gärten getrennt war. Es war ein wirklicher Garten mit allerhand Bäumen, Sträuchern und Kräutern, die von selbst und zu ihrem Vergnügen blühten. Besonders schön war der Garten um die Rosenzeit, denn es standen dort sehr viele Rosenbüsche der verschiedenen Arten, die immer, wenn die Zeit gekommen war, sich reichlich mit Blüthen bedeckten. Und wenn auch in dem Garten selbst keine Singvögel nisteten, so kamen doch stets etwelche über die Zäune geflogen, gaben Gastrollen und sangen, daß es eine Lust war zuzuhören.

Aber das Beste an dem Garten war doch, daß uns davon ein Stück Boden zugewiesen war, das wir selbst bestellen und bepflanzen durften, wie wir es wollten. Einen solchen Vortheil schätzte ich damals nicht gering, seit ich aber kein Fleckchen Erde mehr zur Verfügung habe, erscheint er mir größer, als ich sagen kann. Welches Vergnügen, mit beiden Füßen auf dem Erdboden zu stehen, sich umzuschauen, wenn auch nicht sehr weit, und zu sagen: das ist mein, wenn auch nicht sehr lange, und das kann ich bebauen, wie ich will. Lieber Gott, kann denn der Großgrundbesitzer, alles in allem genommen, eigentlich anders sprechen?

Ich benutzte das mir angewiesene Land in dreifacher Weise: einen Theil bestellte ich mit Sommerblumen, das zweite Stück wurde von einer Topfpflanzengruppe eingenommen, das dritte bildete die botanische Abtheilung. Diese enthielt ausschließlich wildwachsende Pflanzen, die ich von Reisen mitgebracht hatte: Farnkräuter der Ebene und des

Gebirges, Haselwurz, Schlüsselblumen, Anemonen und mehr
der Art. Es wurden auch allerhand Samenkörner eingesammelt und heimgebracht, und im Frühjahr war immer die
Spannung groß, was nun wohl von dem Eingepflanzten und
Angesäten hervorkommen werde.

Vier Jahre hausten wir in dieser angenehmen Wohnung,
und in dieser ganzen Zeit bekam unser Hauswirth nur einmal
das Steigern, aber auch da steigerte er in so gelinder Weise,
daß man es heutzutage lächerlich finden würde: er erhöhte
den Miethszins um 14 Thaler jährlich. Wie habe ich mich
später geschämt, ihm wegen dieser Steigerung einen, wenn
auch leisen und verhüllten Vorwurf gemacht zu haben. Ich
weiß nicht genau mehr, was ich ihm gesagt habe. Wenn ich
nicht irre, habe ich ihn befragt, ob er denn auf einmal auf
Kosten seiner Mitmenschen ein Krösus werden wollte.

Es that mir sehr leid, aus der Wohnung heraus zu
müssen. Aber indem Jahr um Jahr verging, der Schnee fiel
und wieder schmolz, der Flieder blühte und abfiel, die Schwalben
sich anbauten und uns wieder verließen und auch der Storch
kam und abzog und wiederkam, wurde uns nach und nach
unsere erste Wohnung zu enge. Es mußte Platz geschafft
werden für Kinderbettchen, und das Gesinde nahm auch zu.
An Stelle des einen Dienstboten, mit dem die Sache anfing,
waren bald zwei, vorübergehend auch drei, unterzubringen;
der Hängeboden erwies sich als unzulänglich.

Wir gingen nicht weit von unsrer ersten Wohnstätte fort,
im Süden fanden wir etwas Passendes für das Doppelte ungefähr von dem, was wir bisher bezahlt hatten. Denn der
zweite große Krieg war schon glücklich beendet worden, und
sehr nahe schon war der dritte, von den dreien der größte.

Schon fingen die Berliner Miethspreise an , ganz nett in die Höhe zu gehen. Uebrigens trafen wir es auch mit dieser zweiten Wohnung noch sehr gut. Auch dort war ein ansehnlicher Garten, und auch dort wurde uns ein Stückchen des Gartens zur beliebigen Benutzung abgetreten. Ich konnte meine Pflanzungen aus dem früheren Garten einfach in den neuen übertragen, was mir besonders in Bezug auf die botanische Abtheilung sehr erwünscht war. Ja, mein neues Stück Gartenland war noch etwas größer als das alte, wodurch es mir möglich gemacht wurde, den früheren drei Theilen einen vierten, nämlich eine Anlage für Obst= und Gemüsezucht, hinzuzufügen. Ich rechnete darauf, wenn mir der Wirth noch ein weiteres kleines Stück, das für ihn nicht von großem Werthe war, überließ, auch noch ein Koryletum oder einen Haselhorst anzulegen, doch bin ich bis zu der Nuß= plantage nie gelangt, weil Ereignisse dazwischen traten, welche aus dieser Wohnung mich vertrieben und mich veranlaßten, weit fort nach dem fernen Westen auszuwandern.

Zunächst war alles in der neuen Wohnung sehr zufrieden= stellend, nur der Hauswirth ließ einiges zu wünschen übrig. Während der frühere von Milde und Wohlwollen überquoll, war dieser ein strenger und unfreundlicher Herr. Der Boden, auf dem sein Haus stand, war nebst den Nachbargrundstücken das Eigenthum seiner Eltern gewesen, die darauf Kohl und Kartoffeln gebaut hatten. Nachdem durch das Wachsthum der Stadt auch dieses Gemüseland in Bauterrain verwandelt worden, hatten sie Häuser darauf gepflanzt und waren zu Wohlstand gekommen. Der Sohn brauchte nicht mehr zu arbeiten, er war Hausbesitzer und Rentier.

Leider hat auch in diesem Fall das Geld sich nicht als

Milderer der Sitten erwiesen. Unser Hausherr war, wie ich schon gesagt habe, ein harter und unholder Mann. Die ersten Worte, mit denen er Neuanziehende begrüßte, waren diese: „Das sage ich Ihnen gleich, daß ich nicht das Geringste machen lasse." Wenn ihm darauf erwidert wurde: „Mein Gott, wir haben ja auch noch gar nichts gewünscht!" so fuhr er mit strenger Miene fort: „Ich bitte mir aber auch sehr aus, daß das niemals geschieht." Die Miethsverträge, deren er sich bediente, waren von der berüchtigten heimtückischen Art und von Hause aus unhaltbar. Man unterzeichnete sie be= dingungslos und verpflichtete sich, sie in allen ihren Theilen — und sie waren sehr lang — genau zu beobachten, wie sich Studenten bei der Immatrikulation dazu verpflichten, den Universitätsgesetzen gehorsam zu sein. Es war aber weit ge= fährlicher, gegen einen einzigen Paragraphen eines solchen Miethsvertrags zu verstoßen, als sämmtliche Universitäts= gesetze zu verletzen. Zwischen den zahllosen Paragraphen des Miethskontrakts wandelte man wie auf sehr schmalen ge= wundenen Pfaden, jeden Augenblick in Gefahr, überzutreten. Und trat man über, so saß man auch sogleich, mit einem Fuß wenigstens, oder auch mit beiden in einem Fuchseisen fest oder lag in einer Fallgrube. Das ganze Haus zitterte deshalb vor dem Wirth. Selbst zwei Geheimräthe, die in dem Hause wohnten — — nun, ich will nicht gerade sagen, daß sie vor ihm krochen, aber wenn er von ihnen verlangt hätte, ihn anzubeten und ihm auf einem Altar zu opfern, ich weiß nicht, ob sie einem solchen Ansinnen so viel Muth entgegengesetzt hätten, wie die ersten Christen und auch Männer jüdischen Glaubens einstmals den römischen Kaisern gegenüber bewiesen, die Aehnliches von ihnen verlangten.

Unaufhörlich zankte und schalt der Hausherr, denn da er
sonst nichts zu thun hatte, spürte er eifrig Verletzungen des
Miethsvertrags und der Hausordnung nach und fand natürlich
auch stets, was er suchte. Er betrieb das als eine Art von
Sport. Auf den Treppen, auf dem Flur, auf dem Hofe, wo
damals noch Holz kleingemacht wurde, überall ließ sich seine
rauhe, dröhnende Stimme vernehmen. Dazu gesellten sich
häufig die Stimmen seiner Eltern, die, auf ihr Altentheil
verwiesen, bei ihm wohnten, und da es auch für sie sonst auf
der Gotteswelt nichts zu thun gab, Beschäftigung und Zer=
streuung in Händeln mit den Miethern suchten. So gab es
im Hause unaufhörlichen Spektakel, und ich glaube, daß die
Dienstmädchen der verschiedenen Miether das Ihrige dazu
beitrugen. Denn so verschüchtert und furchtsam wie ihre
Herrschaften waren sie keineswegs, vielmehr suchten sie mit
dem Schrecklichen anzubinden, wenn er ihnen nicht sogleich
beikommen konnte z. B. wenn er oben stand, und sie standen
unten, oder wenn das Umgekehrte der Fall war. Liegt es
doch in der Art leichtfertiger und unweiser Geschöpfe, daß sie
gern einen Gefürchteten reizen, wenn sie sich nur einigermaßen
sicher glauben. So sehen wir, daß es für kleine Vögel ein
großes Vergnügen ist, einen Kauz oder Uhu zu umfliegen und
auszuspotten, wenn sie wissen, daß er ihnen nichts thun
kann.

Es konnte nicht fehlen, daß auch ich bald mit den Para=
graphen des Miethskontrakts und der Hausordnung in Kon=
flikt gerieth und deshalb von dem Hauswirth und seinen Er=
zeugern ein Mal übers andre hart angelassen wurde. Als
sich das immerzu wiederholte, sammelte sich bei mir endlich
eine große Portion Groll an. Diesen mußte ich los werden,

weil der Betrieb meines Geschäftes, mit dem ich Weib und
Kinder ernährte, vor allen Dingen Seelenruhe erheischte;
Seelenruhe aber und Groll sind unvereinbare Dinge. Deshalb
dachte ich darüber nach, wie ich unsern Hauswirth für uns
unschädlich machen könnte und zwar so, daß er dabei doch am
Leben bliebe. Nachdem ich die Sache oftmals vor dem Ein-
schlafen erwogen, kam ich endlich auf dasjenige, was — wie
der Erfolg erwiesen hat — das Richtige war.

Wenn es sehr laut im Hause zuging, flüchtete ich in den
Garten hinunter. Auch dorthin folgte mir manchmal der
Hauswirth, er zeigte sich dann aber stets von seiner fried-
lichen und verhältnißmäßig leutseligen Seite. Sein ganzer
Sinn war auf das Praktische gerichtet. Auf dem Hof hatte
er einen Ziegenstall, welchem von Zeit zu Zeit ein Böcklein
entsprang, das er aufaß. Er versicherte mir, es schmecke
sehr gut, und er war erfreut darüber, als ich ihm mittheilte, daß die Alten in Bezug auf junge Böcklein derselben Meinung gewesen seien. Im Garten zog er nur sehr
wenige Blumen, die ganze Bodenfläche beinahe war mit Gemüse bestellt, mit Stangenbohnen und niedrigen Bohnen, mit
Schoten, mit Kohlrabi, Weißkohl und Rothkohl. Es gedieh
aber nichts so recht bei ihm, aus dem Grunde, glaube ich,
weil er nichts freundlich ansah. Nur die Raupen schienen
sich bei ihm wohl zu fühlen und wurden sehr fett. Im Garten
trafen wir uns häufig und sprachen auch mit einander.
Unsere Unterhaltung war dann stets eine rein sachliche, sie
drehte sich lediglich um die Kultur unterschieblicher Gewächse.
Ich dachte, daß im Grünen Comment suspendu sei oder
Burgfriede herrsche, wie die Studenten sagen. Das war wohl
auch seine Meinung, eines Tages aber brach er den Frieden

Mir ist es noch wie heute. Es war im Mittsommer und hatte geregnet. Als ich herunterkam, sah alles herrlich erfrischt aus. Ich weidete mich zuerst an meinen Sommerblumen, dann musterte ich mit Vergnügen die Topfpflanzengruppe, dann durchging ich aufmerksam und mit Befriedigung die botanische Abtheilung. Von dieser ging ich über zum Obst und Gemüse. Da nahm ich zunächst mit Befremden wahr, daß von meinen sieben halbreifen Himbeeren, die ich noch am Tage vorher gezählt hatte, eine und natürlich die größte fehlte. Die Stelle, wo sie gesessen hatte, war noch ganz frisch und blank. Ich machte mir meine Gedanken darüber und war recht verstimmt. Als ich dann aber meine Augen auf meine beiden Salatstauden richtete, wurde ich wieder ganz fröhlich. Wie herrlich standen sie da, vom Regen erquickt! Forellensalat war es, aus Erfurter Samen gezogen, und wunderbar entwickelt. Nun konnten die beiden Häupter bald geschnitten und in der Wirtschaft verwendet werden. Eigentlich war das schade, denn sie nahmen sich auf dem Beet so gut aus, aber die Zubereitung, die ich mir selbst vorbehielt, versprach auch wieder ein großes Vergnügen.

Als ich frohen Herzens von meinem Forellensalat aufblickte, bemerkte ich, daß mein Hauswirth in dem Garten war und auf mich zukam. Er war noch einige Schritte von mir entfernt, als er mich schon anschrie: „Bei Ihnen ist schon wieder oben in der Küche gewaschen worden. Wenn das noch einmal vorkommt, werden Sie ermittirt!"

Jetzt war meine Zeit gekommen. Ruhig trat ich ihm entgegen, sah ihn fest an und sagte: „Ja wohl, es ist in der Küche gewaschen worden und wird wieder gewaschen werden, morgen, übermorgen, alle Tage, und wenn es nöthig ist, Nachts sogar. Ob Sie das zulassen wollen oder nicht, das ist vollkommen irrelevant, verstehen Sie wohl, i r r e l e v a n t! Ich gebrauche diesen starken Ausdruck mit vollem Bewußtsein, um Ihre Handlungsweise so zu brandmarken, wie sie es verdient."

So etwas war ihm nie geboten worden. Er mußte offenbar nicht, ob er seinen Ohren und Augen trauen sollte. Ihm, dem Geheimräthe mit Unterwürfigkeit begegneten, ihm sollte das gelten? Er sah mich an, als ob er bei sich dächte, ich könnte plötzlich übergeschnappt sein. Er warf fragende Blicke auf seine Stangenbohnen, seine Erbsen und seinen Kohl. Aber diese verhielten sich still, und die Raupen auf ihnen schmausten fort, ohne etwas zu sagen. Endlich richteten seine Augen sich auf einen greulichen künstlichen, aus Thon gebildeten Hund, der hilflos in verkümmertem Reseda dalag. Aber auch dieser sprang weder auf, noch heulte er, sondern blieb völlig theilnahmlos. Als mein Hauswirth einsah, daß er von keiner Seite Beistand zu erwarten hatte, sagte er fast kleinlaut: „Aber es steht doch im Kontrakt, daß das Waschen in der Küche nicht erlaubt ist, und ich habe hier doch als Hauswirth etwas zu sagen."

„Sie haben hier gar nichts zu sagen," erwiderte ich ruhig, „nicht das Geringste. Ich will ihnen aber im Vertrauen etwas mittheilen: Sie sind ein Unmensch, ein Tyrann, ein Scheusal, mit einem Wort, ein in hohem Grade unsympathisches Individuum. Glauben Sie, daß ich ein Nabob bin, der für die kleinen Kinder Hembchen, Strümpfchen, Bichel und was sonst noch öfters gewechselt werden muß, schockweise anschaffen kann? Nein, ich bin kein Nabob, darum kann ich von den angeführten Kleidungsstücken, zumal mehrere

Kinder da sind, nur einen bescheidenen Vorrath halten, und
zur Verwendungsfähigkeit derselben genügt nicht die große
Wäsche, die nur einmal im Monat stattfindet. Was im
Miethskontrakt steht, ist ohne jeden Belang, denn diesen Kon=
trakt hat der Teufel erfunden, wenn nicht seine Großmutter,
die ja noch verschlagener und hinterlistiger sein soll als er
selbst. Klagen sie auf Exmission, thun Sie's noch heute! Ich
vertraue darauf, daß es noch Richter in Berlin giebt, die für
Recht und für Hygiene Verständniß haben."

So sprach ich und wandte mich wieder meinem Salat zu.
Als ich nach einem Weilchen von ihm auf= und mich umsah,
war mein Wirth verschwunden.

Er hat bald darauf einigen seiner Bekannten erzählt,
daß ich ein sehr grober Herr sei, aber seine Hochachtung und
Bewunderung habe ich an jenem Tage gewonnen. Von Stund'
an begegnete er mir und den Meinen mit größter Höflich=
keit. Niemals mehr beschwerte er sich bei mir wegen Ver=
letzung des Miethskontrakts oder der Hausordnung. In der
Küche konnte gewaschen werden, daß der Wrasen in dichten
Wolken aus dem Fenster zog, kein Hahn krähte danach. Und
als alle Miether mit Einschluß der beiden Geheimräthe ge=
steigert wurden, blieb ich allein unversehrt.

Die Hochachtung, welche der Hauswirth seitdem mir er=
wies, übertrug sich auf seine Angehörigen. Leider erfreuten
wir uns des guten Einvernehmens, das durch mein entschie=
benes Auftreten hergestellt war, nicht sehr lange Zeit. Nach
zwei Jahren ging das Haus durch Kauf in andere Hände
über. Mein guter Wirth und Gönner, zu dem er geworden
war, hatte mit dem Käufer des Grundstückes mündlich aus=
gemacht, daß mir mein Stückchen Gartenland zur eigenen Be=

nuzung erhalten bleiben sollte. Natürlich kam es anders. Am ersten Oktober trat der Käufer seinen Besitz an, und am zweiten oder dritten schon — ich war gerade verreist — kamen in den Garten, von ihm geschickt, Arbeiter mit Schaufeln, um alles umzugraben. Als sie an meine Beete kamen, da stieg, wie mir nachher erzählt worden ist, die alte Mutter meines Wirthes in den Garten hinunter und stellte sich mitten auf meine Pflanzung, um sie zu vertheidigen. Da stand sie wie eine Löwin oder, wie andere sagten, wie ein feuerspeiender Drache, der einen Hort hütet. Aber all ihr Opfermuth half ihr nichts. Da die Arbeiter sie direkt nicht anzugreifen wagten, kamen sie auf den Gedanken, sie zu untergraben, und führten das aus. Als unter ihr die Erde weggestochen war, fiel sie um und wurde in eine Laube getragen, wo sie noch lange gesessen haben soll, weinend und vom Herbstwind umweht, der die rothen Blätter des wilden Weins auf ihr graues Haar streute.

Gewiß ist sie längst schon todt, ihres Heroismus aber soll mit freudigem Dank gedacht sein. Mein damaliger Wirth, denk' ich, spricht noch manchmal am Stammtisch von mir, indem er dabei etwa die Worte gebraucht: „Ich hatte einmal einen Miether, so etwas von Grobheit ist mir sonst in meinem ganzen Leben nicht vorgekommen!" Darauf bin ich stolz.

Die neue Straße.

Der Westen Berlins erinnert in manchem an Amerika. Es
ist alles sehr modern dort, aber ein bischen langweilig dabei.
Die Straßen sind breit, die Häuser sind sehr ansehnlich, aber
eines sieht verzweifelt dem andern ähnlich. Dieselben Balkons,
dieselben Karyatiden oder Atlanten, dieselben Thür= und
Fensterbekrönungen kehren unzählige Male wieder. Ich glaube,
auch die Menschen in Berlin W werden nach und nach ein=
ander sehr ähnlich.

Auch das ist amerikanisch, wie Häuser und Straßen im
Westen Berlins aus dem Boden hervorwachsen. Mit un=
säglicher Geschwindigkeit geschieht das. Und die Aehnlichkeit
geht noch weiter. Das Bauterrain, das, nachdem Bauern
und Gärtner es geräumt haben, sich selbst überlassen geblieben
ist, erscheint als eine richtige Prairie. Ja, es wächst sogar
eine Pflanze dort, die aus Amerika eingewandert ist, die nur
wenig hübsche Galinsoga, welche die Berliner Knopfkraut
nennen. Die bildet auf den Bauterrains des Westens förm=
liche Wiesen, indem sie Malven, Nesseln, Disteln und andere
einheimische Schutt= und Wüstenkräuter vom Platz verdrängt.

Da ich mich seit vielen Jahren immer an der Grenze

des bebauten Berlins gehalten habe, so habe ich es auch oft=
mals gesehen, wie eine neue Straße entstand. Auf dem Plan
war sie schon lange verzeichnet und auf dem Erdboden auch
schon markirt durch eine Steineinfassung, aber noch war sie
ohne Häuser. Wo diese stehen sollten, wucherte noch das
Unkraut, zwischen dem manchmal ein Strolch sein Mittags=
schläfchen abhielt. Dann wurde auf unzähligen Wagen das
Baumaterial herangefahren, und die Prairie verschwand unter
Stapeln und Haufen von Bruchsteinen, Ziegeln, Klamotten,
Brettern und Balken. Auf beiden Seiten der Straße wurde
der Boden ausgeschachtet, die Fundamente der Häuser wurden
gelegt, Gerüste aufgestellt, Bauzäune zusammengeschlagen, und
mit rapider Schnelligkeit wuchsen die Mauern empor. Manch=
mal fiel ein Haus schon ein, ehe es noch ganz fertig war,
aber im Ganzen ging doch die Bauthätigkeit ohne Unterbrechung
vorwärts. Wo im Frühjahr noch Wüste war, arbeiteten um
die Herbstzeit in den Neubauten schon Maler und Töpfer, hatten
die Häuser schon Augen bekommen an Stelle der Augenhöhlen.
Sobald aber die Fenster eingesetzt waren, prangten in ihnen
auch schon die Plakate, auf denen angekündigt wurde, daß
hochherrschaftliche, herrschaftliche und andere Wohnungen von
4, 6, 8 oder gar 11 Zimmern zum nächsten oder übernächsten
Quartalsersten zu vermiethen seien. Vorgärtchen wurden an=
gelegt, die Straße erhielt Pflaster und Trottoir und einen
Namen, die Taufe aber ging ohne alle Förmlichkeit vor sich.
Alles das habe ich mehrere Male erlebt und mit angesehen.

So lange das Bauen dauert, ist die im Werden begriffene
Straße zeitweise von den Bauarbeitern, Steinträgern und
Maurern belebt. Es sind meist prächtige lange Kerle, weiß
bestäubt wie Aurikeln, aber nicht so zart wie diese Lieblings=

blume unserer Eltern und Großeltern. Viele von ihnen tragen
Kniehosen, wie es neuerdings wieder Hoftracht geworden ist,
aber dazu nicht seidene Strümpfe, wie sie die Hofordnung
vorschreibt, sondern wollene, und nicht Schnallenschuhe, sondern
Pantinen. Die beliebteste Kopfbedeckung bei ihnen ist eine
verstaubte und verwitterte Militärmütze. Sie machen im
Ganzen einen sehr günstigen Eindruck. Ich glaube, daß sie
fast durchweg gutmüthig sind und immer geneigt, für die
gerechte Sache Partei zu nehmen. So furchtbar sie Feinden
sein mögen, wenn sie gereizt sind, einem harmlosen Wesen
thun sie sicherlich nichts zu Leibe. Dienstmädchen, die ihnen
in den Weg kommen, behandeln sie mit etwas unbeholfener
Galanterie, mit Kindern scherzen sie und scheinen immer guter
Laune zu sein, auch bei schlechtem Wetter. Im Leben der
Straße stellen sie die Riesenzeit dar, da alles noch ziemlich
wild durcheinander liegt, und die Kultur noch nicht mit dem
Briefträger, dem Steuererheber und dem Nachtwächter ihren
Einzug gehalten hat. Mit den Haubenlerchen zusammen ver-
schwinden sie wieder.

Ihr Frühstück und ihr Mittagessen nehmen die Bau-
arbeiter bei den Budikern der schon wohnlich gewordenen
Nachbarschaft ein. Auch in dem ersten annähernd fertigen
Hause der neuen Straße pflegt sich rasch ein Schank- und
Speisewirth einzunisten, bei dem die Männer vom Bau ver-
kehren, und so lange dieser Verkehr dauert, hat der Wirth
seine gute Nahrung. Dann wird es wieder still bei ihm, und
traurig denkt er zurück an die gute alte Zeit, die doch eigentlich
so neu ist und die so bald wieder aufgehört hat. So lange
aber gebaut wird, geht das Geschäft flott, Wirth und Wirthin
freuen sich über die rüstigen Gäste, die mit so gutem Appetit

und mit so trefflichem Durst gesegnet sind. Gruppenweise schlendern sie, wenn sie sich gestärkt haben, von dem Lokal der Arbeit zu, in erheblich rascherer Gangart suchen sie es, vom Neubau kommend, auf, wenn die Feierstunde geschlagen hat. Das ist allgemein menschlich, und auch Arbeiter der höheren Stände machen es nicht viel anders.

Ein Haus nach dem andern wird fertig, und nun zieht der erste „herrschaftliche" Miether ein. Mit vollbeladenen Möbelwagen kommt er, mit seinen siebenmal siebenundsiebzig und mehr Sachen, mit Haus- und Küchengeräth, mit Blattpflanzen und Kanarienvogel, mit all dem Kram und Tröbel, den der moderne Mensch für die kurze Zeit seines Aufenthaltes hier nöthig zu haben glaubt. Das erste Klavier in der neuen Straße wird abgeladen — ein kulturhistorisch bedeutender Augenblick. Ach, daß es das einzige bliebe! Wie viel Kummer und Elend könnte dadurch verhütet werden! Aber eins folgt dem andern nach, bis alle Häuser zwei-, drei- bis zwölffach mit Klavieren besetzt sind, und es überall tönt und klingt wie auf sommerlicher Flur, wenn die Grillen laut werden. Aber das klingt doch ein gut Theil besser und hält auch nicht das ganze Jahr über an.

Woher kam der erste Miether? Vielleicht war er einer der unzähligen von außerhalb Zuziehenden oder, aus einem andern Stadttheil verschlagen, suchte er eine Gegend auf, wo er weniger Geräusch oder frischere Luft oder besseren Erwerb zu finden hofft. Dem ersten Miether folgen rasch andere. An den Fenstern fangen die Plakate an zu verschwinden, an einer Fensterreihe nach der andern werden Gardinen sichtbar, ein Zeichen, daß die Etage bewohnt ist. Mit Vorsicht zuerst, bald aber breister werden die schwebenden Ballons

betreten. Es scheint ungefährlich zu sein — sie halten! Der
Postbote steigt die Treppen auf und ab, die Portiers treten
mehr und mehr in Thätigkeit mit Thüröffnen und Ränke-
spinnen. Bolle durchklingelt die Straße. In einem Hause
wird schon getanzt. Es ist verwundert darüber und zittert
ein wenig, fällt aber nicht um, weil es von den beiden Neben-
häusern gehalten wird. Der erste Leierkasten läßt sich auf
einem Hofe hören. Sperlinge und Schnorrer theilen einander
die Adressen derjenigen Bewohner der Straße mit, bei denen
etwas zu bekommen ist.

Es macht sich äußerlich nicht kundbar, in welchem Hause
der neuen Straße das erste Kind geboren ist. Das frohe
Ereigniß bleibt im Innern des Hauses; was davon nach außen
gelangt, verliert sich im Postbriefkasten und in den Spalten
einer Zeitung. Wann aber der erste Mensch in der Straße
gestorben ist, erfahren so ziemlich alle Bewohner derselben,
falls sie nicht zu lang ist. Ihn heraustragen und wegfahren
zu sehen, ist ein kleines Fest für Kinder und müßige Leute,
und keiner der Zuschauenden denkt daran, daß auch er einmal
aus dieser oder einer anderen Straße auf ähnliche Weise weg-
geführt werden wird. Nicht lange nach dem ersten Begräbniß
findet der erste Dachstuhlbrand statt, und die vortreffliche Berliner
Feuerwehr in voller Thätigkeit zu sehen, ist wieder für die
Straße ein bedeutendes Ereigniß und für die Bewohner derselben mit Ausnahme derjenigen, bei denen es brennt, ein
kleines Fest.

Unterdessen hat sich schon herausgestellt, daß verschiedene der
neuen Ansiedler sich stark verrechnet haben. Das ist zunächst der
Fall bei einer Zahl von Materialwaarenhändlern. Es sind ihrer
viel zu viele für den Bedarf der Straße. Nun können Dichter

zu Dutzenden in derselben Straße, ja sogar in demselben Hause
wohnen, ohne daß sie einander Konkurrenz machen und in
ihrem Erwerb beeinträchtigen. Ihnen sind keine engen
Schranken gezogen, ihre Absatzgebiete erstrecken sich über das
Weichbild der Stadt, ja selbst über die Landesgrenzen hinaus.
Und wenn sie in großen Horsten beisammen wohnten wie die
Reiher, würden sie doch nicht Noth leiden, vorausgesetzt daß
überhaupt Nachfrage nach ihren Erzeugnissen vorhanden ist.
Ganz anders verhält es sich mit dem Mehl= und Vorkost=,
mit dem Materialwaarenhändler: er ist auf seine nächste Um=
gebung angewiesen. Hat er in dieser keine Kundschaft, so ist
er verloren. Nun kann man ausrechnen, wie viel Häuser
er als Kundenrevier haben muß, um leben zu können. Es sind
nicht so sehr viele dazu nöthig, fast in jeder neuen Straße
aber haben sich schon von vornherein so viel Materialisten ange=
setzt, daß auf jeden von ihnen zu wenig Häuser kämen, wenn
diese zu gleichen Theilen unter sie vertheilt würden. Jeder
ist mit der Hoffnung gekommen, in dem neu aufgeschossenen
Stück Hauptstadt seine Nahrung zu finden, es zu einem blü=
henden Geschäft zu bringen; nun erkennt er mit Schrecken,
daß noch verschiedene andere denselben Gedanken gehabt haben
wie er, und es beginnt ein unerfreulicher Kampf ums Dasein.
Alle Mittel, Kunden zu bekommen, werden versucht. Mit
Seife in glänzender Umhüllung, mit Zuckersachen, mit Obst
und Backwerk, mit baarem Gelde werden die Dienstmädchen
geködert, umworben und gewonnen, denn wer sie hat, der
hat die Herrschaften, die größtentheils, was die Bezugsquelle
ihrer Nahrung betrifft, von dem Geschmack ihrer jedesmaligen
Minna oder Rieke abhängig sind. Manchem aber glückt es nicht
trotz alles Aufwandes von kleinen Geschenken, vielleicht weil

er kein einnehmendes Aeußere hat oder nicht redegewandt ist, oder auch aus gar keinem anderen Grunde, als weil ihrer zu viele sind. Es müssen eben einige von ihnen eingehen, und zu denen gehört er.

Da sitzt nun ein armer Geschäftsmann, der kein Glück hat, in seinem Laden und wartet vergebens auf Kunden, wie ein junger Arzt auf Patienten wartet. Aber dem Doktor können wenigstens keine Vorräthe verderben; seine Kenntnisse erhalten sich lange, seine Instrumente werden nicht so leicht unbrauchbar. Dem kundenlosen Kaufmann aber gehen seine Waaren um so rascher zu Grunde, als das Haus noch neu ist. Die Wände sind noch nicht ausgetrocknet, die Gelasse sind feucht. Das Mehl wird muffig, die Wurst anrüchig, das Bier sauer, der Essig kahmig, die Apfelsinen verwandeln sich in Kugeln von blaugrünem Schimmel. Es kann gerollt werden, wie ein Anschlag im Schaufenster besagt, aber es wird nicht gerollt. Die Rolle steht still einen Tag wie den andern. Da der Besitzer dieses Geschäfts nichts zu thun hat, so steht er häufig vor der Thür auf der Straße und belauert seinen glück= licheren Nebenbuhler, der ihm gegenüber wohnt oder auch nebenan. Um jedes Viertelpfund Käse, um jede Düte Salz, die von demselben geholt wird, beneidet er ihn — er fängt an ihn zu hassen. So ist er im Begriff, ein ganz böser Mensch zu werden, aber zum Glück ist das Ende nicht weit. Seine Waaren schwinden hin, ohne verkauft zu werden, Ratten und Mäuse theilen sich in das Letzte. Seine Mittel sind erschöpft, eines Tages macht er zu und ist verschwunden. Die Welle, die ihn anspülte, hat ihn wieder weggenommen. Ob er wohl an einer andern Stelle des Häusermeers der Hauptstadt noch einmal auftauchen wird, um aufs Neue sein Glück zu versuchen?

Ein ähnliches Schicksal erleidet so mancher Bäcker, so mancher Fleischer oder Cigarrenhändler. Die neuen Stadt= theile im Westen sind so voll von Wracken, wie das Skagerack oder die Sulina=Mündung. Besonders auch mancher Restau= rateur geht in einer neuen Straße zu Grunde. Es ist über= haupt eine sehr gewagte Sache für einen solchen, an der Peripherie der Stadt ein Geschäft zu gründen, besonders wenn er etwas hoch hinaus will, Echtes verzapft oder vielleicht sein Lokal stilvoll einrichtet. Glücklich, wer eine ständige Kund= schaft von Droschkenkutschern oder Pferdebahnbediensteten hat, mit anderem Publikum sieht es schlecht aus im äußersten Westen. Stammgäste wollen sich dort nicht recht anfinden, auch wenn ein runder Tisch dasteht, um den sie sich herum= krystallisiren können. Es strömt alles, was trinken will, dem Innern der Stadt zu, im Winter wenigstens.

Was für Verrechnungen von Bierwirthen kommen in einer neuen Straße vor! Da haben in einer, die nur kurz ist, an vier Ecken sich Restaurants aufgethan, und kaum eines könnte nothdürftig bestehen. An einem der Art ging ich früher öfters vorüber. Es war großartig angelegt und hatte prächtige Spiegelscheiben, aber einen Gast sah man nie darin. Hinter der einen großen Spiegelscheibe stand immer, wenn ich vorbei= ging, ein Kellner, ein schon ältlicher Herr mit einer Serviette unter dem Arm und dem Ausdruck unseliger Traurigkeit im Gesicht. Da er immer ganz stille stand und sich nicht im Mindesten bewegte, so erschien er wie ein Bild in einem Rahmen, und diesem Bilde gab ich die Unterschrift: „Die Wehmuth." Er rührte mich so sehr, daß ich fast einmal hinein gegangen wäre. Aber die Schauer der Einsamkeit, die hinter den Spiegelscheiben herrschte, und die Ahnung, daß ein

traurig machendes Naß dort verschenkt würde, hielten mich
ab. Auch fürchtete ich, nachdem ich Wochen lang gesäumt, daß
ich nun den aller Gesellschaft entwöhnten Kellner durch mein
Kommen mehr erschrecken als erfreuen möchte.

Aber er dauerte mich sehr. Daß er niemand bedienen
konnte, war ja nicht das Schlimmste, aber daß er gar keine
Trinkgelder einnahm, mußte ihn zu Grunde richten. Ein
Kellner, der keine Trinkgelder bekommt, ist wie eine Pflanze,
die nicht begossen wird. Früher oder später muß sie eingehen,
auch wenn sie ein zähes Leben hat.

So ging es auch diesem Kellner. Jeden Tag sah er trau=
riger aus, und immer tiefer hing seine Nase herab. Eines
Tages war er aus dem Rahmen verschwunden. Ich glaube,
daß er vertrocknet ist und alsbann weggeschafft. Bald darauf
machte der Wirth zu.

Nach und nach ordnen sich die Verhältnisse in der neuen
Straße. Was nicht bestehen kann, geht ein, und das sich
Erhaltende fügt sich in einander. Unterdessen hat die Pferde=
bahn ihre Fangarme schon dorthin ausgestreckt, hat das Tele=
phon schon die Dächer mit seinen eisernen Fäden übersponnen.
In der Nähe aber entsteht wieder eine neue Straße, und in ihr
wiederholt sich dasselbe Spiel.

Von der Weichbildgrenze.

Nein, ich möchte nicht mitten in der Stadt wohnen, auch nicht um den billigsten Miethspreis. Zwar zuerst, als ich mir ein Heim in Berlin gründete, habe ich mich im Innern der Stadt, die damals noch eine gemüthliche Mittelstadt war, niedergelassen, dann aber, dem Zuge nach Westen folgend, bin ich immer weiter in dieser Richtung vorgerückt, bis ich jetzt glücklich die Weichbildgrenze erreicht habe. Ja, ich habe sie schon überschritten, ich wohne gar nicht mehr in Berlin. Erst, als ich gemiethet und den Vertrag mit meinem neuen Hauswirth unterzeichnet hatte, machte ich die Entdeckung, daß ich nach Charlottenburg übergesiedelt war.

Berlin und Charlottenburg sind weder durch eine Mauer, noch durch eine Feldmark, nicht einmal durch einen Zaun von einander getrennt, sondern man geht über die Straße von dem einen Ort zum andern, ohne durch irgend etwas aufgehalten zu werden. Die Südseite der Kurfürstenstraße mit dem, was dahinter liegt, von der Zwölfapostelkirche an, ist Charlottenburgisch, die Nordseite Berlinisch. Beide Städte sehen in dieser Gegend einander sehr ähnlich: die Bauart der Häuser ist dieselbe und die Bewohner der Häuser auf beiden Seiten gehören offenbar auch derselben Art an.

Als ich entdeckt hatte, daß ich Charlottenburger geworden
war, gab ich mich einer thörichten Hoffnung hin. Ich hatte
einmal davon gehört, daß gewisse Ortschaften Jahrhunderte
hindurch von den Steuerbehörden übersehen worden und in
Folge dessen steuerfrei geblieben waren. Wenn das ganzen
Ortschaften begegnen kann, dachte ich bei mir, um wie viel
leichter ist es möglich bei einem einzelnen Hausstande! Daß
ich außer der Zeit umzog, bestärkte mich in der Hoffnung,
übersehen zu werden. So wiegte ich mich in einem ange=
nehmen Traum, bis mir eines Tages durch einen Mann von
dienstlichem Aeußern und freundlichem Wesen ein großer
Schreibebrief überreicht wurde, der auf der Vorderseite meine
Adresse mit der schon selten gewordenen Bezeichnung „Wohl=
geboren" trug, auf der Rückseite aber das Insiegel der Stadt
Charlottenburg aufwies: es stellt ein altes mit Thürmen ge=
ziertes Stadtthor dar, darüber befindet sich eine Mauerkrone
und darunter ein fliegendes Banner. Noch als ich den Brief
schon in der Hand hielt, dachte ich an nichts Arges, sondern
machte mir allerhand angenehme Gedanken. Der Magistrat
von Charlottenburg, sagte ich zu mir, schreibt an dich. Was
in aller Welt hat er dir zu schreiben? Sollte dieser Brief
vielleicht die Ernennung zum Stadtdichter enthalten? Fürwahr,
eine ehrenvolle und ziemlich einträgliche Stellung! Wenn ich
mich recht erinnere, erhielt ein städtischer Dichter jährlich ein
Fäßchen Wein aus der Rathskellerei, außerdem zu Weihnachten
einen Anzug von flandrischem Tuch und endlich für jedes
Festcarmen, das er im Auftrag der Stadt verfertigte, einen
Dukaten als Ehrensold. So dachte ich mich schon in die an=
genehmsten Verhältnisse hinein, als ich aber den Brief unter
sorgfältigster Schonung des Siegels öffnete und hineinsah,

bemächtigte sich meiner bittere Enttäuschung. Das Schreiben enthielt weiter nichts als die Benachrichtigung, daß ich in Bezug auf Steuerpflichtigkeit von dem Berliner Magistrat dem Charlottenburger Magistrat überwiesen worden sei.

„Das Unvermeidliche mit Würde tragen", recitirte ich einen alten Stammbuchvers und ergab mich in mein Schicksal, denn ich hatte sonst an dem Wohnen in Charlottenburg nichts auszusetzen. Auf Berliner Seite wird allerdings von allerlei Nachtheilen geredet, welche mit dem Uebersiedeln auf das jenseitige Weichbild verbunden sein sollen, ich habe aber von denselben bis jetzt noch nichts bemerken können. Sehr hoch veranschlage ich es, daß ich von der Postbehörde zu Berlin W. gerechnet werde, ohne darum genöthigt zu sein, auch noch für Berlin Steuern zu zahlen.

Den Hauptvortheil aber, den ich erlangt habe, ist dieser, daß ich am Ende des bewohnten Berlin=Charlottenburg angesessen bin. Ich wohne da, wo die Welt hier und dort mit Brettern zugenagelt ist, und über Zaunplanken hinüber sehe ich, wie die Kinder auf den Bildern der Kate Greenaway, in eine andere Welt hinein. Dieselbe besitzt manches Anziehende, wenn es auch zu wünschen wäre, es gäbe auf ihr weniger altes Schuhwerk und nicht so viele zerbrochene Weißbierkruken.

Auf meinem ersten Ausgange erblickte ich etwas, das mich sehr angenehm berührte: einen alten Herrn, der in seinem Garten Spargel stach und dabei eine Pfeife rauchte. Bedächtig schritt er die Rabatten entlang, und wo er einen Spargelkopf sah, der im Begriff stand, den Boden zu durchbrechen, hielt er an und bückte sich. Kunstgerecht hob er den Wurzelschoß aus, legte ihn in ein Körbchen und mußte sorgfältig den aufgelockerten Boden wieder zu. Ich beobachtete den Alten ein halbes Stündchen mit Genuß bei seiner angenehmen Arbeit. Wie ich nun auf den Beeten, die er noch nicht abgesucht hatte, eine ziemliche Anzahl von Spargeln bemerkte, die am Durchbrechen waren, sagte ich zu mir: Wenn er einen von diesen Spargeln übersieht, so wird mein Loos in der Marienburger Lotterie gewinnen. Er übersah aber keinen, und richtig gewann auch mein Loos nicht. Dem alten Herrn messe ich keine Schuld daran bei. Seine ganze Art und Weise gefiel mir, und eine günstige Meinung über ihn brachte es mir bei, zu bemerken, daß er in seinem Garten auch Rapontica zog. Diese Pflanze erfreut nicht allein das Auge durch ihre Blumen, sondern ihre Wurzel liefert auch, richtig zubereitet, einen schmackhaften Salat.

Ein zweites Angenehmes fand ich, als ich die kurze Straße, in der ich jetzt wohnte, in der Richtung nach Süden zurückgelegt hatte und ins Freie trat. Gleich auf der ersten Schuttwiese entdeckte ich eine Haubenlerche, die dort geschäftig und munter umherspazierte. Welch eine erfreuliche Erscheinung für das sperlingsmüde Berliner Auge, dieser zierlich geschopfte Vogel, der noch dazu ein Singvogel ist, wenn auch sein Gesang mit dem der Feldlerche sich nicht messen kann. Noch war ich in den Anblick der Haubenlerche versunken, als zu mir aus großer Nähe ein merkwürdiger Ton drang: das Meckern einer Ziege. Und siehe, da stand auch eine solche auf einem Stück Unland, eine wirkliche lebendige Ziege. Wie aber wurde mir zu Muthe, als ich in der Nähe dieser ersten Ziege noch mehrere andere entdeckte! Es waren ihrer zusammen sieben, also eine ganze Herde, und einige von ihnen hatten Besuch von Hühnern. Jetzt fehlt nur noch eine Kuh, sagte ich zu mir, und wir haben das ganze Landleben beisammen. Zuletzt gewahrte ich noch etwas, was nicht erfreulich, aber charakteristisch für die Weichbildgrenze war. Aus blühender Melde erhob sich ein Strolch, der dort sein Mittagsschläfchen gehalten hatte. Langsam richtete er sich auf, reckte sich und gähnte. Dann warf er einen Blick auf die Landschaft und trottete schwerfällig über die Scherbensteppe von dannen in der Richtung nach Wilmersdorf zu.

Ich konnte, wenn ich auf meinem Balkon stand, noch über offenes Land sehen bis zum Grunewald. Zunächst aber fiel mein Blick auf Roggen= und Kartoffelfelder. Der Roggen hatte etwas Spärliches und Dürftiges, aber es war doch echter Roggen. Die Kartoffelpflanzen schienen sich recht gut zu ent= wickeln. Sie standen in einem Sandboden, der merkwürdig viel Draht und Blech, sowie zahlreiche Ueberreste von alten Jacken und Stiefeln und eine Menge Scherben der ver= schiedensten Art enthielt.

Neben diesen bebauten Feldern erregte meine Aufmerk= samkeit auch das unbestellte Land, das sich allmählig von selbst in eine Art von Wiese verwandelt. Dasjenige Unland, das zunächst den letzten Häusern liegt, hat aber nur wenig Wiesen= artiges an sich. Sperrige Unkräuter wachsen darauf, manche mit mehligem oder anscheinend fettigem Laube — wenig ist dabei von reizvoller Gestalt oder einladendem Duft. Das Ganze dessen ist hier zu finden, was die Botaniker Ruderal= Flora nennen. Wer diese immerhin nicht uninteressante Pflanzenwelt gründlich kennen lernen will, dem ist eine Ex= kursion an die Weichbildgrenze anzurathen. Er muß aber diese Gegend besuchen um die Mittagszeit, wenn die Schutt=

halben im Sonnenschein liegen. Dann hat das Ganze
Charakter.

Je weiter man sich von den Häusern entfernt, ein um
so besseres Aussehen gewinnen die Wiesen. Die Menge der
Gräser nimmt zu, und hübsche Blumen finden sich ein. Und
während sich an so angenehmem Anblick das Auge erfreut,
vernimmt das Ohr zugleich etwas anderes Erfreuendes. Schon
über den Schuttwiesen erklingt der Jubel der Lerche, und wenn
man noch ein wenig weiter geht, so kann man auch schon die
Goldammer hören, was ein Zeichen ist, daß nun das „Land“ anfängt. Des Kuckucks weitschallender Ruf aber klingt bis tief in
die mit Häusern bebauten Straßen hinein. Hie und da steht
zwischen Feldern und Wiesen ein Baum oder Busch. Besonders
gefällig sind ein paar große Hollunderhorste, durchflochten von
wildem Hopfen und zur Blüthezeit ganz bedeckt mit schimmernden
weißen Dolden. Die Hollunderhorste umgiebt ein Kranz von
Brennnesseln und Klebkraut, und auch diese beiden Unkräuter sind
durchflochten und umwunden von einer merkwürdigen Pflanze.
Wie verworrenes Garn liegt sie auf den Kräutern, blattlos und
im Frühling auch noch blüthenlos. Vogelseide wurde sie sonst
genannt, auch Unser Frauen Seide. Hopfen- oder Nessel-
seide heißt sie jetzt, die Botaniker nennen sie Cuscuta europaea.
Sie geht im Erdboden auf, wenn sie aber etwas findet, an
das sie sich anklammern kann, löst sie sich los vom Boden
und lebt von der Zeit ab als Gast auf der fremden Pflanze,
sie mit zahllosen Fäden umschlingend, sie aussaugend und er-
würgend.

Noch hatte ich den freien Blick in das offene Land hinein,
aber nicht lange dauerte es, und ich war eingebaut. Ziehe
ich weiter hinaus, um wieder ans freie Land zu kommen, so

begegnet mir in kurzer Zeit dasselbe. Alles, was da draußen noch unbebaut liegt, die Roggen= und Kartoffelfelder, die Schuttwiesen und die noch mit Blumen prangenden Wiesen: alles das ist Bauterrain. Die Straßen sind auf dem Plan schon verzeichnet, und man kann auch draußen schon sehen, wie sie verlaufen. Bei einigen sind an den Seiten schon Pflaster= steine und Granitschwellen angehäuft. An den Seiten der Straßen, überall in Wiesen und Feldern stehen Tafeln, auf denen man lesen kann, daß hier so und so viel Baustellen zu verkaufen sind. Wo jetzt noch die Haubenlerche zwischen Unkräutern spazieren geht, auch da werden Menschen geboren werden und sterben.

Berlin schreitet rasch vor. Jedes Jahr wird die Gold= ammer um ein Stück weiter zurückgebrängt. Aus dem Un= land, wo jetzt noch der Strolch in der Melde sein Schläfchen hält, schießen im nächsten Jahr Miethshäuser empor, auch eine Art von sperrigem, graumehligem Unkraut. Aber das wird nicht immer so fortgehen. Die Unkräuter der Weich= bilbgrenze, die jetzt immer weiter zurückweichen, werden auch einmal wieder vordringen in das Innere der Stadt hinein, bis sie zuletzt unter den Linden Platz genommen haben und bort sich ausbreiten. Ich stelle mir manchmal Berlin vor, wie es wieder veröbet und verlassen sein wird. Ungeheure Eichen erheben sich über die Ruinen der Stadtbahn. Aber sie sind nicht die ältesten Bäume auf dem Gebiet des ehemaligen Berlins. Das sind noch dieselben, die auch jetzt hier die ältesten sind, die beiden Eibenbäume im Herrenhausgarten in der Leipzigerstraße, deren ältester jetzt schon auf eine Reihe von Jahr= hunderten zurückblickt. Beide Bäume stammen aus der Zeit, als um sie her noch Wald war. Nun, stelle ich mir vor, sind

10*

sie in die Zeit hineingewachsen, da wieder um sie her Wald ist. Da stehen sie mitten im Dickicht, und alles ist still. Da plötzlich knackt es im Strauchwerk unter ihnen, und ein flüchtiges Reh bricht hervor. Nicht lange darauf neues Krachen im Unterholz, und, offenbar dem flüchtigen Wilde folgend, erscheint ein Rudel grauer hundeartiger Thiere. Da sagt der ältere der beiden Eibenbäume zu dem jüngeren: „Sahest du die Thiere, die soeben hier durchbrachen und vorbeiliefen? Das waren Wölfe. Solche habe ich einmal schon gesehen, als ich noch jung war. Dies sind die ersten wieder, die ich seit langer, langer Zeit zu sehen bekomme."

Was reden sie mit einander?

Was reden die beiden mit einander, der Soldat und die Köchin? Es scheint Thatsache zu sein, daß sie überhaupt nicht viel mit einander reden. Wenn er unten auf dem Hof steht, mit der für den Zuhörenden so wenig angenehmen Arbeit des Teppichklopfens beschäftigt, und sie steht am offenen Küchenfenster, so ruft er, im Fall er sonst ein Mann von guten Einfällen ist, ihr wohl hin und wieder eine scherzhafte Bemerkung zu, auf welche sie, wenn sie eine behende Zunge hat, wohl auch mit gleicher Münze erwidert. Gewöhnlich aber besteht ihre ganze Unterhaltung darin, daß er hinauf und sie hinab sieht. Dabei kommt es leicht vor, daß hinter ihrem Rücken, ohne daß sie etwas davon bemerkt, ein Topf überkocht oder eine Suppe anbrennt oder ein Aal flüchtig wird. Daran, daß sie plötzlich zusammenfährt und sich umdreht, merkt der Soldat es, daß die Hausfrau mit einem zürnenden: „Aber, Marie!“ in die Küche getreten ist

Was er in der Küche selbst — angenommen, daß er dort überhaupt auftritt — mit ihr redet, ist sehr schwer zu ermitteln. Er ist sehr vorsichtig und läßt sich nicht leicht vom Feinde beschleichen. Wird er aber einmal überrumpelt, so steht er still und bescheiden da. Vor der Thüre, wo der eigentliche Platz für Unterhaltung ist, treffen sie natürlich auch zusammen. Man sieht sie neben einander stehen, es gehört aber ein besonderes Glück dazu, sie mit einander reden zu hören, und auch dann ist die Sache nicht der Rede werth. Es sind Mittheilungen, die noch uninteressanter sind als die meisten telegraphischen Depeschen der öffentlichen Blätter. Und das will doch viel sagen.

Mit voller Muße kann man beide beobachten an den Feiertagen in den Biergärten von Moabit oder in der Hasen= heide, wohin er sie oder sie ihn am Sonntag ausgeführt hat. Da sitzen sie nun beide und schweigen einander an. Es giebt ja Soldaten, welchen die Gabe des Redens verliehen ist, aber sie sind selten. Für gewöhnlich fehlt unserm Krieger, was ich den „nöthigen Vorrath" zur Unterhaltung nennen möchte. Der fehlt aber auch vielen andern unter uns. Ach, es ist gewiß ein großes Glück, diesen „nöthigen Vorrath" zu besitzen! Er ebnet den Lebenspfad, er hilft zu Verdiensten und Titeln, er bedeckt die Brust mit Orden, er ist im prak= tischen Leben mehr werth als viele Tugenden. Wehe dem= jenigen, welchem ganz der „nöthige Vorrath" fehlt — der, wenn er dem Manne vorgestellt ist, welcher sein Glück machen kann, dasteht wie ein Oelgötze, weil von allen den hundert= tausend Gegenständen, die zur Anknüpfung eines Gespräches sich eignen, im Augenblick auch nicht ein einziger ihm einfällt.

Aber ich komme zu weit ab von der Köchin und ihrem Schatz. Oft in Moabit, in der Hasenheide und an andern Orten habe ich solch ein stummes Paar lange beobachtet und mir Gedanken darüber gemacht, was wohl während des

Schweigens in ihren Seelen vorgeht. Beide fühlen offenbar,
daß es nicht das Richtige ist, unter solchen Umständen nichts
zu sagen, sondern daß zum Ganzen des Liebesglückes die
Unterhaltung mitgehört. Aber wie dieselbe anknüpfen? Ihm
geht mancherlei durch den Kopf: er denkt an den harten
Dienst, an Schweinebraten, an die Ernteverhältnisse auf dem
Lande. Aber das sind ja alles Gegenstände, welche seinen
Schatz unmöglich interessiren können. Wenn er sie anblickt,
wie schmuck sie aussieht in ihrer sommerlichen Kattunfahne,
so kommt über ihn wohl eine Ahnung, daß es wohl noch
andere Stoffe zur Unterhaltung geben könne, als die erst=
genannten; aber ihm fehlt der „nöthige Vorrath". Aehnlich
ergeht es auch ihr: Sie nimmt an, daß ihre Dienstverhält=
nisse für ihn so wenig Interesse haben als die seinigen für
sie. Wovon soll sie mit ihm reden? Von der Schlechtigkeit
der Herrschaft? Von der Treulosigkeit der Minna? Wohl
gar von ihrem eigenen ehemaligen Schatze, der jetzt angeblich
in Prenzlau ist? Wenn sie ihren Schatz ansieht, wie stattlich
er sich ausnimmt in der kleidsamen Uniform, hat sie wohl
ein Gefühl, als möchte sie laut aufjubeln und viel Geschirr
zerbrechen vor Freude; aber ein lautes „Heiaho, du Holder!"
anzustimmen, verwehrt ihr ihre zurückhaltende Art und ihr
Bildungsgrad. Wenn sie eine Freundin — sei es auch eine
Nebenbuhlerin — bei sich hat, so liegt die Sache viel gün=
stiger. Dann haben die Freundinnen stets so viel einander
zu erzählen, daß keine Pause in der Unterhaltung eintreten
kann. Er aber hört lächelnd zu und wirft zeitweise ein Wört=
chen ein, was ihm den Anschein giebt, als leitete er die ganze
Unterhaltung, in der Weise über derselben stehend wie der
Präsident eines Parlamentes, der die Debatte leitet.

Sind aber beide allein, so wird die Sache mit der Zeit peinlich. Die bloße Gegenwart des Schatzes ist ja schon sehr erfreulich, trotzdem wird ihm, dem Soldaten, nach und nach klar, daß etwas gesagt werden oder etwas geschehen muß. Schon wünscht er, daß irgend ein schreckliches Ereigniß eintrete, damit er Gelegenheit erlange, die Liebste aus dem Wasser zu ziehen, oder aus den Flammen zu tragen, oder auch, was ihm das Angenehmste wäre, sie herauszuhauen. Da findet er plötzlich das erlösende Wort. Indem seine Blicke auf sein Bierglas fallen, findet er, daß dasselbe beinahe leer ist. Schnell trinkt er es aus und nach einem raschen mit ihr gewechselten Blicke ruft er dem vorüberwandelnden Kellner zu: „Mir noch ein Seidel!" Gewöhnlich ertönt dann von einem Nebentische her aus dem Munde eines Kameraden, der in gleicher Nothlage sich befand, ein ebenso erlösend wirkendes: „Mir auch!"

Am Wahltisch.

Es war ein stiller und friedlicher Herbstmorgen, der des letzten Dienstags. Die Luft war so ruhig, daß es scheinen konnte, als stände das Laub in ihr völlig bewegungslos. Sah man schärfer zu, so bemerkte man, daß Blätter und Zweigspitzen leise sich regten.

Auf dem Wege zum Wahlplatz nahm ich nichts Besonderes wahr; an Ort und Stelle fiel mir die große Ruhe auf, die daselbst herrschte. Ein Zusammenströmen von Menschen war nicht zu bemerken, ebensowenig ein Stoßen und Drängen vor dem Wahllokal. Man sah draußen keine Männer, die einander ins Knopfloch gefaßt hatten und heftig auf einander einredeten. Auch solche gab es nicht, die, neben anderen hergehend, mit der rechten Hand erklärend in der Luft umherfuhren oder betheuernd sich auf die Brust schlugen. Ringsum standen nicht zwei, die ihre Köpfe zusammensteckten und einander etwas zuraunten. Niemand zog widerstrebende Freunde nach sich, niemand nahte sich stolz und siegesgewiß an der Spitze zahlreicher Trabanten. Die Straße war leer und stiller als gewöhnlich.

In der Thür des Hauses, in dem die Wahl stattfand, hatten zwei Herren gesetzten Alters sich postirt. In ihren Blicken lag etwas von der sanften Wehmuth, wie sie den

Männern eigen ist, die mit den Sammellisten für Bezoar,
den Männerkrankenverein und ähnliche Anstalten in die Häuser
kommen. Sie forderten jedoch nichts, sondern verabreichten
an jeden, der das Haus betrat, eine Gabe in Gestalt eines
bedruckten Zettels. Ich kannte das schon von früher her und
wußte auch, daß man diese Zettel ohne Dank und mit schein=
bar vollkommener Gleichgiltigkeit entgegenzunehmen hat.

Zu anderen Zeiten, erinnere ich mich, erhielt man am
Eingang der Wahllokale drei oder vier solcher Zettel. Daraus,
daß es diesmal nur zwei waren, konnte man schon abnehmen,
daß nur die beiden großen Hauptparteien um den Preis des
Tages rangen. Was an feineren Schattirungen zwischen
Schwarz und Weiß lag, mochte zusehen, wie es zur Geltung
komme. So repräsentirten die beiden Zettelmänner etwa jene
beiden, die in Bürgers wildem Jäger, einer rechts, einer
links neben dem Wild= und Rheingrafen herreiten. Aber in
diesem Falle warnte weder der eine, noch machte der andere
Umgarnungsversuche; sie erwarteten beide den Erfolg ihrer
Mühe von der indirekten Wirkung durch Zettel.

Das Wahllokal selbst machte einen überraschenden Ein=
druck. Es bestand aus vier kleinen Zimmern, welche durch
niedrige und enge Thüren mit einander verbunden waren.
Lange zerbrach ich mir den Kopf mit dem Nachdenken dar=
über, ob wohl in der übrigen Welt eine Lokalität zu finden
wäre, die weniger zur Vornahme eines öffentlichen Wahl=
actes sich eignete? Alles, was anfänglich von ungünstigen
Räumen mir einfiel, wollte meinen Forderungen nicht ge=
nügen; endlich fand ich Ruhe in dem Gedanken, daß viel=
leicht eine Wendeltreppe im Innern einer hohen und schlanken
Säule eine noch weniger geeignete Oertlichkeit abgegeben hätte.

Nachdem ich in einem der vier Zimmer mich niedergelassen, that ich, was ich die andern thun sah: ich zog die draußen erhaltenen zwei Zettel hervor und unterwarf sie einer näheren Prüfung. Der eine trug die Ueberschrift: „Konservative und gemäßigt liberale Partei".

Der Ausdruck „gemäßigt liberal" machte mir Freude; er erinnerte mich an das „moderirte Verwüsten", von dem eine Zeit lang viel die Rede war. Der andere Zettel enthielt im Druck nichts von Parteibezeichnung, mit der Feder aber war über die Namen der Wahlmannskandidaten geschrieben: „Liberal." Ein Zusatz: „und gemäßigt konservativ", der allen=falls hätte erwartet werden können, fehlte. Und dies geschriebene: „Liberal" — von welcher Feder rührte es her? Konnte es nicht hinzugethan sein, um den Empfänger des Zettels irre zu führen? Aber eben so gut konnte die Devise des anderen Wahlzettels eine gefälschte sein, unter der staatsfeindliche, ordnungswidrige Elemente sich einzuschmuggeln versuchten. Die Möglichkeit war vorhanden, daß arge List hier ihr Spiel treibe; und wenn sie es that, so konnte sie beinahe sicher sein, ihr Ziel zu erreichen. Aber Ehre, wem Ehre gebührt! In diesem Falle war alles ehrlich, ordnungsgemäß und mit rechten Dingen zugegangen.

Von den Männern, die auf beiden Zetteln als Wahl=manns=Kandidaten aufgeführt standen, war mir keiner be=kannt. Es kann sein, daß ich mit dem einen, der ein Bäcker war, einmal gesprochen, einem anderen, welcher der Nacht=wächter=Branche angehörte, einmal die Hand gedrückt habe; aber beschwören kann ich es nicht. Doch lernte ich einen der Kandidaten sogleich im Wahllokale persönlich kennen; einen ältlichen Herrn von gewinnendem Aussehen, der mir unter allen

Zeichen unfrohen Staunens mittheilte, daß er soeben seinen
eigenen Namen auf der Kandidatenliste gefunden habe. Wie
er zu der Ehre komme, wisse er nicht. Keine Mittheilung,
nicht eine Andeutung habe man ihm darüber gemacht. Das
war allerdings ein befremdender Fall. Sollte er einen Doppel=
gänger besitzen, der hinter seinem Rücken die Kandidatur be=
trieben hatte? Oder handelte es sich um eine Ueberraschung
zu seinem vielleicht auf diesen Tag fallenden Wiegenfest?
Dann war es eine der Ueberraschungen, für die man auch
bei guten Freunden sich nicht zu bedanken pflegt.

Die Sache machte dem unfreiwillig Aufgestellten augen=
scheinlich viel Sorge. Aufgestellt war er als „konservativ und
gemäßigt liberal" und dem Eindrucke nach, den er machte,
war er dies auch. Aber war er es wirklich? Wenn er in
seinem Herzen einer anderen Partei angehörte, in welche
peinliche Lage war er dann durch das geheime Comité oder
durch die guten Freunde gebracht worden? Indessen sorgte
ein gütiges Geschick dafür, daß er bald aller Sorgen und
Bedenken überhoben wurde. Denn zwei Stunden später
war die Partei, die ihn sich angeeignet und ihn aufgestellt
hatte, zersprengt und besiegt, und sein Mandat war ins
Leere zurückgefallen.

Soweit jedoch waren wir noch nicht; die Schlacht sollte
erst geschlagen werden. Es mochte nicht viel nach neun Uhr
sein, als ich eine Stimme — sie gehörte dem Vorsitzenden
des Wahlbureaus an — sagen hörte: „Meine Herren, es ist
Zeit, ans Werk zu gehen!" Schnell sammelten sich um ihn
die Mitglieder des Bureaus, und wenige Sekunden darauf war
das ganze Kollegium spurlos verschwunden.

Da wir Wähler der Meinung waren, daß wir mit dem

Wahlvorstand in Zusammenhang bleiben, irgendwie mit ihm Fühlung behalten müßten, so machten wir uns sogleich daran, dem Entschwundenen nachzuspüren. Nach längerem Umher= suchen entdeckten wir, daß er in das hinterste der vier kleinen Zimmer, das mit den andern Räumen nur durch eine sehr enge Oeffnung in Verbindung stand, hineingeschlüpft war. Von dort her drang jetzt zu uns ein dumpfes unverständliches Gemurmel. Wir hielten den Odem an. „Jetzt," sagte ein Graubart, der schon manche Wahlkampagne durchgemacht haben mochte, „jetzt werden die gesetzlichen Bestimmungen verlesen." Wir lauschten andächtig, ohne eines einzigen Wortes habhaft zu werden. Nach einer Weile sagte wieder derselbe Graubart, welcher scharf zu hören schien: „Jetzt werden die Wähler der dritten Abtheilung mit Namen auf= gerufen." Es mochte dem in der That so sein, denn die Töne, die zu uns gelangten, kamen jetzt in gewissen Inter= vallen.

Unterdessen tauchte aber auch drinnen im Schooße des Wahlbureaus der Gedanke auf, ob das ganze Vornehmen, auf solche Art weiterbetrieben, von Nutzen sei. Im Ein= gange der Vorstandshöhle erschien ein Parlamentair, der an uns die Frage richtete, ob wir die Namen, welche drinnen gerufen wurden, auch verstehen könnten. Ein einstimmiges „Nein!" war die Antwort, und kopfschüttelnd zog sich der Parlamentair in den Höhlengrund zurück. Nachdem man drinnen eine Weile berathen hatte, verfiel man auf ein prak= tisches Auskunftsmittel. Man stellte innen am Eingang des letzten Zimmers einen Herold auf, welcher die Namen, die am Wahltisch aufgerufen wurden, weiter in das nächste Zimmer hinausrief. Von den Wahlberechtigten waren so wenige erschienen, daß dieser eine Raum die ganze Zahl derselben fassen konnte. Wäre der größere Theil der Urwähler auf dem Platze gewesen, so hätten noch zwei andere Herolde auf- gestellt werden müssen, und diese drei hätten es dann mit den Namen der Wähler gemacht, wie die Maurer, wenn sie bei einem Bau einander die Steine zuwerfen.

Die Zahl der auf dem Papier stehenden Urwähler der dritten Abtheilung war in unserem Bezirk sehr groß; es dauerte lange, ehe sämmtliche Namen aufgerufen waren. In- dessen hatte man Zeit, darüber nachzudenken, nach welchem Prinzip wohl das Verzeichniß der Namen angelegt sein könnte. Nach dem Alphabet waren sie nicht geordnet und nach den Häusern auch nicht, ebensowenig nach dem Beruf, nach dem Alter oder nach dem Körpergewicht ihrer Träger. Nein, man hatte offenbar jeden Namen einzeln auf einen kleinen Zettel geschrieben, die Zettel in einem Glücksrabe durcheinander ge- mischt und nach Art der Loose einzeln herausgezogen. Wie sie gezogen wurden, trug man sie dann — das scheint mir unzweifelhaft — in die Liste ein. Mit diesem Modus mögen unberechenbare Vortheile verbunden sein; daß er aber in diesem Falle auch etwas Qualvolles mit sich brachte, kann nicht ge- leugnet werden. Niemand von den Hunderten, die in der Liste standen, konnte voraussehen, wann sein Name zum Auf- ruf kommen würde. Wenn zehn Schultzes in Folge eines sonderbaren Zufalles hinter einander aufgerufen wurden, so war damit noch keine Gewähr dafür geleistet, daß nun die übrigen Schultzes des Bezirks folgen würden. Müllers oder Schmidts traten unerwartet an ihre Stelle, und vielleicht erst eine Stunde später folgte der Rest Schultzes nach. Wenn ein Dutzend Bewohner desselben Hauses in ununterbrochener

Reihenfolge genannt war, so dachten die übrigen Hausgenossen
natürlich, daß sie nun auch an die Reihe kommen würden;
aber in unbegreiflicher Launenhaftigkeit sprang dann jedesmal
das Verzeichniß auf ein anderes Haus in einer anderen Straße
über. Und dabei war das Ende dieser ganzen Prozedur nicht
abzusehen. Man hatte das Gefühl, eine Pappelallee entlang
zu wandern, welche stets, wenn man glaubt, jetzt müsse sie zu
Ende sein, mit einer neuen Windung hervortritt.

Aber auch die schlimmsten Alleen hören endlich auf.
Endlich war auch die letzte Pappel aufgerufen, und das
Bureau machte sich an die Stimmenauszählung. Die Arbeit
war keine bedeutende; ich glaube nicht, daß zwanzig Prozent
der Urwähler dritter Abtheilung erschienen waren. Jedesmal,
wenn ein Aufgerufener nicht kam, rief der Herold: „Ist
nicht!" und dieses „Ist nicht!" erklang wieder und wieder,
unzählige Male. Von denen aber, die gekommen waren,
traten nicht alle durchaus vorbereitet und unterrichtet vor
den Wahltisch. Einige suchten rathlos nach der Urne, in
welche ihrer Meinung nach die beiden Wahlzettel gethan
werden mußten; Andere beantworteten die Frage, wen sie
wählen wollten, als ob die Frage „wie?" gelautet hätte, mit
„konservativ!" oder: „liberal!" oder: „gemäßigt liberal!"
Noch andere wählten aus Unkunde in falsche Abtheilungen
hinein, wodurch versprengte Stimmen sich bildeten.

Das Wahlresultat war festgestellt und lautete dahin, daß
die liberale Partei mit wenig über sehr wenig Stimmen ge-
siegt hatte. Ein Sieg ohne allen Glanz! Hätte die andere
Partei sich nur ein klein wenig angestrengt, wie leicht hätte
ein Handstreich ihr gelingen können! Wie sehr würde ich mich
gefreut haben, wenn es ihr gelungen wäre! Daß auf beiden

Seiten die Schanzen unbesetzt waren, darin lag etwas Trost=
loses.

Jetzt trat die zweite Abtheilung in den Wahlkampf und
hatte ihn sehr bald hinter sich. Die Zahl der eingetragenen
Wähler war überhaupt nur gering, und nicht die Hälfte von
ihnen war zur Stelle. Der Sieg war eben so leicht, für die
Sieger aber ebensowenig ruhmvoll und erfreuend wie der in
der dritten Abtheilung erkämpfte.

Als ich des Resultates sicher war, dachte ich, daß ich
meine Pflicht erfüllt hätte, und verließ das Lokal. Denn
drinnen war die Luft fürchterlich geworden, und es ließ sich
annehmen, daß sie draußen sehr gut sei.

Am Mittag von einem Spaziergange zurückkehrend, be=
gegnete ich zwei mir bekannten Herren vom Wahlvorstande.
„Wissen Sie schon?" fragten sie mich mit einer Miene, in
der Großfeuer oder Hauseinsturz lag. — „Wissen Sie schon?"

„Nichts weiß ich!" erwiderte ich mit erzwungener Ruhe.

„Sie haben ganz falsch gewählt! Sie und alle mit
Ihnen, wir auch, haben einem Mann unsere Stimme ge=
geben, der nicht wählbar ist."

Diese Nachricht machte mich so bestürzt, daß ich ganz
den Grund, weswegen der Mann nicht wählbar war, über=
hörte. Ich weiß nicht mehr, ob er zu jung oder gar nicht
vorhanden war, oder vielleicht einer auswärtigen Nation
angehörte. „Und was ist nun geschehen?" fragte ich. —
„Eine neue Wahl ist vorgenommen!" lautete die Antwort.

„Und sie ist ebenso gut wie die erste ausgefallen?"

„Gewiß. Ebenso, reichlich so gut!"

„Welch ein Glück!" rief ich und ging beruhigt nach
Hause.

Einmal Grundbesitzer.

„Immer war es mein Wunsch," sagte mein Freund zu mir auf einem Spaziergange, „einmal ein Stück Land zu besitzen, auf dem ich selbst graben und pflanzen könnte."

„Das stimmt überein mit meinen Herzenswünschen," rief ich. „Es kommt mir, unter uns gesagt, nicht anständig vor, daß ein Mann in reiferen Jahren mit Frau und Kindern in einer Berliner Miethskaserne, gleichsam zwischen Himmel und Erde schwebend, seine Tage zubringt. Der kleinste Bauer, der auf seinem eigenen Grund und Boden steht, erscheint mir ansehnlicher als der wohlhabendste Mann, der als Miether eine Etage bewohnt. Aber der Landbesitz ist für mich ein schöner Traum geblieben."

„Für mich," sagte mein Begleiter, „ist der Traum einmal zur Wirklichkeit geworden. Ich war einmal Grundbesitzer."

„Und wo ist das gewesen?" fragte ich.

„Blick' einmal um dich. Von dem Paradiese, in dem wir uns augenblicklich befinden, hat ein Theil mir gehört."

Ich sah um mich, und was mein Freund ein Paradies nannte, schien mir eher die Bezeichnung Wüstenei zu verdienen. Wir waren vor die Stadt hinausgegangen, hatten

den Schuttgürtel paſſirt, der zunächſt die Grenze des Weich=
bildes bezeichnet, und waren darauf in eine Landſchaft eigen=
thümlicher Art gekommen. Der Boden war nicht beſtellt und
nur ſpärlich mit Unkraut und Gras bewachſen. Hier und da
waren Bäume gepflanzt, von denen aber die meiſten verdorrt
waren. Auf dem Boden waren Spuren von Straßenanlagen
in ihren erſten Anfängen bemerkbar. Mit einem Wort, es
war ein wüſtliegendes Villenterrain, wie es dergleichen mehrere
in der Umgebung Berlins giebt.

„Hier alſo" — fragte ich, nachdem ich mich umgeſchaut
hatte — „hier haſt du einmal Grund und Boden er=
worben?"

„Ja," erwiderte er, „in dieſer reizenden Gegend! Und
das ging ſo zu:

Es war um die Gründerzeit, als alles ſo vielverſprechend
ausſah, als ſo vieles, das gar keine oder nur eine dunkle
Vergangenheit hinter ſich hatte, plötzlich Ausſicht auf eine
glänzende Zukunft bekam. Da kam ich eines Morgens mit
einem Bekannten hierher, um Terrain zu kaufen. Es war
ein wundervoller Tag im Frühjahr. Die Sonne ſchien, und
in ihrem Lichte blitzten die unzähligen über die Felder ver=
ſtreuten Glasſcherben wie Edelſteine. Die Vögel ſangen — —
aber ſangen ſie auch wirklich? Es ſtanden damals doch noch
keine Bäume hier — wo ſaßen ſie alſo während des Singens?
Giebt es Vögel, welche auf dem platten Erdboden ſitzen und
ſingen?"

„So viel ich weiß," bemerkte ich, „giebt es ſolche Vögel
nicht. Die Vögel werden aber wohl in den Lüften ſchwebend
geſungen haben."

„Richtig," fuhr mein Freund fort, „in den Lüften

schwebten Vögel und sangen. Blumen blühten — ja, es blühten
wirklich Blumen. Ueberall auf diesem magern Boden hatte
das bescheidene Pflänzchen, welches auf deutsch Hungerblümchen,
mit dem botanischen Namen aber Draba verna oder Ero-
phila vulgaris genannt wird, seine winzigen Blüthen entfaltet. Auf der Stelle ungefähr aber, wo wir jetzt stehen,
befand sich damals eine kleine Baracke, und in dieser saß der
Mann, dem das ganze Terrain gehörte, und schlachtete es
aus. Wir suchten ihn auf in seiner Bretterbude, die wir
sehr primitiv eingerichtet fanden. Es war wenig mehr darin
als ein Tisch und ein Stuhl. Auf dem Tische stand ein
Tintenfaß, und einiges Papier lag darauf. Unter dem Tisch
bemerkten wir ein paar Flaschen, einige Gläser standen dabei.
Der Mann, der vor dem Tische saß, als wir eintraten, und
geschrieben oder geschlafen haben mochte, erhob sich bei unserm
Erscheinen. Nach höflicher Begrüßung musterte er uns ziemlich scharf. Gottlob, wir gefielen ihm offenbar, wir konnten
hoffen, daß er uns für Geld und gute Worte etwas von
seinem Lande ablassen werde. Er ging darauf mit uns hinaus und zeigte und erklärte uns alles. Dahin kam die
Straße und dahin die. Und auf einem kleinen Blatt mit
Bleistift aufgezeichnet hatte er das ganze Straßennetz der
künftigen Villenvorstadt Rosenfelde — so sollte sie heißen.
Den Plan zeigte er uns zum Beweise, daß alles wirklich sich
so verhielt, wie er sagte. „Sehen Sie" — sagte er — „da
drüben, wo sich eben die Krähe hinsetzte, kommt ein Restaurant
ersten Ranges hin. Auf jener Seite, wo der einzelne Halm
steht — Sie sehen den Halm doch? — soll ein Aussichtsthurm
erbaut werden. Dort, wo das Sonnenlicht so schön von einer
zerbrochenen Flasche reflectirt wird, denkt der Doctor Müller

sein Asyl für unheilbare Kahlköpfe, verbunden mit einer Molkenkur=Anstalt und einem Brunnengarten, hinzusetzen. Eine höhere Schule bekommen wir sicher in wenigen Jahren hierher, und in Kreisen, die sonst als gut unterrichtet gelten, spricht man bereits von einem Theater. Der Pferdebahn= Anschluß ist uns sicher, Eisenbahn=Verbindung steht in Aus= sicht. Es ist gut für Sie, daß Sie heute noch gekommen sind; morgen werden sich voraussichtlich die Preise für die Quadratruthe schon ganz anders stellen."

Das war genug für uns, zum Abschluß des Geschäftes zu drängen. Wir sahen vor uns das ganze blühende Rosen= felde der Zukunft, und eine entsetzliche Angst befiel uns, wir könnten vielleicht nicht mehr in diese reizende Ortschaft hinein= gelangen. So kehrten wir denn mit dem Mann in sein „Bureau" zurück, woselbst sofort die Kaufverträge für zwei ansehnliche Grundstücke aufgesetzt wurden. Nachdem auch die Unterzeichnung stattgefunden hatte, holte der Prachtmensch eine Flasche Wein nebst einigen Gläsern unter dem Tisch hervor, korkte auf und schenkte ein. So wurde das Geschäft be= siegelt. Der Wein, den der Mann uns credenzte, war, wie ich noch glaube, ein recht guter Ungarwein. Wir waren in glückseliger Stimmung, und es fehlte wenig daran, daß wir unsern Geschäftsfreund umarmt hätten. Er war ein zu gemüthlicher Kauz und hatte ein so vertrauenerweckendes Aussehen. Wenigstens dachte ich damals so. Wenn ich mich recht erinnere, so hatte er ein dickes verquollenes Gesicht, aus dem ein paar kleine Augen listig hervorblinzelten, und ich bin jetzt der Meinung, daß ich in meinem Leben schon Leute ge= sehen habe, deren Aeußeres mehr dazu angethan war, Ver= trauen zu erwecken. Doch das beiläufig. Sehr befriedigt, wie gesagt, verließen wir das Bureau des Terrainschlächters. Einige Schritte erst waren wir gegangen, da sagte ich zu meinem Begleiter: „Was hältst du von der Sache?"

„Ich halte davon," sagte er, indem er jedes Wort stark betonte — „ich halte davon, daß dieser Boden, über welchen wir jetzt hinschreiten, eine Goldgrube ist, die wir besser aus= beuten müßten."

„Ganz mein Gedanke!" erwiderte ich. Er hatte mir aus der Seele gesprochen. „Also" — fuhr ich fort — „kehren wir zurück und machen den Versuch, ob wir nicht noch mehr kaufen können."

„Top!" sagte mein Bekannter, und so kehrten wir um und betraten noch einmal das improvisirte Bureau.

Es berührte mich anfangs nicht angenehm, daß unser Geschäftsfreund und Wohlthäter sich zuerst, als er unseren Wunsch vernommen hatte, lange nicht so liebenswürdig zeigte, wie er vorher uns erschienen war. Jetzt erschien er auffallend zugeknöpft, er trug etwas Strenges und Kaltes zur Schau. Er hielt es offenbar für eine Unverschämtheit, daß wir zurück= kamen und noch mehr Terrain haben wollten. Ich mußte mir, wenn ich aufrichtig sein wollte, sagen: eigentlich hat der Mann recht, und wir könnten uns mit dem großen Gewinn, den wir gemacht haben, begnügen. Aber du lieber Himmel! für Unsereinen bietet sich so selten die Gelegenheit dar, ein= mal einen großen Schlag zu machen und mit einem Ruck ein ordentliches Stück Geld zu verdienen. Bei Kaufleuten und Banquiers geschieht das alle Tage, und niemand macht ihnen einen Vorwurf daraus, wenn sie ihr Interesse wahr= nehmen so sehr wie möglich. Warum sollen nicht auch wir einmal die gute Gelegenheit benutzen, uns ein sorgloses Alter zu schaffen? So wurden wir um so eifriger und dringender, je kühler und ablehnender unser Mann sich verhielt. Endlich ließ er sich doch erweichen und gab nach. Gott sei Dank, es giebt doch noch gute Menschen! Er hätte nicht nachzugeben nöthig gehabt, denn ohne Zweifel konnte er am nächsten Tage schon für seinen Boden das Doppelte von dem bekommen, was wir ihm schließlich bezahlten. Aber er hatte einmal einen Narren an uns gefressen, deshalb verkaufte er uns, allerdings mit einem Aufschlage gegen den früheren Preis, noch einmal ebensoviel Grund und Boden, als wir vorher von ihm erhandelt hatten. Darauf wurde noch eine Flasche Ungarwein geleert, und dann gingen wir fort mit dem Bewußtsein, erstens unser ganzes disponibles Vermögen in Villenterrain angelegt, zweitens uns außerdem noch für weiter angekauftes Terrain mit Schulden in der Höhe unseres Vermögens belastet zu haben. Aber deswegen durften wir uns ja keine Sorgen machen. In zwei Jahren spätestens mußte alles Geld wieder heraus sein. Das Terrain, das wir erworben hatten, trug allerdings zur Zeit nur Hungerblümchen; aber wenn man den Werth derselben abschätzte nach dem Raum, den sie einnahmen, so war es ein außerordentlich hoher. Ich glaube, daß nie wieder seitdem Hungerblümchen so hoch im Preise gestanden haben."

Mein Begleiter schwieg, nachdem er so weit seine Erzählung fortgeführt hatte.

„Und was wurde zuletzt aus der Sache?" fragte ich.

„Anfangs war alles sehr schön," erwiderte er. „Den größten Theil des erworbenen Terrains dachte ich mit enormem Vortheil wieder zu verkaufen, für mich selbst aber behielt ich natürlich ein hübsches Stück für eine Villa und einen Garten.

Seitdem legte ich mich Abends als Grundbefiher zu Bette und stand Morgens als Grundbefiher wieder auf. Zu Hause machten wir Pläne für die Einrichtung der Villa und legten Zeichnungen von dem Garten an, die bis ins Einzelne gingen. Von verschiedenen Handelsgärtnereien ließ ich mir Kataloge von Zier= und Nutzpflanzen, besonders aber von Obstbäumen kommen. Die „Napoleons=Butterbirne", die ich sehr liebe, sah ich schon gelb und reif an dem Baum hängen, den ich erst zu pflanzen gedachte. Manchmal gerieth ich mit meiner Frau in Streit, wenn sie etwas anders haben wollte, als ich es mir dachte. So wollte sie durchaus eine Bohnenpflanzung da haben, wo ich ein Rosenparterre hingesetzt hatte. Ich suchte ihr begreiflich zu machen, daß wir Bohnen billiger auf dem Markt kaufen könnten und an Rosen weit mehr Vergnügen haben würden: sie bestand darauf, ein Gericht Bohnen, im eigenen Garten gepflückt, sei von einem Wohlgeschmack, gegen welchen der Wohlgeruch auch der besten Rosen nicht aufkommen könne. Endlich gab ich nach und that recht daran, denn wir haben ja weder Bohnen noch Rosen bekommen. Im Ganzen aber waren diese kleinen Zwistigkeiten in der Familie doch sehr nett."

Wieder schwieg mein Freund. Nach einer Weile fragte ich: „Und nun bist du nicht mehr Grundbefiher?"

„Nein," antwortete er. „Und der Freude, es zu werden, war vollkommen ebenbürtig die Freude, es nicht mehr zu sein. Du weißt ja, wie es gegangen ist. Manche andere Gegend hat Glück gehabt, diese aber hatte es nicht. Viel= leicht hat sie noch eine Zukunft, bis jetzt aber hat auf diesem Terrain, so verlockend es ist, sich noch niemand angesiedelt, mit Ausnahme einiger Ameisen, die, wie ich glaube, sich mit großer Mühe durchs Leben schlagen. Hungerblümchen blühen hier auch noch. Es ist jetzt Herbst, und da sind sie verschwunden, im Frühjahr aber wirst du hier viele von ihnen wiedersehen können. Sie sind, seitdem ich mich hier ankaufte, sehr im Preise gesunken. Doch was thut das, mir gehört ja jetzt keines mehr von ihnen. Ich bin glücklich wieder abgekommen von meinem Landbesitz, wenn auch mit großen Opfern. Es war eine böse Zeit, als die Zahlungen gemacht und die Zinsen entrichtet werden mußten, während das Terrain unverkäuflich blieb. Wenn ich dasselbe auch noch eine Goldgrube nenne, bezeichne ich es mit dem richtigen Namen. Nicht nur mein Vermögen habe ich hier hineingegraben, sondern wieviel auch von dem noch, was ich seitdem mit Mühe erwarb, habe ich nachwerfen müssen, nur um von dem Vertrage mit dem Prachtmenschen loszukommen und nicht mehr Grundbesitzer zu sein."

Während mein Freund so sprach, blieb er stehen und betrachtete nachdenklich einen alten Schuh, der vor ihm auf dem Boden lag. „Ich glaube," sagte er, „derselbe Schuh lag damals schon hier, und auf der Stelle, wo er lag, sollte später ein monumentaler Brunnen im Renaissancegeschmack stehen oder auch eine einfache Säule. Ganz genau weiß ich es nicht mehr. Uebrigens," fuhr er fort, indem er den Schuh mit seinem Stock umkehrte — „sah er damals besser aus als jetzt. Er sah damals sogar, wenn ich mich recht erinnere, sehr gut aus und war eine Zierde der Landschaft. Das sind aber sechzehn Jahre her, und seitdem hat er natürlich sehr gelitten."

Beim alten Schiffer.

Der Mann, bei dem wir an dem kleinen Strandort wohnten, war ein alter Schiffskapitän oder Schiffer, wie man dort sagt. Solcher sind viele daselbst zu finden. Er stand in der Mitte der sechziger Jahre und war kurz und stämmig gebaut, wie es die Seefahrer meist sind, und wie es ja auch für Leute, die auf schwankendem Boden hantiren müssen, der geeignetste Wuchs ist. Daß er manchen Sturm ausgehalten, war ihm anzusehen, aber er war noch rüstig und wacker wie ein alter Apfelbaum. Seit fünfzehn Jahren fuhr er nicht mehr zur See, zufrieden lebte er an dem Orte, wo er geboren war, von dem aus er die See erblicken konnte. Ein alter Schiffer muß etwas Fühlung mit dem Salzwasser behalten, wenn er nicht verkümmern oder eingehen soll. Stellt ihm die Wahl zwischen einem prächtigen Schloß mitten im Binnenlande und einer strohgedeckten Hütte am Strande, so wird er die letztere wählen. Sollte er aber aus Irrthum — auch alte Seeleute irren ja, obwohl nur selten — das Schloß vorziehen, so wette ich hundert gegen eins, daß er es keine vier Wochen darin aus= halten wird. In dem Ort aber, wo unser alter Seefahrer sein Lebensschiff vor Anker gelegt hatte, konnte er nicht nur

die See erblicken, sondern es fehlte ihm auch nicht an Umgang
mit Seinesgleichen. Alte Schiffer gab es, wie schon erwähnt
wurde, viele an dem Ort und vorübergehend auch junge. Wenn
aber letztere lange auf dem Lande bleiben mußten, so war
das ein Zeichen von schlechter Zeit für die Schiffahrt. Mit
der Schiffahrt aber steht der ganze Ort in engem Zusammen=
hange, denn alle seine Bewohner fast sind Miteigner von
Schiffen. Es ist ein merkwürdiger Ort dieses Stranddorf,
das nicht einmal einen Hafen hat und dabei mehr Seeschiffe
besitzt als manche Seehandel treibende Stadt.

Unser Wirth gehörte zu den älteren Kapitänen, die sich
noch von der guten Zeit her eines behaglichen Wohlstandes
erfreuten. Er bewohnte mit seiner Frau ein nettes Haus
und hatte bei sich seine Tochter mit einem Kinde. Der Mann
der jungen Frau, sein Schwiegersohn, war braußen auf See.
„Jetzt ist er auf der Rückfahrt von Buenos Aires", sagte der
Alte. Nun hatten sie sich für den Sommer auf die oberen
Stübchen unter dem Dach zurückgezogen, das ganze Erdgeschoß
war uns eingeräumt worden. Wie hübsch waren unten die
Zimmer eingerichtet, wie sauber gearbeitet alle Möbel! Man
fühlt sich so viel heimischer in einer so sorgfältig eingerich=
teten Wohnung, als da, wo man nur den lieblos gearbeiteten
Kram findet, der allein für den Gebrauch der Fremden zu
möglichst billigen Preisen hergestellt ist. Daran erinnerte hier
nichts. Ueber die Betten waren schlohweiße Decken von ge=
biegener Arbeit gebreitet. „So etwas", sagte die alte Frau,
„wird jetzt nicht mehr gemacht. Wie alt sind diese Decken
schon, und dabei sind sie unverwüstlich, und schneeweiß bleiben
sie auch." In jedem der beiden Vorzimmer fand sich eine
prächtige Stutzuhr vor, die auch richtig ging. Sogar ein

Pianino — ich wäre auch ohne das zufrieden gewesen — war da, und auf demselben standen als Zimmerzierde unter Glasglocken zwei große Sträuße von künstlichen Blumen. Auch die Küche war wohlbestellt mit allem Geräth, das die Hausfrau anzutreffen wünscht. Für den Tischgebrauch war gutes englisches Porzellan, wie man es vielfach in den Häusern alter Schiffskapitäne findet, in Fülle vorhanden. Es konnte einem in der Seele wehthun, wenn etwas davon durch die Hand eines zerstörungslustigen Berliner Mädchens dem Untergang geweiht wurde. In den Keller hab ich nicht hineingesehen, vermuthe aber, daß da auch etwas lag. Von den alten Schiffern ist doch jeder einmal in Spanien gewesen und hat nicht versäumt, sich von dort ein Fäßchen Alicante, Amontillado oder Malaga mitzunehmen. Das hat er, nachdem es während einer Sonnenfinsterniß durch den Zoll gegangen, zu Hause abgezapft und wohl in den Keller verstaut. Ab und zu kommt dann wieder etwas ans Tageslicht, aber nur bei sehr feierlichen Gelegenheiten.

In fremden Häusern ist besonders anziehend für mich der Bilderschmuck der Wände. Darunter fand sich auch in dem Hause, von dem die Rede ist, einiges Eigenartige. Manches freilich, was da hing, war der Art, wie es überall von hausirenden Kunsthändlern, theilweise nicht zur Förderung des besseren Geschmackes verbreitet wird. Da gab es eine Schönheit mit wohlklingendem weiblichen Namen darunter, ein Jagdstück und zwei Gemälde, die „Venedig am Morgen" und „Venedig am Abend" darstellten und anscheinend von einem Meister der Düsseldorfer Schule aus der Zeit des tiefsten Verfalls derselben herrührten. Außerdem aber zierten die Wände zahlreich in Oel gemalte Abbildungen von Schiffen,

und zwar von wirklichen Schiffen, also Schiffsportraits. Natürlich stellten sie Schiffe dar, die von dem Kapitän selbst oder
von seinen Verwandten und Freunden gefahren waren, wie
sich denn auch aus den Unterschriften erkennen ließ. Es muß
einmal eine Schule von Marinemalern gegeben haben, die
eigens für Schiffskapitäne dergleichen Bilder anfertigten.
Solche Künstler giebt es wahrscheinlich noch heute, doch fürchte
ich, daß sie in Folge des Niedergangs der Segelschiffahrt in
ihren Erwerbsverhältnissen stark zurückgekommen sind. Vor
fünfundzwanzig Jahren aber muß ihre Kunst noch sehr ge-
blüht haben. Es ist ja selbstverständlich, daß sie keine Un-
summen für ihre Bilder erhielten und daß keine Meisterwerke
von ihnen erwartet wurden; aber das ist gewiß von ihnen
verlangt worden, daß alles richtig war an der Takelage, und
daß nicht zu gleicher Zeit verschiedene Winde in die Segel
bliesen. Die Bilder sind alle ziemlich gleichartig angelegt.
Im Vordergrunde befindet das Schiff sich, eine stolze Brigg,
die bei frischer Brise über die lebhaft bewegte See hinfliegt.
Alles Leintuch an Bord ist aufgespannt, höchstens ein oder
das andere Segel gerefft. In einiger Entfernung sieht man
zuweilen auf demselben Bilde dasselbe Schiff noch einmal dargestellt, wie es im Wenden begriffen ist. Als Staffage zeigt
sich im Hintergrunde eine Küste mit einem Leuchtthurm oder
ein Felsen, auf dem ein vielthürmiges Schloß sich erhebt.
Manchmal ist auch der Ort, wo sich gerade das Schiff befindet, genau bezeichnet. So lautet eines Bildes Unterschrift:
„Isabella von Wustrow, Kapitän Zeplien, 1868 beim Texel",
und in der Ferne erblickt man richtig den Texel in natur-
getreuer Abbildung. Auf jedem der Bilder ist das Datum

der Fahrt, auf der das Schiff begriffen ist, und der Name des Kapitäns angebracht.

Der Schiffer liebt sein Schiff, er hängt mit dem Herzen daran. Der Besitz eines Schiffes, die Ehre, Kapitän desselben zu sein, wird sehr hochgeschätzt. Davon zeugt die eigenthümliche Sitte, daß eine Schifferfrau ihrem eigenen Namen den des Schiffes, welches ihr Ehemann fährt, als nähere Bezeichnung hinzufügt. Da ist eine Frau Jörck, deren Mann ein Schiff Namens „Gustav Metzler" führt, — sie nennt sich „Frau Jörck, Schiff Gustav Metzler". Das ist bezeichnend für einen Ort, der ganz auf Schiffahrt gegründet ist.

Vor dem Hause war an der Straße, durch ein Zäunchen von ihr getrennt, ein Platz mit einer Laube, in der man Schutz vor Sonne und mäßigem Regen fand, und mit einem paar hochstämmiger Rosenbäume, die den ganzen Sommer hindurch blühten. Eine kleine Pforte führte gerade auf die Hausthür zu. Zu beiden Seiten derselben stand am Hause eine Bank, recht gemacht, um da bei Sonnenuntergang, wenn die Schwalben ihr Abendliedchen zwitscherten, gemüthlich zu sitzen und eine Pfeife zu rauchen. Natürlich rauchte unser alter Herr auch, wie alle Schiffer, und rauchte immer. „Rauchen thu ich für mein Leben gern", sagte er eines Tages zu mir, als er die geliebte Pfeife hatte wegstellen müssen, weil er beim Heumachen auf der Wiese sich erkältet hatte. Gott sei Dank, am andern Tage rauchte er schon wieder, als er früh am Morgen in Hemdsärmeln seinen Garten musterte. Der lag hinter dem Hause und war sehr geräumig. Der vordere Theil war als Blumengarten eingerichtet und enthielt vielerlei Blühendes. Die Seeluft scheint manchen Gewächsen besonders förderlich zu sein, so den weißen Lilien, die in den

Gärten der Stranddörfer außerordentlich üppig blühen, und auch den Rosen bekommt sie gut. Die Beete im Garten unseres Wirthes waren alle schön bepflanzt und theils mit Buchsbaum eingefaßt, der sorgfältig unter der Scheere gehalten war, theils mit Jehova- oder Porzellanblümchen, wie sie in meiner Heimath heißen. Nicht das kleinste Unkraut war auf den Beeten zu sehen, und die Steige zwischen ihnen wurden immer aufs Neue sauber geharkt. Hinter dem Blumenstück lag der Nutzgarten, wohlbestellt mit allerhand Gemüsen und Küchen- kräutern. Dazwischen standen Fruchtbäume verschiedener Art, und der breite Mittelsteig war auf beiden Seiten eingefaßt von Stachelbeerbüschen, von denen eine hübsche Anzahl, als die Beeren reif geworden waren, meinen Kindern zur Plün= derung überlassen wurde. Das war ein Fest, das sich durch mehrere Tage hinzog, und als alles schon abgeerntet erschien, fanden sich immer noch versteckte Früchtchen.

Unser Hauswirth war auch ein bischen Landmann. Er hatte draußen vor dem Dorf ein paar Stücke Roggen und Kartoffeln, einen Kleeacker und eine Wiese. Er hielt eine Kuh und machte alljährlich ein Schwein fett. Das diesjährige Hausschwein war ein treffliches Exemplar, ein Musterbild seiner Gattung. Zu Anfang August schon zeigte es sich so dick und rund, daß wir es nicht genug bewundern konnten. Ich muth= maße, daß es um die Zeit, da das Schlachten stattfindet, einen fast übernatürlichen Umfang erreicht haben wird. Freilich soll auch ein solches Thier den Hausstand während des ganzen Jahres mit Fleisch und Speck versorgen, und das ist selbst für ein ansehnliches Schwein, das sich mit der größten Hin= gebung mästet, keine ganz kleine Aufgabe.

So hatte unser Hauswirth, wenn er nach allem sehen

wollte, genug zu thun. Er hatte aber ein Auge auf alles,
weshalb ihm auch alles gedieh. Früh am Morgen schon war
er auf. Nachdem er dann seinen Garten inspizirt und festgestellt hatte, woher der Wind wehte, machte er einen kleinen
Spaziergang längs des Strandes an dem großen Deich hin,
aber nur wenige hundert Schritte weit, bis zu der Stelle, wo
vor Jahren einmal die See durchgebrochen ist. Da ist von
dem Durchbruch her ein Pfuhl zurückgeblieben, zum Theil mit
Binsen und Schilfgras bewachsen. Den sah er sich nachdenklich an und kehrte dann langsam wieder nach Hause zurück.
Bei dieser Gelegenheit überzeugte er sich auch davon, ob
Fischerboote auf der See waren. Wenn gefischt wurde, konnte
man von ihm hören, was für Chancen der Flunderfang habe,
wann die Boote zurückkehren würden und man an den Strand
gehen müßte, um einen Einkauf zu machen. Auch besorgte
er selbst wohl den Einkauf.

Man muß überhaupt nicht denken, daß die alten Schiffer
dort nichts zu thun hätten. Zweimal am Tage halten sie
Börse ab, wie sie es nennen, einmal am Morgen auf einer
Bank bei der Strandstraße, zum zweiten Mal Abends auf einer
anderen Bank am Binnenwasser bei der Kirche. Da sitzen sie
und besprechen die Welthändel, die Angelegenheiten der Schiff-
fahrt und was für sie sonst von Bedeutung ist. Manchmal
steht einer von ihnen auf und geht ein Weilchen hin und her,
aber stets nur fünf Schritt hin und fünf Schritt zurück, denn
„breiter is be Bord nich." Gewöhnlich hat jeder von ihnen
ein Messer in der Hand, mit dem er an der Bank schnitzelt.
Das ist Gewohnheit vom Bord her; ein Seemann muß immer
etwas in der Hand haben, womit er sich zu schaffen macht.
Einmal ist eine der Bänke — der Vogt glaube ich, kam auf

den Gedanken — ringsum an den Rändern mit Eisen be=
schlagen worden, aber das half nicht viel, denn sie schnitzelten
mitten in den Sitz hinein. Setzt sich ein Fremder zu ihnen,
um zu hören, worüber sie sprechen, und mitzuplaudern, so
erhebt sich zuerst der am weitesten von dem Fremden entfernt
Sitzende ganz sacht und schleicht sich davon. Ihm folgt der
zweite, diesem der dritte, und es dauert nicht lange, so sitzt
der Fremdling ganz allein auf der Bank. Dieser Handlungs=
weise liegt keine Unfreundlichkeit auf Seiten der alten Männer
zu Grunde, nein, nichts als eine gewisse Scheu, in Gegen=
wart Fremder über ihre Angelegenheiten zu reden. So werden
Kinder, die sich etwas erzählen, still, wenn ein Erwachsener
hinzukommt.

Das ist die Morgen= und die Abendbörse. Außerdem
kommt ein Theil der Alten Nachmittags um vier Uhr in dem
einen Wirthshaus zusammen, wo einige Blätter aufliegen, ein
Handelsblatt darunter. Eine halbe Stunde wird in die
Zeitungen hineingesehen, dann geht es ans Kartenspiel. Ich
glaube, daß früher „Klabberjas" oder sonst eines der alten
landesüblichen Kartenspiele üblich gewesen ist, jetzt herrscht auch
hier am Strande und unter diesen Leuten allein der Skat.
Auch das Spiel hat seine bestimmte Zeit; bevor es sieben
schlägt, sind alle Einheimischen aus der Gaststube verschwunden.

Ich fürchte sehr, daß es mit den alten Schiffskapitänen
geht, wie es vor langer Zeit schon den Eibenbäumen ergangen
ist und wie es jetzt über die italienischen Pappeln kommt: daß
sie anfangen auszusterben. Bei der rapiden Abnahme der
Segelschiffahrt ist es ja kein Wunder, daß ihrer immer weniger
werden. Der Tod räumt auch auf unter ihnen. Sechs oder
sieben Mal in den wenigen Wochen — ich weiß nicht genau

wie oft — verkündete in dem Stranddorf, von dem ich rede, die so eindringlich mahnende und so zu Herzen gehende Stimme der Glocke, daß wieder einer der Alten gestorben sei. Am dritten Tage darauf wurde er dann beerdigt. Voran ging der Lehrer des Ortes mit den Schulkindern, die ein Grablied sangen, dann kam der Wagen mit dem Sarg, ihm folgten, vom Pastor geführt, die Männer in ihrem Sonntags= anzug, wie sie zur Kirche gehen, die Frauen und Mädchen alle in schwarzen Kleidern und mit schneeweißen Kopftüchern angethan. Als eben wieder einmal ein alter Schiffer gestorben war, fuhr in der Ferne Angesichts des Ortes ein Schiff mit vollen Segeln vorüber. Einige, die am Strande standen, er= kannten es und sagten, auf den Todten hindeutend, der noch unbestattet in seinem Hause lag: „Das Schiff fährt sein Sohn. Der weiß noch von nichts und fährt so in die weite Welt hinein."

Einige sagen: die Segelschiffahrt wird wieder in die Höhe kommen, wenn es mit den Kohlen zu Ende geht, und die Kohlen halten nicht ewig vor. Nun, das mag sein, falls nicht ein anderes Ersatzmittel der Dampfkraft, etwa die Elek= trizität, bis dahin bei Seeschiffen in Gebrauch kommt — das mag sein, aber erleben werden wir's nicht, es sind vorläufig noch gar zu viel Kohlen da. So bleibt denn für mich und andere, die auch die alte Art gern haben, nur der etwas eigennützige Trost, daß, so lange wir leben, immer noch ein kleiner Be= stand davon vorhanden sein wird.

Am Seestrand.

Sie trug sich sehr ordentlich und sauber, die alte Frau, ja, sie war die Ordnung und Sauberkeit selber. Kein Stäubchen entging ihr, und daß irgendetwas stand, lag oder hing, wo nicht sein richtiger Platz war, erschien ihr als ein Verstoß gegen die Weltordnung. Ich glaube, wenn sie solchen verirrten oder verführten Gegenstand nur mit strafendem Blick ansah, verfügte er sich von selbst an die Stelle, die ihm bestimmt war.

Ich sehe sie vor mir. Sie war eine hohe, hagere und knochige Gestalt. Aus den kräftigen Zügen ihres Gesichtes sprach ein energisches Wesen. Es lag etwas Strenges darin, aber sie konnte auch sehr freundlich aussehen, und so sah sie immer aus, wenn ich mit ihr redete. Sie war Schifferswittwe und hatte zwei Söhne verloren, als sie im ersten Mannesalter standen. Davon war einer, der auch auf die See ging, mit dem Schiff untergegangen an der Südküste von Afrika, wie es hieß. Gewisses erfuhr sie nicht, denn von dem Schiff kehrte keiner zurück.

Bei der alten Frau wohnte ich manchen Sommer, wenn ich allein in dem mecklenburgischen Hafen- und Badeort weilte, in ihrem kleinen Hause, dessen Giebelwand ganz von Epheu kleinblättriger Art übersponnen war. Neben der Hausthür hinter dem Epheu hing der Hausschlüssel, das war ein vollkommen sicherer Aufbewahrungsort für ihn. Vor dem Hause war ein ganz kleiner Vorgarten mit einer Bank und zwei schlanken Rosenstöcken, die bis in den Herbst hinein blühten. Da saß es sich gut in sternheller Nacht, wenn alles so still war, und man den Thau von den Blättern tropfen hörte.

Ich hatte unten in dem Häuschen zwei kleine Stuben, die hübsch eingerichtet waren. An den Wänden hingen viele Bilder. Darunter waren der „Liebesbrief", „der Abschied", die wunderbare und erschütternde Geschichte des kühnen Kosakenhetmans Mazeppa, „Agnes" mit einer Taube und „Röschen" mit einem großen Hunde. Dazu viele Photographien, meist Familienbilder, an denen man Aehnlichkeiten studiren konnte, und eine ganze Reihe französischer Landschafts- und Trachtenbilder aus der merkwürdigen Gegend von Le Puy. Diese hatte ein Sohn der Wittwe, der auch Seefahrer war, aus Frankreich mitgebracht, wohin er als Gefangener geführt worden war, nachdem die Franzosen sein Schiff gekapert hatten. Das war um die Zeit des großen Krieges.

An den Fenstern standen Blumentöpfe mit schönen Gewächsen, die prächtig blühten und so sauber und ordentlich gehalten waren wie alles sonst in dem Häuschen.

Die alte Frau hauste dann, wenn ich dort wohnte, unten in ihrer schmucken kleinen Küche und in dem Dachstübchen oben, wo sie auch noch die schönsten Blumen hatte. Das Fenster meines Schlafstübchens ging auf den Hof hinaus, und über dem Fenster war ein Schwalbennest. Wenn ich zu

früher Stunde aufwachte, blieb ich gern eine Weile wach, um
dem lieblichen Gezwitscher der Schwalben zu lauschen. Da=
zwischen durch aber hörte ich oft die alte Frau schon, wie
sie auf dem Hof umherschaltete und sich an dem Brunnen
zu schaffen machte. War ich aufgestanden und hatte mich an=
gekleidet, so schloß ich das Fenster auf, und wir boten uns
guten Morgen. Mit irgend einem Geräth in der Hand stand
sie dann da, mir freundlich zunickend, und so sehe ich sie
vor mir.

Mit Aufräumen und Säubern hatte sie täglich zu thun,
von Zeit zu Zeit aber veranstaltete sie ein großes Reinmachen,
und das schien immer für sie eine Art von Fest zu sein.
Wenn dann ihr Küchengeräth und Geschirr alles blitzblank
und wohlgeordnet auf dem Hof stand, musterte sie es mit
Stolz und Freude. Sie war gut eingerichtet und reichlich
mit Hausrath versehen, unter dem sich werthvolle Stücke be=
fanden. So besaß sie wunderhübsches blaugemustertes Por=
zellan, das ihr Mann, der Seefahrer, aus England mit=
gebracht hatte.

Wenn ich bei ihr wohnte, suchte ich gleich allem, was
unter ihrer Aufsicht stand, ihre Zufriedenheit zu erwerben.
Ich befliß mich peinlichster Ordnungsliebe. Ich ging nicht
aus, bevor ich nicht auf dem Tisch alles sauber zusammen=
gelegt, das Tintenfläschchen zugestöpselt, die Schubladen ver=
schlossen und die gehäkelten kleinen Decken, die so leicht herunter=
fallen, ordentlich wieder über die Sophalehnen gebreitet hatte.
Papierschnitzel ließ ich nicht auf dem Fußboden liegen, sondern
sammelte sie sorgfältig auf, und hütete mich sehr, Cigarren=
asche hinzustreuen, wohin sie nicht gehörte. Nie ließ ich
Westen auf Stühlen, Taschentücher auf Kommoden, Blumen

ober Pilze, die ich von draußen mitgebracht hatte, auf der Gartenbank liegen. Meine Morgenschuhe stellte ich immer so hin, daß beide mit ihren Schnäbeln nach Westen sahen. Dem Stiefelknecht wies ich einen Platz an, den er nicht verlassen durfte. Dafür wurde mein Ordnungssinn mehrfach von meiner guten Wirthin belobt, und ihr Lob erfüllte mich mit Stolz, wenn ich auch das heimliche Bewußtsein hatte, es nicht auf ganz ehrlichem Wege erworben zu haben.

Ich ließ mich gern von ihr ein wenig bemuttern. Sie erinnerte mich daran, daß ich das Bad nicht versäumte, daß ich mich ordentlich nährte, und sorgte dafür, daß es mir nie an Spickaal fehlte, den sie aus den besten Quellen zu beziehen wußte.

Als ich aber in einem Jahr wieder an den Strand kam, fand ich die alte Frau nicht mehr in ihrem Häuschen. Ich hörte, daß sie schwer krank sei und in ein anderes Haus gezogen zu Verwandten, bei denen sie Pflege fand. Nun wohnte ich ganz allein in dem kleinen Hause und kam mir wie verwaist vor. Bald merkte ich, daß ich nicht mehr so ordentlich war wie früher. Ich litt es, daß Papier auf dem Fußboden lag, es kam mir nicht darauf an, wie die Morgenschuhe standen, ich ließ den Stiefelknecht sich hinstellen, wo es ihm gefiel. Mit einem Wort, ich fing an zu verwildern. Aber alles war auch nicht mehr in dem Hause, wie es sonst gewesen war.

An einem Tage, als ich aus dem Fenster meines Schlafstübchens sah, wurde ich eine große Ratte gewahr, die auf dem Hof umherhuschte und die Küchenabfälle beschnüffelte, welche die Nachbarn dorthin geworfen hatten. Da dachte ich bei mir: die weiß es auch schon, daß die alte Frau fort ist.

So lange sie da war, hatte ein solcher Gast hier nichts zu suchen.

Täglich erhielt ich schlechtere Nachrichten über die Kranke, und ich glaubte nicht, daß ich sie wiedersehen würde. Ich sah sie aber doch noch einmal.

Ich kam aus der Heide, die ziemlich weit von dem Ort entfernt liegt, jenseits des Wassers, das „der Strom" heißt. Ein paar Tage war ich dort umhergestreift. Als ich mich am Abend über das Wasser setzen ließ, war es schon dunkel. Denn der September hatte angefangen, und die Tage wurden kurz. Wie ich nun die Stromseite entlang ging, um mich zu meinem Häuschen zu begeben, fiel mir eine hell erleuchtete Veranda in die Augen. Ich trat näher und erblickte etwas sehr Ueberraschendes. Im offenen Hausflur, durch die un= verhängten Fenster der Veranda allen Vorübergehenden sicht= bar, stand ein Sarg mit einem Todten, von vielen brennen= den Kerzen umgeben. Sogleich erkannte ich meine alte Wirthin. In ihrem sauberen Todtenkleide, die Hände über der Brust gefaltet, lag sie da, im Gesichte den Ausdruck tiefsten Friedens, als ob sie im ruhigsten Schlummer läge.

Es ist des Ortes Sitte, daß die Todten in solcher Weise ausgestellt werden die ganze Nacht vor dem Begräbniß. Manchen Badegast, der vorbeiging, um sich zum Abendtrunk zu begeben, mag der Anblick eigenthümlich berührt haben. Ein memento mori war es, aber keines von erschreckender Art.

Am andern Tage begruben wir die alte Frau, wir betteten sie in den Sand des Strandes. Den Kirchhof, auf dem sie liegt, habe ich im Frühling darauf besucht. Er befindet sich ein Stück entfernt von dem Ort, unmittelbar hinter den Dünen. Dort hat sie ein Grab wie die andern.

Es ist kein Hügel, denn der Wind duldet dort keine Hügel, er würde sie bald wegwehen. Es ist ein flaches Beet, von Steinborden eingefaßt, die den leichten Boden zusammen- halten sollen. Darauf steht ein Kreuz mit dem Namen der Todten. Frau Seyer hieß sie.

Als ich dann auch das Häuschen aufsuchte, in dem ich manchen Sommer gewohnt hatte, fand ich es sehr verändert. Der Epheu war von der Giebelwand heruntergerissen und entfernt, aus dem Gärtchen waren die Rosenstöcke verschwunden und vom Hof das Schwalbennest. Nichts mehr von Blumen war an den Fenstern zu sehen.

Der alte Kirchhof.

Der alte Kirchhof am Strande ist geschlossen seit siebzehn Jahren. Neuerdings ist er auch verschlossen, und wer ihn besuchen will, muß sich an das Mitglied der Gemeinde wenden, das den Schlüssel zur Pforte hat. Dadurch soll verhindert werden, daß die fremden Kinder, die im Sommer hierher kommen, die Blumen von den Gräbern der alten Warnemünder abpflücken, und dagegen läßt sich nichts sagen.

Der Kirchhof erhält etwas Eigenartiges durch die Art seiner Grabmäler. Wenige sind von Stein, alle übrigen sind Kreuze und Tafeln von Holz, die das Alter grau gefärbt hat. Davon stehen viele schief, viele sind schon umgebrochen und liegen am Boden zwischen Gras und Kraut, das sie halb schon bedeckt. Viele zusammen sind hie und da überwachsen von dichtem Fliederbuschwerk, aus dem zirpende Vogelstimmchen hervorschallen. An vielen Kreuzen und Tafeln sind die Inschriften nicht mehr zu entziffern. Wo sie noch deutlich sind, findet man oft, daß es ein Schiffer ist, der unter dem Rasen von seinen Seefahrten ausruht. Ueber oder unter der Inschrift auf der Vorderseite ist häufig eine glockenförmige Blume oder ein Schmetterling abgebildet. Die Sprüche auf der

Rückseite der Grabmäler sind meist allgemein erbaulichen In=
halts, selten nehmen sie auf das besondere Schicksal des
Entschlafenen Bezug, wie der folgende:

> „Von Weib und Kindern früh wegsterben
> Wie weh das thut, wie schwer das ist!
> Steh ihnen bei und laß mich erben
> Die Seligkeit, Herr Jesu Christ!"

Der Mann, welchem dieser Spruch gilt, hieß Fretwurst.
Ein sonderbarer Name, der neben dem Namen Brabhering in
mecklenburgischen Schifferfamilien häufig vorkommt.

Wenige der Gräber, ein paar, die aus der letzten Zeit
vor der Schließung des Kirchhofes herstammen, werden noch
gepflegt. Alle anderen zusammen hat eine gemeinsame Pflanzen=
decke überzogen, aus dem Kirchhof ist eine grüne Wildniß
geworden. In dieser Wildniß aber hat der Kampf um das
Dasein unter verschiedenen Pflanzen sich abgespielt und spielt
sich noch ab.

Wo Rosen auf die Gräber gepflanzt waren, hat manch=
mal der Wildling den echten Stamm, der ihm aufgepfropft
war, überwunden und statt des Gartenstrauches steht nun auf
dem Grabe, in seiner Fülle blaßrother Blumen nicht weniger
schön anzuschauen, ein wilder Rosenstrauch — wie ich dasselbe
auch auf alten Berliner Kirchhöfen gesehen habe. Von wurzel=
echten Rosen haben nicht wenige zwischen Gras und Unkraut
sich erhalten, darunter die schöne gewöhnliche Centifolie, die
früher, da sie noch allbeliebt war, vorzugsweise die „echte
Rose" genannt wurde, und die leider auch aus der Mode
gekommene so schöne weiße Rose, die Rosa alba. Unter an=
dern angepflanzten Gewächsen, die ihren Platz behauptet
haben, fallen besonders die vielen Feuerlilien auf. Dieser

Lilienart wurde es wohl deshalb nicht so schwer, sich zu be=
haupten, weil sie auch da, wo sie wild vorkommt, auf Wiesen=
boden zwischen dem Grase steht.   Nelken und Glockenblumen
sind noch an einigen Stellen blühend zu finden, doch nur
auf Gräbern, die noch nicht sehr alt sind.   Einige Grab=
stätten sind bedeckt mit Salbei, die ich auch mehrfach auf dem
neuen Kirchhofe gefunden habe, der eine Viertelstunde von
dem alten entfernt hinter den Dünen angelegt ist.   Sonst ist
mir die Salbei als Grabpflanze noch nicht aufgestoßen.

Auf einigen Gräbern steht Spargel.   Ob er vor Zeiten an=
gepflanzt worden ist, oder ob ihn der Zufall ausgesät hat,
weiß ich nicht.   Jedenfalls erscheint er um die Zeit, da er
in Blüthe steht, als ein allerliebstes Zierbäumchen, eine Lärchen=
tanne im Kleinen.

Mit großem Erfolge ist aus dem Kampf ums Dasein
eine Pflanze hervorgegangen, die ursprünglich vielleicht nur
in einem Exemplar vorhanden war, das Seifenkraut oder die
Saponaria.   Mit ihrem kriechenden Wurzelstock um sich
greifend und alles andere Pflanzenvolk verdrängend, hat sie
allmählich einen ansehnlichen Theil des Kirchhofes in Besitz ge=
nommen und bildet darauf einen geschlossenen Bestand.   Die
Pflanze ist nicht sehr schön, um ihre Blüthezeit aber im Hoch=
sommer nimmt sie sich doch mit ihren fleischrothen Blumen,
die einen angenehmen Duft verbreiten, gar nicht übel aus.

Alles übrige bedeckt hohes Gras und Unkraut, Gebüsch
und Gestrüppe.   Da wäre für Vögel gut wohnen, wenn sie
ungefährdet wären.   Wer aber diese kleine Wildniß durch=
streift, den schauen nicht selten aus dem Grase ein paar
funkelnde gelbgrüne Augen an, und wenn er zugeht auf die=
selben, springt eine buntscheckige Katze über die Gräber

davon und dem Zaun zu, an dem sie emporfährt. Vogel-
fängerinnen haben diesen Ort, der so wenig von Menschen
betreten wird, zu ihrem Jagdbezirk gemacht.

Das ist der alte Warnemünder Kirchhof, der sich selbst
überlassen ist. Von Jahr zu Jahr fallen mehr der hölzernen
Kreuze und Tafeln um, und einmal wird auch über die letzten das wilde Grün gewachsen sein. Ein Ort des Friedens
scheint dieser alte Begräbnißplatz zu sein, ist es aber doch
nicht; denn über den Todten wird ein Krieg geführt, leise
zwar, aber mit Hartnäckigkeit und ohne Schonung.

Willershagen und Magister Johannes.

An einem schönen Herbsttage befand ich mich auf der Straße, welche von Rostock nach Ribnitz führt. Ich kam von dem Rövershäger Kruge, wo ich genächtet hatte, und wollte nach Willershagen. Ein paar hundert Schritt hinter dem Kruge ist man über die Feldmark von Rövershagen hinaus und hat dann zu beiden Seiten dichten Wald. Es ist das Revier Meiershausstelle der Rostocker Heide, in welcher zur Linken, wenn man von Rostock kommt, unweit der Straße der alte Eibenbaum steht, den ich einmal beschrieben habe. Auf der rechten Seite hat neuerdings ein Streifen Wald weggenommen werden müssen, um Raum für die Eisenbahn Rostock-Stralsund zu geben, die seit wenigen Jahren in Betrieb ist.

Die Straße war still und einsam. Wenigen Menschen begegnete ich, abgesehen von einigen Bahnarbeitern, die mit dem Fortschaffen von Schwellen beschäftigt waren. An einer Stelle am Waldrande war eine Hütte aus Erde und Zweigwerk errichtet. Daneben brannte ein Feuer, über dem an Stäben ein Kessel hing. Eine Frau kniete davor, und ein paar Kinder spielten in ihrer Nähe. Zwischen den Tannen hatte sie

Leinen gespannt, an denen Hemdchen und andere Wäschestücke
aufgehängt waren. Offenbar hielt sie eine fliegende Restau-
ration für Bahnarbeiter und kochte ihnen das Essen. Wenig
Stimmen kamen aus dem Walde, der noch ganz in Thau ge-
badet dastand. Mitunter vernahm ich das Girren wilder
Tauben, und einmal drang aus einem Tannendickicht ein Geschrei von Vögeln, das sich anhörte, als sei unter ihnen Zank
ausgebrochen. Ich ging den Stimmen nach in den Wald,
um zu untersuchen, was für ein Volk das sei, das so lärmte;
aber obwohl ich dem Geschrei nahe kam, konnte ich doch in
dem Dickicht nichts Lebendiges entdecken.

Eine halbe Meile entfernt von dem Kruge liegt an der
Straße Gelbensande, wo der Großherzog sein Jagdschloß hat
und die meiste Zeit des Sommers zubringt. Außer dem
Schloß und der Försterei gehören noch einige Häuser zu Gelbensande, darunter ein Wirthshaus, welches das kleinste Haus
der Ortschaft ist. „Zur Erholung" steht über der Thür. In
dem Vorgärtchen blühten noch allerhand hübsche Herbstblumen.
Dort kehrte ich ein. Eine kleine alte Frau brachte mir den
gewünschten Labetrunk in die Gaststube, die mit einfachem
Hausrath versehen, aber mit vielen Bildern der Neuruppiner
Malerschule geschmückt war. Ich fragte die Alte nach dem
Großherzog, ob er in Gelbensande wäre. Nein, erwiderte sie,
er wäre ja wohl zum Kindelbier nach Berlin gefahren. Sie
drückte sich vollkommen richtig in ihrer Mundart aus, aber
„Kindelbier" auf die Taufe des kaiserlichen Prinzen ange-
wandt, klang besonders gut.

Gegenüber Gelbensande führt ein Weg nach Willershagen,
und diesen schlug ich ein. Er führt zuerst ein Stückchen über
Feld, dann beginnen auf beiden Seiten die Bauernhöfe und

ziehen sich eine halbe Stunde weit ins Land hinein. In alter
Zeit aber, vermuthe ich, ging die Straße von Rostock nach
Ribnitz, die jetzt an dem Dorfe vorbeiführt, mitten durch dasselbe hindurch. Ein alter Landweg deutet noch darauf hin.
In Willershagen waren die Kinder noch in der Schule, und
von den erwachsenen Eingeborenen bekam ich wenige zu sehen.
Vor einem Bauernhause saß eine Frau am Spinnrad. Daß
dort noch gesponnen wird, hatte ich schon gemuthmaßt aus
versprengten Leinpflänzchen am Wege. Ganz am Ende des
Dorfes liegt der Forsthof mit Wohnhaus, Wirthschaftsgebäuden
und ansehnlichem Garten, der Wald aber ist ein gut Stück
vom Hause entfernt. Das Revier Willershagen gehört zur
Rostocker Heide, liegt aber, von dem Hauptstück derselben getrennt, nach Ribnitz zu und ist zum Theil von großherzog-
lichem Forst umschlossen. Dieses Forsthaus war das Ziel
meiner Wanderung. Ich wollte den Förster besuchen und zusehen, wieviel wohl seine sieben jungen Töchter gewachsen
wären, seit ich das letzte Mal in Hinrichshagen, wo er damals
seine Stelle hatte, bei ihm eingekehrt war. Doch verband ich
mit meiner Wanderung noch einen anderen Zweck: ich wollte
den Ort sehen, wo im Jahre 1541 der Magister Johannes
Sastrow von den Buschreitern überfallen wurde. Davon erzählt der Bruder des Genannten, Herr Bartholomäus Sastrow,
der als Bürgermeister von Stralsund gestorben ist, in seiner
Chronik. Herr Johannes Sastrow war auf der Fahrt von
Rostock nach Stralsund, als bei Willershagen der Ueberfall
geschah. Einer von seinen Begleitern wurde sofort erschossen,
und die beiden andern ergriffen das Hasenpanier. Der junge
Gelehrte selbst vertheidigte sich mit dem Schweinespieß, den
er bei sich hatte, wacker und stach einen der Strolche vom

Pferde herunter. Da ritt ein anderer gegen ihn ein und versetzte ihm einen solchen Hieb, daß ihm ein Stück Haut nebst Knochen vom Kopf flog und ihm überdies noch die Spitze des Schwertes eine lange Wunde in den Hals schlug. Er stürzte und blieb für todt liegen. Die Räuber plünderten den Wagen und ritten davon. Ihren todtwunden Spieß=gesellen ließen sie im Busch liegen. Darauf kehrten die Ent=flohenen zurück und brachten den armen Magister zunächst nach Ribnitz, wo ihm ein Nothverband angelegt wurde. Alsdann nahm ihn in Stralsund der berühmte Wundarzt Gelhar in Be=handlung und heilte ihn ziemlich schnell, nachdem er beide Wunden in den rechten Schick gebracht hatte.

Gustav Freytag theilt in seinen „Bildern aus der deutschen Vergangenheit" aus der 1823 von Mohnike herausgegebenen Handschrift des Bartholomäus Sastrow dessen Jugendgeschichte mit und schließt mit der Erzählung des Ueberfalls. Er be=merkt in der Einleitung, daß dieser Johannes, welcher vom Kaiser als lateinischer Gelegenheitsdichter zum poeta laureatus gemacht und geadelt worden war, später wegen einer unglück=lichen Liebe mit gebrochenem Herzen nach Italien gegangen und dort im Dienste eines Karbinals gestorben sei. Ein wenig mehr ist noch in der Selbstbiographie des Bartholomäus Sastrow über dessen unglücklichen Bruder Johannes zu finden.

Während Bartholomäus leichten Sinnes und sorglos war, gern mit den Jungfrauen vorantanzte und zu Gesellschaft ging, wo Wein geschenkt wurde, war Johannes ernsthaft und in sich gekehrt, ein gelehrter Mann; von Wittenberg, wo er auch Dr. Martin Luther kennen und verehren gelernt hatte, war er als Magister heimgekommen. Er machte auch mit Geschick

lateinische Verse, und was für Ehren ihm das einbrachte, ist
schon erwähnt worden: von Kaiser Karl V. den Lorbeer und
ein Adelswappen, das einen silbernen Schwan in rothem
Felde darstellte. Außerdem verehrte ihm der Bischof von
Augsburg für ein carmen gratulatorium eine goldene Kette.
Lorbeer und Adel waren damals wohl nicht schwer vom Kaiser
zu erhalten, bedeutend leichter sicherlich als Geld. Das be=
stätigt eine Anekdote, welche Bartholomäus Sastrow bei Ge=
legenheit, da er von den seinem Bruder zu Theil gewordenen
Auszeichnungen redet, zum besten giebt. Auch ein gewisser
Johannes Stigelius hatte dem Kaiser ein lateinisches Gedicht
überreicht. Darauf ließ ihm der Kaiser durch seinen Vice=
kanzler Johann de Naves in lateinischer Sprache schreiben:
„Das Gedicht gefällt dem Kaiser. Der Dichter verlange, was
er will, er wird es bekommen. Will er von Adel sein, wird
er es werden; will er mit Lorbeer gekrönt sein, soll auch das
geschehen. Aber Geld verlange er nicht, Geld wird er nicht
bekommen.‟

Beide Brüder Sastrow wohnten in Speier um 1544,
als dort der Reichstag stattfand. Sie waren hauptsächlich
dorthin gekommen, um auf die Beschleunigung eines Prozesses,
den ihr Vater beim Reichskammergericht hatte, hinzuwirken.
Natürlich waren alle ihre Bemühungen vergeblich. Zum Er=
werbe ihres Unterhalts, da sie ohne Mittel waren, suchten
und fanden beide Anstellungen als Schreiber. Im Sommer
ging Johannes Sastrow mit seinem Herrn, dem Propst des
Domstiftes zu Speier, ins Zellerbad. Da war auch mit ihren
Verwandten eine Jungfrau aus Eßlingen, ein schönes, züch=
tiges und freundliches Mägdlein. Die gewann der junge
Magister lieb und sie ihn, und sie versprachen einander mit

Billigung der Verwandten des Mädchens die Ehe, unter der Bedingung, daß auch Sastrows Eltern einwilligten. Weiter wurde verabredet, daß Johannes nach Italien gehen sollte, um sich den Doktorgrad zu erwerben. Käme er von dort zurück, dann sollte Hochzeit gemacht werden. Johannes schrieb nach Stralsund an seine Eltern und erhielt nach kurzer Zeit die Antwort, daß sie nicht in seine Heirath einwilligten. Von ihren Gründen sagt Bartholomäus nichts. Vielleicht wollte der alte Sastrow aus Stolz nicht, daß sein Sohn, der nichts besaß, eine Frau nähme, die ihm Gut zubrächte. „Seitdem," erzählt Bartholomäus, „habe ich meinen Bruder nie mehr recht fröhlich gesehen, und die Jungfrau hat zu Straßburg einen reichen Goldschmied bekommen." Sie vergaß ihn, wie daraus zu ersehen, er sie aber nicht. Nach einiger Zeit reute die alten Sastrows ihr Beschluß und sie schrieben, daß sie in die Heirath einwilligten, aber es war zu spät. „Da hat mein Bruder," sagt wieder Bartholomäus, „sich so gegrämt, daß er im Angesicht gar ungestalt geworden ist." An das Doktordiplom scheint Magister Johannes jetzt nicht mehr gedacht zu haben, aber er ging nach Italien und begab sich in den Dienst eines römischen Kardinals, obwohl er von Herzen lutherisch war und blieb. Im Jahre 1546 erhielten die Eltern Sastrow die Nachricht, daß ihr Sohn Johannes zu Aquapendente, das jenem römischen Kardinal gehörte, gestorben sei. Da begab sich Bartholomäus, der damals in Pforzheim als Schreiber angestellt war, zu Fuß auf den Weg nach Rom, um, wenn möglich, den Nachlaß seines Bruders zu erheben. Er kam auch glücklich nach Rom, und es gelang ihm mit Hilfe eines dort lebenden katholischen Verwandten, der sich gut mit dem Klerus stand, den Nachlaß zu erhalten.

Derselbe bestand aus werthvollen Münzen und Kleinodien, auch die goldene Kette vom Augsburger Bischof war dabei. Abgezogen waren nur von dem Gelde ein Geschenk an die Armen und die Kosten für Anfertigung eines Grabdenkmals.

Es ist charakteristisch für die erste Zeit nach der Reformation, daß Bartholomäus Sastrow, obgleich er Lutheraner war, gleich seinem Bruder, seines Unterhalts wegen, unbesorgt zu Rom in Dienste eines Geistlichen trat. Noch dazu verstand er nicht Italienisch, sondern nur Plattdeutsch und soviel Latein, als er auf der Universität Rostock gelernt hatte. Aber mit Gottesfurcht und Dreistigkeit und pommerscher Schlauheit half er sich glücklich durch alle Fährlichkeiten. Johannes besaß von solcher Schlauheit den Wälschen gegenüber vielleicht nicht so viel als sein Bruder. Dieser machte sich wenigstens seine Gedanken über den Tod des Magisters Johannes. Er wußte, daß derselbe des Lutherthums verdächtig gewesen und mehrfach beim Lesen verbotener Bücher ertappt worden war. Und das wußte er auch, daß ein der Ketzerei verdächtiger Deutscher auf römischem Gebiet keinen Augenblick seines Lebens sicher sein konnte. Wenn ein solcher Mann plötzlich einmal verschwand, so krähte — wie man schon damals in Pommern sagte — nicht Hahn noch Hund danach. Auf der Rückreise nach Deutschland suchte Bartholomäus in Aquapendente vergeblich das Grabmal seines Bruders. Es war nicht zu finden.

Die traurigen Schicksale des Magisters Johannes lagen mir in Gedanken, als ich die Straße durch den stillen Wald und das schweigsame Dorf ging. Er stand um so lebhafter vor mir, als ich an dem Ort war, wo er im Kampf mit den Räubern beinahe sein Leben verloren hatte. Der Ueberfall muß zwischen dem Dorf und dem Willershäger Forst geschehen sein. In der Erzählung ist bemerkt, daß die Gegend unsicher wurde, „wie sie durch das Dorf kamen, Willershagen genannt, denen von Rostock zuständig, hart an der Rostocker Heide." Zu den Worten „Rostocker Heide" macht Mohnike die Anmerkung: „Vielleicht Ribnitzer?" Richtig aber ist, was in der Handschrift steht: Willershagen liegt in der That hart an der Rostocker Heide.

Der Anblick der „sieben kleinen Mädchen, all in einer Reih'" im Forsthause heiterte mich wieder auf. Und als ich dann nach dem Kruge zurückging, in dem unterdessen ein Huhn für mich an den Spieß gesteckt worden war, sagte ich zu mir selbst: wie angenehm reist man jetzt in dem Lande Mecklenburg umher! Durch Wälder, noch so groß, kann man wandern ohne Gefahr, angefallen zu werden. Damals aber war es darum so schlimm im Lande bestellt, weil zu den Wegelagerern auch etliche vom Adel gehörten. Die aber hatten ihren Anhang in den Städten, der das Seine dazu that, daß bei einem gerichtlichen Verfahren, wenn dasselbe gegen die Verüber solchen Frevels eingeleitet wurde, gemeinlich nicht viel herauskam. Auch in dem Fall von Willershagen erfolgte nicht mehr, als daß der Strolch, welchen der junge Magister vom Pferde gestochen hatte, feierlich in Rostock durch den Henker geköpft wurde. Das war aber gar nicht so sehr nöthig, denn so gut hatte Herr Johannes Sastrow dem Schnapphahn gedient, daß die Häscher denselben nicht mehr lebend zum Gewahrsam brachten.

Jetzt führt die Eisenbahn an der Stelle vorüber, wo vor dreihundertfünfzig Jahren der Ueberfall geschah, und nicht weit von Willershagen ist eine Station.

13*

Jahrmarkt in der Heide.

Auch der kleine Ort W. in der Heide hat seinen Jahrmarkt. Er findet statt im Septembermonat und dauert
nur einen Tag. Daß dieser Tag in die Zeit hineinfiel, die
ich zu meinem Vergnügen in W. zubrachte, erschien mir als
ein großes Glück. Von fern schon sah ich ihm entgegen wie
einem schönen Fest und freute mich darauf, mit mir aber
freuten sich die ortsangehörigen Kinder. Giebt es doch für
diese an größeren öffentlichen Festlichkeiten dort außer dem
Jahrmarkt nur noch die Spritzenprobe, die auch nur einmal
im Jahre abgehalten wird.

Die Vornehmen des Ortes äußerten sich über den bevor-
stehenden Jahrmarkt abfällig. Mit Jahrmärkten habe es
überhaupt nichts mehr auf sich, besonders wenig Rühmens
aber könne von diesem in W. gemacht werden. Ein Carroussel
und ein paar Honigkuchenbuden — das sei alles. Nun, so
ganz wenig ist das auch noch nicht, dachte ich bei mir, schwieg
aber. Das einzige von Bedeutung, fügten die Vornehmen
hinzu, sei das Zweckessen, das sie unter sich, altem Brauch
gemäß, am Jahrmarkstage im ansehnlichsten Wirthshause des
Ortes abhielten; das könnten sie aber im Grunde auch ohne

den Jahrmarkt thun. Ich kann nicht sagen, wie sehr mich
das Gerede der Vornehmen verdroß. Sie müßten, dachte ich
bei mir, zu viel Heimathstolz haben, um so geringschätzig über
etwas, das ihren Ort anging, sprechen zu können. Daneben
aber konnte ich mich der Furcht nicht erwehren, daß sie Recht
haben möchten.

Es war der zweite Tag vor Jahrmarktsanfang, und noch
deutete nichts im Ort darauf hin, daß etwas Außerordentliches
bevorstand. Mit ängstlicher Spannung hielt ich immer wieder auf der Landstraße Ausschau. Aus der Richtung von
Celle her mußte nun doch bald etwas kommen. Am Nachmittag kam es. Zwei Wagen waren es, ein Wohn- und ein
Gepäckwagen. Die aus dem letzteren hervorlauschenden Pferde-
köpfchen machten es zweifellos, daß er das in seine einzelnen
Theile zerlegte Carroussel enthielt; der zweite Wagen diente
dem Carrousselbesitzer mit Familie zur Wohnung. Es war
ein wunderbar eingerichteter Wohnwagen mit Schornstein und
allem sonst, was zu einem Hause gehört, ausgenommen natürlich den Keller. Wohnraum, Schlafraum und Küche waren
vorhanden, und in der Küche funkelte es von blankem Geräth
und Geschirr. Allerliebst war die Wohnstube. An den
Wänden hingen Bilder, gar nicht zu reden von einem Spiegel.
Auf der Kommode standen buntbemalte Tassen nebst Porzellan-
figuren und anderen Dingen mehr, die auf Kommoden zu
wachsen pflegen. Die Fensterchen waren mit sauberen Gardinen behängt. Auch ein Vogel fehlte nicht und ein Blumen-
topf. Das Ganze erinnerte mich an Schiffskajüten und an
die Häuschen alter Kapitäne, die ich an Seestrandsorten gesehen hatte. Ich schätze gewiß das Glück, in Berlin W zu
wohnen, nicht gering, dennoch muß ich sagen, daß mich aus

dieser fahrenden Wohnung beneidenswerthe Behaglichkeit an=
strahlte. Diese Leute, sagte ich mir, haben keinen Hauswirth,
dem sie unterthan sind, keinen Portier, der auf sie aufpaßt,
keine Nachbarn, die ihnen oder denen sie unbequem fallen,
keinen Hängeboden mit ewig murrenden und wechselnden
Mädchen; und wenn Logirbesuch droht, können sie sofort
nach einer entlegenen Gegend abfahren.

Das Schiff der Heide legte sich vor Anker in der Haupt=
straße des Ortes vor dem alten Amtshause, in dem ich mein
Quartier hatte. Ein ansehnliches Gebäude, in der guten alten
Zeit gebaut, mit dicken Mauern, fast wie ein Schloß. Seine
Stirnseite, die es nicht der Straße zukehrt, sondern dem Hof,
ist bis zum zweiten Stock hinauf mit Wein berankt. Der
trug im letzten Herbst wieder sehr reichlich, wie fast alle
Jahre. Der Weinstock zeigt bei uns im Norden fast immer
das beste Bestreben; was er des frühen Frostes wegen an
Güte der Trauben nicht hervorbringen kann, das sucht er
durch die Menge zu ersetzen. Auf dem Hofe, von dem ein
Zaunpförtchen in den Garten führt, stehen Linden und Roß=
kastanien, und unter andern alten Bäumen zwei hochstämmige
Haselnußbäume, wie man sie selten sieht, und ein Hollunder,
dessen Stamm dreiviertel Meter im Umfang hat. Seit
Jahren schon giebt es in W. kein Amt mehr, in dem alten
Amtshause hat jetzt der Revierförster seine Dienstwohnung;
außerdem wohnen dort zur Miethe zwei Familien, deren eine
mich damals als Gast beherbergte. Gegenüber dem Amts=
hause liegt der Krähenhof, ein der Ortsgemeinde gehöriges
Grundstück, das bis vor kurzem mit alten Eichen bestanden
war. Im Winter 1889 sind diese gefällt worden, was erst
zu hören und nachher zu sehen mir nicht geringen Kummer

bereitete; denn ich hatte sie gekannt, als sie noch standen und zahlreiches Vogelvolk auf ihnen sein Wesen hatte. Aber der Förster hatte erklärt, sie seien überständig, und ihr Werth verringere sich von Jahr zu Jahr. Da konnte man es am Ende der Gemeinde nicht verdenken, wenn sie den Beschluß faßte, sie umhauen zu lassen und das Holz zu verwerthen so gut wie möglich. Auf dem Krähenhof wurde das Carroussel abgeladen. Während hiermit die Mannsleute beschäftigt waren, benutzte die Frau des Carrousselbesitzers die Gelegenheit dazu, eine kleine Wäsche abzuhalten. Nachdem sie die Erlaubniß erwirkt hatte, sich vom Brunnen des Försters Wasser zu holen, ging die Sache rasch vor sich, denn alles sonst Nöthige führte sie mit sich. Nicht lange dauerte es, da hingen schon über dem Zaun des Amtshofes verschiedene Strümpfchen, Hembchen und Röckchen, sehr nett anzusehen und ein Beweis dafür, daß der fahrende Hausstand nicht kinderlos war.

So stand die Sache am Nachmittag. Um das Abendroth kam vor dem Amtshof ein zweiter Wagen angefahren. Er gehörte einem Kaufmann aus Wolfenbüttel, der mit Bändern, Schleifen, Spitzen, Schnupftüchern, Schürzen und anderen kostbaren Gütern den Jahrmarkt besuchte. Nun hatte ich keinen Zweifel mehr, daß das Ganze großartig ausfallen werde. Die Nacht war ruhig und sternklar. Neben dem Wohnwagen der Carrousselleute lag ihr treuer Hund, drinnen im Wagen schlief die Familie; der Kaufmann aber nächtigte im Gasthof, nachdem er dort warm zu Abend gespeist und eine halbe Flasche Franzwein getrunken hatte.

Am anderen Tage nahm die Sache einen noch größeren Aufschwung. Während auf dem Krähenhof das Carroussel errichtet wurde, schlug man in der Straße Buden und Zelte auf. Es waren viele Händler über Nacht von nah und fern gekommen, die nun ihre Kisten und Kasten auspackten. Was für Herrlichkeiten da zum Vorschein kamen, ist gar nicht zu sagen. Am Nachmittag konnte ich schon feststellen, daß wir vierzehn Buden hatten, davon acht mit Honigkuchen, sechs mit nützlichen Sachen und Spielzeug.

So kam der große Tag heran. Am frühen Vormittag schon lud das fröhliche Quieken der Drehorgel zum Besteigen des Carroussels ein, doch verhielt sich das Publikum dieser Lockung gegenüber noch zurückhaltend. Viel Jugend war zwar schon auf dem Krähenhof versammelt, aber sie ging sparsam mit ihren Pfennigen um und wollte nicht gleich am Vormittag alles verthun. In der Straße zwischen den Buden und Ständen herrschte manchmal schon ein Gedränge; denn es war von den umliegenden Heidedörfern viel Volks nach W. gekommen, zu Wagen, zu Roß und zu Fuß. Es verlohnte sich auch wohl, daß man um dieser Sehenswürdigkeiten willen ein paar Stunden Weges nicht scheute. Mit dem Rostocker Pfingstmarkt, mit dem Danziger Dominiksmarkt ließ sich dieser Jahrmarkt nicht vergleichen, für einen kleinen Heideort aber konnte er prächtig genannt werden. Schon allein die Honig= kuchenbuden anzuschauen war ein großes Vergnügen. Honig= kuchen waren da von jeder Gestalt, zu jedem Preise und für alle Verhältnisse des menschlichen Lebens passend: zum Selbst= essen und zum Verschenken, mit und ohne Mandeln, mit In= schriften und ohne solche; in Kunstformen und in Form von Klümpchen. Außerdem waren noch allerhand andere Süßig= keiten bei den Honigkuchenhändlern zu haben. Wer nur wenige Pfennige besaß, konnte schon ein Schächtelchen

erstehen, gefüllt mit überzuckerten Aniskörnern, welche köstlich
schmeckten. Besonders aber gefiel mir eine Art von Zucker=
puppen. Sie hatten hübsche Gesichter, sahen wohl aus und
trugen rosenrothe Kleider, die schön mit Verzierungen aus
Zuckerguß garnirt waren. Von denen kaufte ich eine Anzahl,
um sie meinen Kindern mitzubringen. Als sie nach Berlin
kamen, waren sie schon zu alt und hart, um noch eßbar zu
sein, zum Spielen aber noch sehr geeignet. Sie hielten sich
ziemlich lange. Erst als der Schnee fiel, verloren sie ihre
Köpfe und sind dann bei dem großen Reinmachen gänzlich
verschwunden.

Außer den süßen Leckerbissen, welche Fülle begehrens=
werther Dinge konnte man auf diesem Jahrmarkt kaufen,
wenn man Geld genug in seinen Beutel gethan hatte! Für
jeden Stand war gesorgt, für jedes Alter, für jedes Bedürf=
niß. Weiblicher Putz und Tand herrschte natürlich vor, aber
auch nützliche Sachen waren zu haben, wie Kämme und
Bürsten, Holzschuhe und Tintenfässer. Für junge Gesellen
gab es schmucke Mützen und Pfeifen mit den Bildnissen
schöner Damen, für die Kinder hölzerne Thierchen, Puppen
und Kochgeschirr. An einem Stande kaufte man für zehn
Pfennige die Photographie einer Berühmtheit; für dasselbe
Geld aber, das ein Fürst oder eine Prinzessin kostete, konnte
man ebenda auch, wenn man noch unversprochen war, seinen
zukünftigen Schatz bekommen. Das ging eigentlich nicht
mit rechten Dingen zu, mochte aber doch wohl zu der soge=
nannten „weißen Magie", welche nichts mit der Hölle zu thun
hat, gehören.

Wer ein Glückskind war, konnte an einer Bude durch
Würfelspiel in den Besitz einer kostbaren Sache gelangen.

That man einen guten Wurf, so hatte man die Wahl unter
vielen Gegenständen, von denen der eine fast ebenso besitzens=
werth erschien wie der andere. Viele versuchten dort ihr
Glück, ich hielt mich davon, obgleich ich in der Bude ein
Thermometer und eine Mundtasse bemerkte, die ich beide gern
gehabt hätte. Aber ich bin ohne Glück beim Knöcheln und
habe in solchen Buden schon zu viel Geld gelassen. Mit
Geschick und Glück konnte man an einer andern Stelle zum
Gewinn eines Messers kommen. Auf ein schiefstehendes Brett
waren zahlreiche Taschenmesser mit der großen Klinge auf=
gespießt, nach denen wurde mit Ringen geworfen. Wer den
Ring über ein Messer warf, hatte es gewonnen. In der
Mitte aber standen zwei Messer über einander. Wer dar=
über warf, der gewann beide, das war der Königswurf. Vor
dem Spielbrett standen viele junge Bursche. Die meisten
mühten sich vergebens, ab und zu zog aber doch einer mit
einem gewonnenen Messer ab. Es hatte etwas sehr Verlocken=
des, sich an diesem Wettkampf zu betheiligen, nachdem ich
aber einmal vor Jahren bei solcher Gelegenheit nach vielen
vergeblichen Versuchen ein Messer gewonnen, dessen beide
Klingen von biegsamem Blech waren, habe ich gelobt, nie
wieder mit Ringen nach Taschenmessern zu werfen.

Am Nachmittage kam das Carroussel gut in Aufnahme
und in fleißigen Umschwung. Es war eines der schönsten
seiner Art und hatte einen trefflichen Bestand von Füchsen,
Rappen, Apfelschimmeln und Tigerpferden, zwischen denen
auch ein paar Hirsche mitliefen, wie das auf Carroussels
mitunter vorkommt. Wagen waren drei da, die ich nach
ihrer Verzierung als den Löwenwagen, den Blumenwagen
und den Seejungfernwagen bezeichnen will. Gedreht wurde

das Ganze durch zwei Schimmel, welche die Leute mitgebracht hatten. Abwechselnd versahen sie den schweren Dienst, zwei gute brave Thiere. Für ihren Herrn ein wahrer Schatz; denn nicht jedes Pferd erträgt es, immer im Kreise herumzulaufen, diese aber waren daran gewöhnt und hielten es aus, ohne ihren Verstand dabei zu verlieren. Die Umfahrten wurden von der Frau des Carrousselbesitzers geleitet, die zugleich den Leierkasten mit einem Triangel begleitete. Es war eine noch ziemlich junge Frau, die einst schön gewesen sein mußte. Jetzt aber lag auf ihrem Gesicht eine eigenthümliche Gleichgiltigkeit. Sie sah immer aus wie träumend, und als ob nichts sie anginge von dem, was um sie her vorging. Was für ein Stück Leben wohl hinter ihr liegen mochte! Als es dunkel geworden, wurde das Carroussel glänzend erleuchtet, und auf der Krähenwiese ging es lebhaft zu. Ich mischte mich unter die Menge und sah zu. Da ergriff mich ein starkes Verlangen, mitzufahren. Ein kühner Entschluß, und schon saß ich im Seejungfernwagen. So machte ich die Tour einmal mit und zweimal und darauf noch mehrere Male. Mich ersah aber von hohem Küchenfenster herab die Lina des Hausstandes, dem ich als Gast angehörte, und mich fahren zu sehen machte ihr ein solches Vergnügen, daß sie ganz für sich vor dem Herbe getanzt haben soll. Später kam sie auch zum Carroussel herunter, und ich sah sie auf einem Pferde sitzen. Soll ich meine offene Meinung sagen, so ist es die, daß mir die Carrousselfahrt sehr gefallen hat. Ich habe in Berlin mancherlei vornehme Bekanntschaft an Doctoren, Professoren, Direktoren, Geheimräthen und Regierungsräthen. Allen diesen gebe ich den Rath: wenn sie sich einmal ein Vergnügen machen wollen, nach W. zum Jahrmarkt zu fahren

und das Carroussel zu besteigen. In der Heide kennt sie nie=
mand, ich aber will nichts darüber verlauten lassen, wenn
mir von ihnen ein tüchtiges Schweigegeld zugebilligt wird.

Um die Zeit, als Lina auf der Krähenwiese erschien,
kamen auch viele andere Mägde, die des Hausdienstes ledig
waren, zum Carroussel, andere suchten sogleich den Tanzboden
auf. Getanzt wurde an drei Orten mit löblichstem Eifer,
und die Paare drehten sich zum Theil in drangvoll fürchter=
licher Enge. Indessen saßen in den Bierstuben Bauern,
qualmten aus ihren Pfeifen, was sie konnten, und erfreuten
sich des Kunstgenusses, der ihnen von einigen fahrenden
Musikanten und Musikantinnen geboten wurde. Man hörte
eine Geige wimmern, eine Harfe zirpen, und dazwischen ließ
ein armes blechernes Stimmchen ein schönes neues Lied er=
schallen. Zu sehen aber war fast nichts, weder vom Publikum
noch von den Künstlern, so heidelbeerblau war der Tabaks=
qualm.

Zwischen den Buden war es am späteren Abend ziem=
lich leer geworden. Man sagte mir aber, das Geschäft blühe
noch einmal wieder nach Mitternacht. Dann kämen die jungen
Bursche mit ihren Schätzen vom Tanz und vom Bier, und
dann würde Honigkuchen gekauft mehr als den ganzen Tag über.
So war es offenbar auch. Ich war eingeschlafen, trotz des
Carroussels, das sich bis tief in die Nacht hinein drehte.
Gegen Morgen wachte ich auf. Es ging lebhaft und laut
unten zu: sie waren vom Tanzboden und von der Bierbank
gekommen. Nach dem Lärm, den sie machten, war die
Stimmung gehoben und der Honigkuchenabsatz befriedigend.

Am anderen Morgen sah die Stätte, wo es am Tage
vorher so fröhlich zugegangen war, öde und traurig aus.

Die Händler hatten schon wieder eingepackt, was ihnen an Waare verblieben war, das Carroussel wurde abgebrochen, von den Buden standen nur noch kümmerliche Gerippe da. Mit dem Packpapier, das auf der Straße lag, trieb der Herbstwind sein Spiel. So schnell geht auch das Schönste vorüber. Ein langes Jahr war es wieder bis zum nächsten Jahrmarkt. Nun, die Hälfte davon ist seitdem schon vergangen. Noch ist die Heide braun, aber die Lerche singt schon über ihr. Jetzt wird der Buchweizen eingesät, wenn der verblüht ist und reif geworden und eingeheimst, und die Heide hat auch schon abgeblüht, dann ist wieder Jahrmarkt. Unterdessen wird die Spritzenprobe abgehalten.

Die Winsener Thierschau.

Aus dem kleinen Ort, in dem ich weile, braucht man nicht weit hinauszugehen, um in das Reich des Heidekrautes zu kommen. Es ist ziemlich viel Land um den Ort herum nach und nach unter den Pflug genommen oder in Wiesen verwandelt worden, aber man hat doch nicht lange die letzten Häuser hinter sich, so stößt man schon auf die Vorposten der Heide, die immer bereit ist, das von der Kultur eroberte Land wieder in Besitz zu nehmen, sowie nur der Mensch seine Hand davon zurückzöge. Auf der Grenze zwischen dem bestellten Land und der Heide sieht man, wie sehr diese geneigt ist, überzugreifen. Hier hat sie auf einem Ackerrain einen langen Streifen vorgeschoben, dort auf einer Wiese mit einzelnen Büschen sich festgesetzt. Bald dahinter steht sie in großen Massen, weite Flächen bedeckend, und jetzt, da sie blüht, in schimmerndes Roth kleidend. Hie und da trifft man noch ein versprengtes Feld, auf dem Buchweizen oder Hafer gestanden hat. Jetzt ist es abgeerntet und wie übersät mit Ackerstiefmütterchen von der größeren Art, welche alle ihre neugierigen Gesichtchen nach derselben Seite wenden, der Sonne zu. Von Tausenden dieser kleinen Gesichter wird man angeblickt, wenn man die Sonne hinter sich hat; wendet man sich um, so sieht man keins mehr.

Endlich hört alle Bestellung auf, und nichts ist zu sehen als Heide, Heide und Moor. Das Moor liegt jetzt braun da, denn die Glockenheide, die um Mittsommer einen rosigen Schimmer darüber goß, hat im ganzen ausgeblüht, nur einzelne Zweiglein tragen noch einen Kranz der lieblichen zarten Blumen.

Auch der Boden des trocknen Kiefernwaldes ist bedeckt mit Heidekraut, und zwischen den Stämmen schimmern Hügel hervor, welche baumlos sind und ganz überzogen mit dem schönen Roth der Heideblüthe. Es ist ein sehr angenehmes Roth, das etwas hat von der Farbe der Pfirsichblüthe, aber doch anders ist. Ich erinnere mich, daß wir als Kinder in unsern kleinen Malkästen zum Groschen eine Farbe hatten wie blühendes Heidekraut, und es war unser Kummer, daß sie nicht „angab“, wie wir es nannten. Sie war steinartig und löste sich nicht im Wasser, man mochte sie noch so hartnäckig bearbeiten. Von solcher Farbe, die aber angiebt, hat die Natur sehr viel, und weite Strecken Landes sind von ihr jetzt damit übermalt worden. Das Roth der Heidekrautblüthe ist nicht überall dasselbe, hier ist es blasser und dort lebhafter, sehr lebhaft mitunter. Mitten zwischen dem rothblühenden Kraut findet man wohl, aber auch in dieser heidekrautreichsten Gegend nur selten, einen Busch mit weißen Blüthen. Das Weiß erscheint an einem abgebrochenen Zweiglein, das man betrachtet, ein wenig matt, aus der Menge des Rothen aber leuchtet es zumal im Sonnenschein hervor wie frischer Schnee. Man sagt, daß es Glück bringe, weiße Heide zu finden.

O wie schön ist die Heide um diese Zeit des Jahres am

frühen Morgen, wenn überall zwischen den blühenden Sträuch-
lein die Spinngewebe blinken, die der Thau erst sichtbar macht.
Hebst du ein solches Gewebe mit darunter gehaltener Hand
heraus, so hast du die Hand voll Wassers; von dem unendlich
zarten Gewebe, in welchem das Wasser hing, ist nichts zu
spüren.

Der Ort liegt an einem kleinen Fluß, dessen Ufer zum
Theil unfruchtbar und sandig, zum Theil mit schönem Wiesen-
teppich bedeckt sind. Man kann nicht sagen, daß der Ort
armselig aussähe. Seine Häuser sind fast ausschließlich
Bauernhäuser der alten Art, bei denen Wohnräume, Stall und
Scheune unter demselben Dach vereinigt sind; erst in neuerer
Zeit haben einige Kaufleute mit Häusern von moderner Art
sich angebaut, und ein paar wohlhabende Einwohner haben
sich Wohnhäuser von villenartigem Charakter errichtet. Der
Ort hat eine hübsche Kirche und ein stattliches Amtshaus aus
der Zeit, da hier noch ein Amt war. Ein besonderes Ansehen
aber geben dem Ganzen die vielen alten Eichen, die überall
auf den Höfen und in der Umgebung derselben stehen. Die
alten Bäume sind eine nicht genug zu schätzende Zierde der
Heidedörfer überhaupt. Wie schön nehmen sie sich aus um
jede Jahreszeit, wie angenehm ist ihr Schatten und wie vielen
Vögeln gewähren sie Obdach und Schutz! Auch alte Linden
und Rüstern sind hier nicht selten, der eigentliche Dorfbaum
aber in diesen Orten von rein niedersächsischer Bevölkerung
ist die Eiche, wie in anderen Gegenden Deutschlands die
Linde, in der Mark um Berlin die Ulme und in einem Theile
von Mecklenburg die Esche es ist. Es freut mich, zu sehen,
daß die Vorliebe für die Eiche hier fortbesteht, und daß junge
Eichbäume hier immer aufs Neue angepflanzt werden.

Auf beiden Seiten des Flüßchens erhebt sich die Heide in Hügeln, die hie und da eine ansehnliche Höhe erreichen. Steht man am Sonntagmorgen auf einer der Höhen, von denen man eine weite Umschau hat, so kann man sehen, wie aus den einzelnen Höfen in der Umgebung des Ortes die Leute herauskommen, alle schwarz gekleidet, zum Kirchgang. Auch weiter von den kleinen Dörfern, die keine eigene Kirche haben, kommen sie her auf breiten Wegen, die in großer Zahl durch den Wald über das Heideland führen, Ameisen gleich, die von verschiedenen Seiten her auf ihre Hauptansiedelung zu sich bewegen. Einen eigenthümlichen Anblick aber hatte ich neulich, als ich aus der Heide kam, von einer Anhöhe herab. Ich war schon an das Gebiet der Felder gelangt, da bemerkte ich, daß an einer Stelle sich weißer Rauch erhob, dem bald dunkle Rauchwolken folgten. Es war um die Mittags-zeit, und die Leute, die auf den Feldern zur Arbeit waren, hielten Rast und aßen, was sie mitgenommen hatten. Sie hatten aber auch bald den Rauch bemerkt. Plötzlich sah ich, wie sie aufsprangen, und der Ruf „Dat's Fü'r! dat's Fü'r!" schlug an mein Ohr. Nun rannte alles, was es konnte, auf den Wegen und über die Felder dem Orte zu, Frauen und Mäd-chen zum Theil barfüßig, mit den Schuhen in der Hand. Es war zum Glück nicht schlimm mit dem Feuer. Als es das Dach, unter dem es ausgekommen war, zerstört hatte, und nun durch die durchbrannten Decken in das kleine Haus hineinsah und fand, daß der dürftige Hausrath bereits hinausgetragen war und es wenig mehr zu verzehren gab, hatte es ein Einsehen und gab die Sache auf. Dazu mag auch die freiwillige Feuerwehr des Ortes mit Zureden und Spritzen einiges bei-getragen haben.

Das war ein kleines Ereigniß, ein größeres war die Thier=
schau, welche von dem landwirthschaftlichen Verein für den Ort
und dessen Umgebung veranstaltet wurde. Das war etwas,
um Abwechselung und Bewegung in die Stille und das ein=
förmige Leben zu bringen. Schon die Vorbereitungen dazu
hatten etwas Festliches an sich. Vor der größten Gastwirth=
schaft des Ortes wurde ein Zelt, in dem getanzt werden sollte,
aufgeschlagen und mit Gewinden aus Tannengrün verziert.
In der Küche aber ging es ans Rupfen, Spicken, Putzen,
Braten, Schmoren und Sieben, und drei Frauen schälten sich
an Kartoffeln die Hände lahm. Kellner, eine hierorts fast
ganz unbekannte Menschenart, wurden aus der nächsten größeren
Stadt, wo sie einen Standort haben, bezogen. Musikanten,
die in der Heide nur sehr zerstreut und vereinzelt vorkommen,
wurden so lange zusammengesucht, bis sie eine ordentliche
Kapelle bildeten. Ich glaube aber, daß sie, bevor sie ans
Werk gingen, ein geheimnißvolles, mit Zauberkraft wirkendes
Stärkungsmittel bekommen haben; sie hätten unmöglich sonst den
Anforderungen, welche am Festtage an sie gestellt wurden, ge=
recht werden können. So kam der denkwürdige Tag heran,
das Wetter war günstig, um neun Uhr fing die Musik an zu
spielen, und es ging los. Auf der Wiese zwischen der Gast=
wirthschaft und dem Flüßchen waren die Schauthiere aufge=
stellt, nach ihrer Art gesondert. Es waren, genau gezählt,
dreiunddreißig Stück Hornvieh von allerhand Art und ver=
schiedener Färbung, drei Rosse, siebzehn weiße Wollschafe und
fünf schwarzbraune Schnucken, ein Schwein und zwei Hühner.
Mit der Thierschau war eine Gemüseausstellung verbunden,
welche sieben Runkelrüben, drei Kohlköpfe und einen Korb mit
Kartoffeln umfaßte. Ferner waren landwirthschaftliche Ge=

räthe ausgeſtellt, nämlich ein Pflug, zwei Eggen, ein Butterfaß, ein Düngereinleger und endlich ein Sack mit Phosphorit.

Das Ganze gewährte einen großartigen Anblick. Die Rinder ſtanden ruhig und gefaßt da, die Pferde weideten ſo unbefangen, als ob ſie zu Hauſe wären, nur die Schafe ſchienen ſich den Kopf darüber zu zerbrechen, was die Sache eigentlich zu bedeuten habe, und nicht ganz unbeſorgt zu ſein. Das Erſte, was das einſame Schwein anfing, war dieſes, daß es den Grund der Wieſe aufwühlte und ſich mit vielem Eifer in den Zuſtand der größten Unſauberkeit verſetzte. Dann blickte es frech um ſich, als wollte es ſagen: „Der erſte Preis iſt mir ſicher. Kein Nebenbuhler iſt erſchienen, um ihn mir ſtreitig zu machen, und das iſt ſehr weiſe gehandelt. Denn wo, ſo weit die Heide reicht und die Welt geht, iſt ein Schwein, wie ich bin?“ Und es hat ſich nicht verrechnet.

Auf der Wieſe ſtand ein Zelt, in dem Bier vom Faß verzapft wurde und „ſchlanken Abſatz“ fand, wie der Ausdruck der Kaufleute lautet. Dort hatte auch der Vorſtand ſein Büreau. Auf einem Tiſch lagen Diplome und Liſten, und vor dem Tiſch ſaß ein Mann, der von Zeit zu Zeit etwas aufſchrieb, das von großer Wichtigkeit zu ſein ſchien. Draußen aber zwiſchen den Viehſtänden gingen die Ausſteller umher mit Schleifen im Knopfloch und die Mitglieder der Jury mit doppelten Schleifen und Schauluſtige von nah und fern. Die ganze Jugend des Ortes aber hatte den Damm beſetzt, unter= halb deſſen die Wieſe gegen das Flüßchen zu ſich ausbreitet, und das nahm ſich von allem beinahe am beſten aus. Dazu ſpielte die Muſik ein Stück nach dem andern.

Als die Muſikanten einmal eine Pauſe machten, rief der Präſident des Vorſtandes die Preisrichter zuſammen und er=

suchte sie, an ihre Arbeit zu gehen. Sie folgten dem Rufe
mit Ernst und Würde. Für die Aussteller aber waren die
Aussichten nicht schlecht, weil der Prämien sehr viele waren,
und ich glaube daß jeder von ihnen wenigstens e i n e Aus=
zeichnung erhalten hat. Daß das isolirte Schwein den Vogel
abschoß, wenn man so sagen darf, habe ich schon erwähnt.
Aber auch alle anderen Thiere erhielten Preise, sogar die
beiden Hühner, die wahrscheinlich gar nicht darauf gerechnet
hatten. Geldprämien trugen auch drei Männer davon, welche
die sieben Runkelrüben, die drei Kohlköpfe und einen Korb
Kartoffeln ausgestellt hatten, und wurden freudig überrascht
dadurch. Als das aber die andern Bauern hörten, die nichts
ausgestellt hatten, sondern nur zum Schauen und Zechen ge=
kommen waren, erfaßte sie Kummer und Aerger, und sie sagten:
„Warum haben wir nicht auch unsern Kohl, unsere Rüben,
unsere Kartoffeln und unsere Schweine hergebracht! Dann
hätten wir vielleicht die Preise bekommen und könnten jetzt
billigen Rothwein trinken.“ Ja, warum hatten sie das nicht
gethan? Jetzt hatten sie das Nachsehen, und das war ihnen recht.

Nachher fand ein Essen statt, bei dem es sehr fröhlich
zuging. Es wurden viele Toaste ausgebracht, und weit schallte
es über die Heide, wenn Hoch gerufen wurde und die Musik
den Tusch blies. Die Zahl der Reden, welche gehalten
wurde, war sehr groß, nur der Toast auf die Presse, ohne
den es sonst bei keiner öffentlichen Festlichkeit abzugehen pflegt,
fehlte hier, und es lag auch kein Anlaß dazu vor, die Presse
leben zu lassen.

Viele der Ortsangehörigen wie der anderen waren mit
Frauen und Töchtern erschienen, denen es schon in den Füßen
zuckte, sowie die Musik ansetzte. Nach dem Essen ging denn

auch sogleich der Tanz los und währte bis zum andern
Morgen um vier Uhr. Und vom Morgen um neun Uhr bis
zum nächsten Morgen um vier Uhr spielten die Musikanten.
Das ist um so bewundernswerther, als sie anscheinend die
ganze Zeit über keinen Mangel an Bier litten.

In der Morgenfrühe zerstreute sich alles und zerstob.
Die Kellner wurden an ihren Standort zurückversetzt, die
Musikanten vertheilten sich wieder über die Heide. Das Bier
war ausgetrunken, das Zelt wurde abgebrochen. Die Schauthiere waren am Nachmittag schon wieder von der Wiese verschwunden; aber den Platz, wo das Preisschwein gestanden
hat, erkennt man noch heute daran, daß der Rasen dort fehlt.
Im Orte ward es wieder so still, wie es vorher gewesen, die
Sperlinge und die Staare machten wieder den meisten Lärm.

Ich hatte von der Thierschau einen ungeahnten Vortheil.
Es war eine Verloosung mit dem Feste verbunden, und da
das Loos nur eine Mark kostete, nahm ich auch eins. Sechs-
hundert Loose gab es, und das achte gewann. Eine kleine
Anzahl von Hauptgewinnen war vorhanden, der Rest aber
bestand in Mistgabeln, welche bei landwirthschaftlichen Ver-
loosungen die Stelle der Photographien bei den Lotterien der
Künstlervereine einnehmen. Ich gewann ein Hauptstück, einen
allerliebsten Behälter aus Eichenholz mit Metallbeschlag, zum
Hineinsetzen von Blumentöpfen bestimmt. Wie lange hatte
ich mir so etwas schon gewünscht! Der Gastwirth traf es
nicht so gut, er gewann auf zweiundzwanzig Loose nur eine
Forke, und dem Lehrer fiel ein Butterfaß zu, das er nicht
brauchen konnte, weil er keine Kuh hatte. Daß ich ein so aus-
gesuchtes Glück hatte, freute mich, wunderte mich aber nicht.
Ich hatte am Tage vorher weiße Heide gefunden.

❦❦

Der Circus im Dorf.

Ein paar böhmische Musikanten waren die Vorläufer. Sie tauchten eines Nachmittags im Dorf auf, spielten an verschiebenen Stellen und sammelten, wie andere ihrer Art es gethan hatten; daß ihr Auftreten etwas Besonderes zu bedeuten hatte, ahnte ich nicht. Am anderen Morgen wurde mir alles klar.

Es war noch früh am Tage, als mich das Gerücht erreichte: ein Circus ist da. Sofort eilte ich hinaus, um ihn aufzusuchen. Es war einer der köstlichen Septembermorgen, deren viele einander folgten: kühl, still und noch halb verschleiert. Der Nebel lag noch auf ihm wie der Duft auf reifer Frucht, aber die Sonne war schon babei, ihn abzustreifen. Aus den großen Bäumen bei dem Kirchlein erklang Krähengeschrei. Ich verstand sehr wohl, was sie zu einander sagten. „Da sind sie wieder, die Landstreicher!" schrien sie mit dem Brustton moralischer Entrüstung. Das war ein hartes Urtheil, zu dem gerade sie mir am wenigsten berechtigt erscheinen. Denn verglichen mit ihrer Art, sich zu ernähren, erscheint das Gewerbe der Circusleute, ja das der Schriftsteller sogar, immer noch verhältnißmäßig ehrbar.

Den Circus zu finden machte mir nicht viel Mühe. Er

wurde eben aufgestellt vor dem Hause des Gastwirths und
Bäckers Helms, wo ein freier Platz ist und nach vier Seiten
hin die Straßen auseinandergehen. Es war ein rundes Lein-
wandzelt, das in der Mitte um eine Stange befestigt und an
dieser schon ein Stück in die Höhe gezogen war. So erinnerte
es, mit seinen Rändern noch auf dem Boden liegend, an eine
umgekehrte große weiße Trichterblume, etwa an die Blüthe
des Stechapfels. Schon waren ringsum Pflöcke in den Boden
geschlagen und Seile daran geknüpft, die das Zeltdach halten
sollten. Nun wurden im engeren Umkreise Pfähle eingerammt
und an diesen der Rand des Zeltes befestigt. Alle diese Arbeiten wurden mit großer Schnelligkeit und Gewandtheit von
dem Circusdirektor, dem Clown und dem Akrobaten ausgeführt. Die Direktorin stand in schlichtem braunen Morgen-
anzug dabei und sah aufmerksam den arbeitenden Männern
zu. Noch jemand war da, der das Ganze beobachtete und
zwar vom dienstlichen Standpunkt aus: der Gendarm. Da
stand er im Gefühl unsäglicher Würde und Wichtigkeit,
rauchte mit starker Dampfentwickelung eine ungewöhnlich dicke
Cigarre und gab Acht darauf, daß alles in Ordnung vor sich
ging. Im Stillen freute er sich auf die Abendvorstellung, zu
welcher er nebst seinem Kollegen — es sind zwei Gendarmen
zu Fuß in dem Ort stationirt — mit Sicherheit ein Frei-
billet zu erwarten hatte. Denn das Gendarmenleben ist ein-
förmig in den Heidedörfern, und der Umgang beschränkt; es
ist ihnen nicht zu verdenken, daß sie sich freuen, wenn einmal
etwas los ist.

Während dessen verschmähten die drei Circushunde es
nicht, mit den gemeinen Dorfkötern Bekanntschaften anzu-
knüpfen. Vielleicht erkundigten sie sich bei ihnen danach, wie

es mit dem Kunstsinn im Orte bestellt sei, oder sie tauschten auch Erfahrungen auf dem Gebiete der Knochenkunde unter einander aus. Außer diesen Hunden, von denen zwei Pudel waren, führte die Truppe an Gethier noch zwei isabellenfarbige Pferdchen, zwei Gänse und eine Angoraziege mit sich. Der Rappenhengst Blitz aber schien, wie auch einiges andere, nur auf dem Zettel zu stehen. Besagter Zettel, an dem nächsten Zaun prangend, verhieß „täglich eine, Sonn- und Festtags zwei große Haupt-Vorstellungen in der höheren Reitkunst, Pferdedressur, Luft- und Parterre-Gymnastik, Akrobatik, Seil-, Ballettanz und Pantomimen, ausgeführt von nur Spezialitäten ersten Ranges unter Mitwirkung einer böhmischen Bergkapelle." Auf dem Zettel war ferner von dem Direktor bemerkt, daß er in den größten Städten Deutschlands den größten Beifall mit seiner Gesellschaft erworben habe. Unter den Plätzen war angesichts der dörflichen Verhältnisse der erste Rang gestrichen, es gab nur zweiten und dritten Rang, zu 50 und 30 Pfennigen. Kinder hatten auf beiden Plätzen die Hälfte zu bezahlen.

Vor dem Wirthshaus stand der Wohnwagen der Gesellschaft, der im Innern so hübsch eingerichtet war, wie es immer die Wagen der wandernden Künstler sind. Durch das eine Fenster hindurch konnte man sehen, wie in dem Vorderraum, dessen Wände mit kleinen Bildern verziert waren, das Wunderkind der Truppe, die fünfjährige Amanda, von der „größten Reiterin der Gegenwart, der unübertrefflichen Miß Clara", gekämmt wurde.

Bald waren der Genbarm und ich nicht mehr die einzigen Zuschauer. In der Nähe des Platzes, der für den Circus ersehen war, steht das Schulhaus, und als ich ankam, hörte

ich, wie brinnen von ben Kindern laut gelesen wurde. Sie
waren wohl, bachte ich mir, etwas unaufmerksam und nicht
recht bei der Sache; konnte es ihnen doch nicht entgangen
sein, was braußen vorging. Balb schlug bann von bem
Kirchthurm die ersehnte Stunde, da die Pause eintrat, die
Thür des Schulhauses wurde aufgerissen, und alles strömte
heraus und stellte sich lachend und plaubernd rund um ben
im Aufbau befindlichen Circus herum. Die meisten Kinder
hatten in ber einen Hand ein Butterbrot, in ber andern einen
Apfel oder eine Birne, wovon sie abwechselnd abbissen. Es
war ein allerliebstes Bild, das mich lebhaft an meine Kinderzeit erinnerte. Ich bachte baran, wie sehr bei solchen Gelegenheiten die Luft am Schauen erhöht wird, wenn man
dabei zugleich etwas zu essen hat, und wie trefflich Butterbrot
und Obst zu einanber passen.

Am Nachmittag hielten die Künstler auf einem Wägelchen
das mit ben beiden kleinen Isabellen bespannt war, eine Um-
fahrt im Dorf. Vorn saßen in einer Art von phantastischem
Husarenkostüm die Frau Direktorin und Miß Clara ober
Fräulein Franziska — das konnte ich nicht so genau unterscheiden — hinter ihnen, gleichfalls prächtig ausstaffirt, der
Clown mit einer Trompete und Pauke; so ging es mit Musik
durch ben Ort, und alles, was Beine hatte, lief auf die Straße,
um sich das Wunder anzusehen. Sie besuchten alle Theile
bes Dorfes, nicht nur ben Wörbel, wo es am vornehmsten
ist, sondern auch das Lange Enbe, die Dämme, die Schlosser-
gasse und sogar die Kahle Weibe, wo nur kleine Leute wohnen.
Als sie aber bem Hauptwirthshaus des Ortes sich näherten,
bemerkten sie, baß bavor ein paar Offiziere standen. Sie
waren von einem andern Ort während ber Herbstmanöver

herübergeritten. Die Offiziere gewahren und schleunigst um-
kehren, war das Werk eines Augenblicks. Ach, ich verstand
sehr wohl, weshalb sie sich so schnell davonmachten. Den
Dörflern glaubten sie mit ihrem prächtigen Aufzuge imponiren
zu können, von den Offizieren fürchteten sie ausgelacht zu
werden, und das ist keinem angenehm, auch nicht fahrenden
Künstlern.

Die Haupt-Vorstellung war angesetzt auf halb neun Uhr
Abends. Diese späte Stunde entsprach den ländlichen Verhältnissen: den Bauern sollte Gelegenheit zu einem Kunst-
genuß gegeben werden, nachdem sie ihre Arbeit beendet und
ihr Abendbrot verzehrt hätten. Was mich betrifft, so raffte
ich mir etwas junges Volk zusammen und begab mich mit
demselben rechtzeitig zum Circus. Voran ging uns Lina mit
einer Laterne, denn der Mond schien nicht, und es war finster
im Dorf. Durch das Licht angelockt kam ein Käuzchen und
umflog uns eine Zeit lang, wobei es immerzu „Tuwih! Tuwih!"
rief. Ich würde es für ein übles Omen gehalten haben, wenn
ich nicht am Tage vorher mit der alten Bartels ein Gespräch
über Eulen gehabt und von ihr erfahren hätte, daß für ver-
ständige Menschen kein Grund vorliegt, das Geschrei dieser
Vögel für unheilverkündend zu halten. Als wir unserer sechs
in so glänzendem Aufzuge am Eingange des Circus erschienen,
ging durch die Menge, die sich dort angesammelt hatte, eine
merkliche Bewegung, und auf dem Gesicht der Direktorin, die
an der Kasse saß, leuchtete ein Schimmer von Freude auf.
Von der Art wird noch mehr kommen, dachte sie wohl bei
sich; aber es kam nicht mehr. Als wir drinnen waren, löschte
Lina die Laterne aus, und wir nahmen Platz auf der einen
der Bänke, die sich um die Barriere herumzogen. Das war

der beste Platz, der fünfzig Pfennige kostete: wer nur dreißig daranwenden wollte, mußte dahinter stehen.

Als wir eintraten, war es drinnen noch recht leer. Einiges Publikum fand sich noch ein, Kinder hauptsächlich, und auch einige Bauern und Mägde, aber im ganzen blieb der Besuch doch sehr schwach. Das lag doch wohl daran, daß das Wetter so schön war und es draußen auf dem Felde noch so viel zu thun gab. Die Leute, nachdem sie sich müde gearbeitet hatten, mochten es vorziehen, sich aufs Ohr zu legen, statt noch der Kunst einen Tribut zu zollen.

An der großen Mittelstange, welche wie die berühmte Säule im Marienburger Remter die ganze Decke hielt, war ein Reifen befestigt, von dem mehrere Lampen herabhingen. Das gab eine gute Beleuchtung. Außerdem hatten die Musikanten — es waren die böhmischen Bergleute, die am Tag vorher im Dorfe aufgetaucht waren — eine Lampe auf dem Tische, an dem sie saßen. Bier hatten sie auch vor sich zur Anfeuchtung der Kehlen, bliesen ein Stückchen nach dem andern und bliesen gar nicht so schlecht. Bis gegen neun Uhr wurde das Publikum mit Musik unterhalten, als dann die Direktorin sich sagen mußte, daß mehr Leute nicht kommen würden, gab sie mit der Klingel das Zeichen, und die Vorstellung begann.

Ich habe lange nicht an einer Circus-Vorstellung ein so großes Vergnügen gehabt wie an dieser. Es war ja nichts besonders Großartiges dabei, aber das Programm enthielt auch nichts Langweiliges, und alles wurde nett ausgeführt. Die verschiedenen Scherze waren für den ländlichen Geschmack berechnet, trotzdem oder vielleicht gerade deshalb kam von Anfang bis zu Ende nichts Unziemliches vor. Das Gleiche kann ich nicht von mancher der Circus-Vorstellungen in Berlin, deren ich

mich erinnere, behaupten. Vorzüglich waren die Leistungen
der Thiere. Die Angoraziege und die beiden Gänse traten
an diesem Abend nicht auf, aber die beiden Pferdchen und
die drei Hunde thaten ihre Schuldigkeit in einer Weise, die
bei Groß und Klein Bewunderung erregte. Die beiden
Pudel, ein weißer und ein schwarzer, sprangen so brav, wie
nur irgendwo „gelernte" Circushunde es fertig bringen. Sie
würden noch höher und noch weiter gesprungen sein, wenn
der Raum nicht so beschränkt gewesen wäre. Von den beiden
Isabellenpferdchen konnte das eine, das der Direktor vorführte,
Kunststücke machen, die weit über Pferdeverstand hinaus zu
gehen schienen. Daß es wie eine Katze sprang, daß es auf
Befehl sich hinlegte und die Beine auf die merkwürdigste
Weise verschränkte, daß es eine Stecknadel mit dem Munde
aufnahm, daß es seinem Herrn einen Kuß gab, alles das schien
noch erklärlich; aber maßlos war das Staunen aller, mich
und mein Gefolge eingeschlossen, als es sich auch als Ge=
dankenleser à la Cumberland bewährte. Es fand mit zweifel=
loser Sicherheit unter den Zuschauerinnen das Mädchen
heraus, das gern Kaffee trank, und ebenso das Mädchen, das
sehr verliebt war. Als es dann verrathen sollte, wie viel
Bräutigams besagtes Mädchen hätte, kratzte es zwölf Mal
mit dem einen Vorderfuße den Boden — und das stimmte.
Als es weiter angeben sollte, welcher der Herren im Zu=
schauerraum gern ein Glas Bier tränke, blieb es vor dem
einen Musikanten stehen — und das stimmte auch. Als den
Herrn aber, der gern einen Schnaps trinke, bezeichnete es auf
dieselbe Weise den Schlosser — und das war erst recht richtig.
Darüber brach das kleine, aber dankbare Publikum in lauten
Jubel aus.

Auf dem anderen Isabellchen produzirte sich die fünf=
jährige Amanda, die kurz vor der Vorstellung noch einmal
übergekämmt worden war, in lobenswerther Weise als Reiterin.
Wohl möglich, daß sie noch einmal ein Stern des Circus
wird, aber der Himmel bewahre sie davor und lasse ihr ein
bescheideneres Loos zu Theil werden.

Was soll ich von den Kunststücken sagen, die der Akro=
bat Herr Roberti ausführte? Sie waren wunderbar und, wie
auf dem Zettel stand, unübertrefflich. Wenn er über drei
Stühle hinweg einen Purzelbaum schoß, mußte einer aus der
Gesellschaft, im Eingange stehend, ihn auffangen, sonst wäre
er aus dem Cirkus hinaus, durch die Dorfgasse und noch weit
in die finstere Heide hineingeflogen. Er machte auch Kunst=
stücke am Seil, die ein wenig gefährlich erschienen, nicht so=
wohl für ihn als für das Publikum. Denn das Seil hatte
auch einen Befestigungspunkt an der großen Stange, die das
Zeltbach trug, und diese wurde bei den Produktionen des
Künstlers bedenklich erschüttert. Deshalb mußte auch der
Clown, während Roberti am Seil turnte, auf einer Leiter
stehen und den Reifen halten, an dem die Lampen hingen,
damit diese nicht zu sehr ins Schwanken geriethen.

Den Schluß bildete eine lustige Pantomime: „Der
Dorfbarbier", die mit einer solennen Prügelei zwischen allen
dabei betheiligten Personen endete. Der Direktor und Fräu=
lein Franziska spielten in dieser ergetzlichen Scene die Haupt=
rollen. Vor Beginn der Pantomime wurde das übliche
Trinkgeld eingesammelt, das jeder gern spendete. Wer zehn
Pfennig gab, bekam einen „Planeten" mit Lebensbeschreibung
und Glückszahlen. Als die Vorstellung zu Ende war, zün=
deten wir wieder unsere Laterne an und begaben uns in dem=

selben Aufzuge, wie wir gekommen waren, vergnügt und zu-
friedengestellt nach Hause zurück.

Während der ganzen Vorstellung hatte die Frau Direktorin damit zu thun, ungebetene Gäste abzuwehren. Draußen
am Eingang standen mehr Leute, als drinnen waren. Sie
gewannen dort manchmal einen Blick in das Innere des
Circus und bekamen auch die Akteure, zweibeinige wie vier-
beinige, zu sehen, wenn diese sich vom Wirthshause her nach dem
Circus begaben oder von diesem dorthin zurückkehrten. Damit begnügten sich aber nicht alle, sondern viele, dem heran-
wachsenden Geschlecht angehörend, versuchten beständig, unter
der Zeltwand hindurch in den Circus hineinzuschlüpfen. Diese
Eindringlinge wurden fortwährend von der Direktorin nicht
unfreundlich, aber in bestimmtem Ton zurückgewiesen, mit
der Bemerkung, daß vorn der Eingang sei und ohne Eintritts-
geld niemand eingelassen werde.

Am andern Tage war ich verhindert, den Circus zu besuchen. Als ich ihn um Mittag des dritten Tages aufsuchte,
fand ich zu meiner Betrübniß, daß er schon abgebrochen war.
Die armen Künstler hatten ihre Rechnung nicht gefunden.
Schon die erste Vorstellung hatte — ich konnte es mir zu-
sammenzählen — nicht die Tageskosten aufgebracht, und bei
der zweiten war, wie ich erfuhr, der Besuch ebenso spärlich
gewesen. Es war kein Kunstsinn im Ort. Nun hatten sie
rasch noch eine große Wäsche abgehalten, und ihre ganze arm-
selige Pracht hing auf den Zäunen zum Trocknen. Vor dem
Wagen standen die Direktorin und Fräulein Franziska, diese
mit fliegendem Haar, in lebhafter Unterhaltung, und aßen
Pflaumen. Als die Sachen in der schönen Herbstsonne ge-

trocknet waren, packten sie auf und fuhren weiter in die Heide hinein, nach Wolthausen, glaube ich. Die Musikanten waren schon am frühen Morgen aufgebrochen und vorangegangen, um sich, wenn es anging, unterwegs noch etwas zusammenzublasen.

Gnomenwirthschaft und Hexenhäuschen.

Nicht weit von dem Dorfe W., wo an breiten, ganz mit Schilf und Strauchwerk überwachsenen Gräben die zweihundertjährigen Linden stehen, die Reste des Schloßgartens, den einst, durch ein merkwürdiges Schicksal dorthin geführt, der Venezianer Francisco Capellini Stechinelli angelegt hat — nicht weit davon stießen wir in einsamer Föhrenheide auf etwas, das uns sehr überraschte. Zuerst machte es auf uns den Eindruck eines Alterthümermuseums, so viel schabhaftes Geschirr war dort auf einem freien Platz in sorgfältigster Anordnung aufgestellt. Als wir näher zusahen, überzeugten wir uns davon, daß diese Herrlichkeiten neueren Ursprungs waren. Von weit und breit schien alles, was an Töpfen, Krügen, Kannen, Näpfen, Tellern, Schüsseln und Schalen in ländlichen Haushaltungen während langer Zeit zu Bruche gegangen und ausgemerzt worden war, auf diesen Ort zusammengetragen zu sein. Was aber von dem Bruchgut noch etwas fassen konnte, war angefüllt mit allerhand mehr oder weniger kostbaren Substanzen, mit Kieferzapfen, mit kleinen Steinen, mit Erde und Sand von verschiedenen Farben. Alles das war reihenweise sehr sauber und ordent=

lich aufgebaut. Dazu führten von mehreren Seiten Alleen von ganz kleinen Kiefern= und Birkenbäumchen.

Es war die ſonderbarſte Ausſtellung, die ich je geſehen habe. Daß ſie von Kindern veranſtaltet worden war, und daß dort, wo nun tiefſte Stille herrſchte, vor nicht langer Zeit noch munteres Plaudern fröhlicher Stimmchen und helles Lachen die Einſamkeit belebt hatte, hielten wir für wahr= ſcheinlich. Wir nannten aber das Ganze, weil uns das zu dem Romantiſchen der Gegend zu paſſen ſchien, „die Gnomenwirthſchaft".

Wir kamen dorthin von dem Hexenhäuschen. So war ein anderes kleines Wunder der Heide genannt worden von der liebenswürdigen, in der Gegend wohlbewanderten Dame, die uns führte. Es war aber dieſes eines von zwei abge= bauten Häuſern, die zu W. gehörten. Das andere war das vor kurzem erſt von der kleinen Gemeinde gebaute Armen= haus. Daß letzteres ſo weit von dem Ort entfernt in die Heide hineingeſetzt war, erſchien mir ein wenig grauſam. Die armen alten Leute, ſagte ich mir, wollen nicht wie die Ein= ſiedler leben, ſondern auch einmal mit Bekannten ein Schäl= chen Kaffee trinken, über Zeitereigniſſe ſchwatzen und von den beſſeren Tagen reden, die vergangen ſind oder noch kommen ſollen. Das war ja auch nicht ſo ſchwer auszuführen, im Sommer zumal und wenn ſie noch einigermaßen gut zu Fuße waren. Im Winter aber, wenn da der hohe Schnee lag über dem Heidekraut und kein Weg zu ihnen hin geſchaufelt wurde — und natürlich geſchah das nicht — wie ſollten ſie dann wohl, gebrechlich wie ſie doch waren, nach dem Dorf gelangen und vom Dorf wieder zurück in ihr Aſyl? Auch konnten ſie nicht auf Straßenbeleuchtung rechnen, wenn ſie ſich etwa verſpäteten,

es sei denn, daß sie ein Laternchen mitgenommen hätten oder
der Mond ihnen heimleuchtete. Die Bauern, glaube ich, haben
so kalkulirt, es sei vortheilhaft, das Armenhaus möglichst weit
hinaus zu verlegen, damit seine Insassen es nicht zu bequem
zum Wirthshaus hätten. Sonst könnten sie leicht sich, zumal
diejenigen von ihnen, die einmal bessere Tage gesehen, zu sehr
dorthin gewöhnen, dabei aber an Leib und Seele Schaden
erleiden oder auch sich mit Schulden belasten, für welche am
Ende die Gemeinde würde aufzukommen haben. Ob das ganz
schön und christlich gedacht ist, weiß ich nicht. Jedenfalls
war zu solchen Befürchtungen vor der Hand noch kein Anlaß da-
gewesen, denn es wohnten im Armenhause, seit es errichtet
war, als einzige Insassen zwei arme alte Frauen. Die eine
von diesen war, wie ich mit Vergnügen bemerke, eine Blumen-
freundin. Beide Fenster ihres Stübchens waren ganz aus-
gefüllt von Topfgewächsen, die mit Blüthen überdeckt waren.
Es waren Rosen, Pelargonien, Calceolarien und Fuchsien.
Ich sah es da wieder, was ich schon so oft beobachtet habe,
daß die armen Leute an kleinen Orten die geschicktesten
Kunstgärtner sind. Unter den anscheinend ungünstigsten Umständen wächst, gedeiht und blüht alles bei ihnen wie von
selbst. In den Blumen aber ziehen sie sich etwas, das ihrem
dürftigen Heim einige Freundlichkeit verleiht, ja, viel mehr,
als man denkt, und das haben sie voraus vor den Armen
der großen Städte. Denen fehlt Sinn und Geschick dafür,
und meist ist es ihnen ja überhaupt auch unmöglich Blumen
zu ziehen. Wie soll etwas gedeihen und blühen in den
sonnenlosen Wohnungen der engen Höfe, an den Fenstern,
durch die von außen her die stauberfüllte Luft einbringt?

Das Hexenhäuschen ist noch weiter in die Heide hinausgebaut, als das Armenhaus. Als ich es sah, sagte ich mir, so wie unsere Führerin es genannt hatte, müßte es heißen. Es sah ganz wie aus dem Märchen genommen aus. Ich er= innere mich, daß ich auf Hibbensöe, der seltsamen kleinen Tochterinsel von Rügen, das Häuschen einer alten Frau ge= sehen habe, die mit der Gemeinde zerfallen war, sich feind= selig von ihr abschloß und sich auf keine Weise wollte helfen, bessern und behüten lassen. Das war in dem Grade ver= fallen, daß ich glaubte, etwas Aehnliches käme nicht vor auf der ganzen Erde. Nun aber bin ich der Meinung, das Häus= chen auf Hibbensöe sei, mit dem in der Heide verglichen, doch noch ein kleiner Palast. Ich mußte bei dem Hexenhäuschen an das kleine Bauwerk denken, das in dem einen Märchen von Andersen vorkommt, an das Hüttchen, das nur deshalb noch stehen bleibt, weil es nicht weiß, nach welcher Seite hin es umfallen soll. Genau dasselbe war der Fall bei dem Hexenhäuschen; jede seiner vier Wände stand schief, aber jede drohte nach einer anderen Richtung hin umzufallen, und ihre Uneinigkeit war es offenbar, die sie aufrecht erhielt, insofern von einer aufrechten Stellung bei ihnen überhaupt noch die Rede sein konnte.

Das Häuschen war nicht aus Stein gebaut, sondern aus Weidengeflecht, Latten und Lehm. Ein Dach hatte es, ein sehr schadhaftes und ruppiges Dach, aber keinen Schornstein. Der Rauch mußte suchen, wo er einen Ausweg fand, und war gar nicht in Verlegenheit, einen solchen zu finden. An Gelegenheit zum Entweichen fehlte es ihm nicht, obgleich — was anerkannt werden muß — viele Löcher in den Wänden, die der Zahn der Zeit gefressen hatte, zugestopft waren und zwar mit Material der merkwürdigsten Art. Anscheinend

15*

hundertjährige Schnupftücher, mannigfache Gewandreste un=
bestimmbarer Art und Knäule von Zeitungspapier hatten da=
zu gedient. Wahrscheinlich hatte die Celler Zeitung und ein
oder das andere Kreisblatt der umliegenden größeren Ort=
schaften zu diesem Zweck herhalten müssen. Lieber Himmel,
was für ein Schicksal ist mitunter den stolzesten Organen der
sechsten Großmacht beschieden! Und doch muß man es für
etwas Erfreuliches halten, daß sie auch dann noch nützen,
wenn sie bereits gelesen und vergessen sind. Unverstopft
war ein größeres Loch unter der Thür, die schief und lose in
ihren Angeln hing. Augenscheinlich war es zum Durch=
schlüpfen für einen Hund bestimmt, dessen Amt es war, das
Hexenhäuschen vor unvernünftigen Räubern zu behüten.

Zu dem Häuschen gehörte ein wenig Land. Ein Stück
davon hatte der Eigenthümer mit Kartoffeln bepflanzt, die
zum Theil schon aufgenommen waren. Ein anderes Stück
war schon ganz abgeerntet. Es hatten Bohnen darauf ge=
standen, die nunmehr in Büscheln unter dem Dachfirst hingen,
um zu trocknen. Von Blumenzucht war nichts zu entdecken;
wo das Bischen Rottland aufhörte, fing das Heidekraut an.

Das Einzige, was den Namen Hexenhäuschen nicht ganz
gerechtfertigt erscheinen ließ, war dieses, daß darin keine ein=
zelne, spitznasige und rothäugige alte Frau wohnte, sondern
eine ganze Familie, bestehend aus Mann, Frau und mehreren
Kindern. So belehrte uns unsere Führerin.

„Wovon leben diese Leute?" fragte ich.

„Nun", erwiderte sie, von allerhand Nahrungsmitteln.
Einige ziehen sie selbst, wie Sie sehen, andere liefert ihnen
die Heide. Auf dieser wachsen nicht nur wohlschmeckende
Beeren, sondern auch köstliche Pilze, der Steinpilz z. B., von

dem wir eben erst zwei schöne Exemplare gefunden haben. Auch erzeugt sie Holz und ist reich an allerhand Wild. Endlich ist Geld zu verdienen mit Torfstechen und Heidekrauthauen, und bei den Bauern findet man fast das ganze Jahr hindurch Arbeit, wenn man sich darum bemüht."

Während sie so sprach, war aus dem Loch unter der Thür ein struppiger schwarzer Köter herausgekommen, der uns feindselig anbellte und mit mißtrauischen Blicken betrachtete. Er gehörte zu keiner bestimmten Rasse, sondern war nur ein allgemeiner Hund, und in seinen Augen lag etwas, das auf ein nicht ganz reines Gewissen schließen ließ. Dem Hund folgte bald darauf sein Herr, dessen Aeußeres ganz dem des Hundes entsprechend war. Er sah auch verwahrlost und struppig aus. Obgleich es Sonntag war, hatte sein Anzug nichts Feiertägliches an sich. Sein Rock, den er wohl erst eben angezogen hatte, erschien wie mit Speck eingerieben. An den Füßen hatte er Holzschuhe, nur sein einer Fuß aber war mit einem Strumpf bekleidet, der andere stak bloß im Schuhwerk. Von Anfang an und die ganze Zeit nachher, während er mit uns sprach, hielt er mit der einen Hand ein ganz unentbehrliches Kleidungsstück in die Höhe, das sonst, weil es an Knöpfen und allen anderen Befestigungsmitteln fehlte, unfehlbar auf seine Füße heruntergefallen wäre. Uebrigens begrüßte er uns sehr ehrerbietig.

„Nun, wie geht's?" fragte ihn unsere Führerin.

„Ich danke," sagte er, „es muß ja so gehen. Man ist ja froh, wenn man sich mit Mühe schlecht und recht durchschlägt. Die Zeiten sind böse, und es wächst nicht viel hier."

Darin hatte er Recht, denn das Hexenhäuschen liegt nicht im besten Theil der Heide. Es ist die Gegend, in der

man sagt: „Anderwärts ernährt der Hof den Mann, hier
aber muß der Mann den Hof ernähren." Darum haben auch
die Söhne Stechinellis nach des Vaters Tode sich davon ge=
macht, und hinter ihnen ist alles zerfallen.

Um auch etwas zu sagen, bemerkte ich: „Das Häuschen
ist sehr hübsch, aber wäre es nicht an der Zeit, es ein bischen
auszubessern?"

Der Mann musterte sein Besitzthum, als ob er es zum
ersten Mal genauer ansähe und erwiderte: „Das ist wahr,
es ist hie und da etwas schadhaft, und das ist ja auch richtig,
daß eigentlich etwas dafür geschehen müßte. Aber, lieber Herr,
wenn man da einmal mit dem Ausbessern anfängt, so kommt
man von einem zum andern und weiß nicht mehr, wo man
aufhören soll. Mit dem ewigen Repariren ist mancher schon
um sein Geld gekommen und zum Bettler geworden."

Darin hatte er wieder Recht. Drückt sich doch auch das
Sprichwort in ähnlichem Sinne aus, wenn es sagt: „Wer
Geld will verlieren und weiß nicht, wie, kauf' alte Häuser
und baue sie."

Darauf fuhr der Mann fort: „Das Haus ist auch gar
nicht so schlecht, wie es aussieht. Es ist sehr schön warm
darin." Unterdessen hatte der Hund sich still zu seines Herrn
Füßen niedergelegt, und da dieser sah, daß wir den Hund be=
trachteten, sagte er: „Der Hund ist sehr gut, er ist äußerst
wachsam. So ein Hund ist ein wahrer Schatz für einen, der
so abgelegen wohnt. Man weiß ja doch gar nicht, was alles
vorkommen kann, besonders des Nachts." Wir pflichteten
ihm bei.

Nach einem Weilchen, während wir geschwiegen hatten,
hob er wieder an: „Sie haben mir schon so viel zugeredet,

nach Amerika auszuwandern, aber das ist denn doch eine Sache, die man sich erst zehn Mal überlegt. Mancher hat ja drüben sein Glück gemacht und ist ein reicher Mann geworden. Ich denke aber so: was man hier hat, das weiß man, und was man drüben bekommen wird, das weiß man nicht." Während er so sprach, ließ er seine Blicke schweifen über das zerfallene Häuschen mit den Bohnen unter dem Dachfirst, über das Stückchen Kartoffelland und die Heide, die unmittelbar daran stieß. Und weil ihm sein letzter Ausspruch offenbar sehr gefallen hatte, wiederholte er ihn mit nachdrücklicher Betonung. Wir gaben ihm alle Recht und einigten uns dahin, daß es das Beste sei, im Lande zu bleiben und sich redlich zu nähren. Darauf empfahlen wir uns ihm, und er empfahl sich uns und ging in sein Häuschen zurück. Er war gewiß recht froh, die linke Hand wieder frei zu bekommen.

Als wir dann weiter gingen durch die noch spärlich blühende Heide, sagte ich zu unserer Führerin: „Sie sahen vorhin durch das kleine Fenster in das Hexenhäuschen hinein und entdeckten, daß die Leute beim Essen waren. Haben Sie auch gesehen, was sie aßen?"

„Nein," erwiderte sie, „ganz deutlich erkennen konnte ich es nicht, weil das Fensterglas so blind war. Nach der Jahreszeit aber zu urtheilen und nach dem Geruch, der aus den Spalten des Häuschens hervorbrang, war es — Hasenbraten."

Der Ort ohne Sperling.

Dieser Ort ist das Bergstädtchen Altenau im Oberharz. Es liegt an der Ocker, die in dem Ort selbst aus zahlreichen Quellbächen gebildet wird, welche von den Bergen ringsum herunterkommen. Gewiß giebt es auch sonst, zumal im Gebirge, manchen Ort, der keinen Sperling hat, aber wer sieht sich danach um und erkundigt sich danach? In Altenau habe ich selbst keinen Sperling gesehen und kann die Zeugnisse durchaus vertrauenswerther Leute dafür beibringen, daß dort kein Sperling zu Hause ist.

Was hätte auch ein Sperling in Altenau zu suchen? Nichts, lautet die Antwort. Die schwarzen Berge, die von allen Seiten her auf den Ort herabsehen, locken ihn schwerlich; das Nadelholz ist seine Leidenschaft nicht. Ackerbau wird in Altenau nicht betrieben. Kirschen und andere Gartenfrüchte, die ihn reizen könnten, werden dort nicht gebaut. Der Pferdebestand von Altenau ist so geringe, daß an Hafer dort verzweifelt wenig abfällt. Künstliche Futterplätze für den Spatz herzurichten, darauf sind die Altenauer noch nicht verfallen und werden's auch nicht. Sie halten in winzigen Käfigen viele Stieglitze und Kanarienvögel, für welche sie

Futter kaufen müssen. Da bleibt für den Sperling nichts übrig.

Ich kam nach Altenau am Tage vor Johannis und kehrte ein im Gasthofe zum Rathhaus. Am Abend saß ich dort beim guten Klausthaler Bier in angenehmer Unterhaltung mit dem Bürgermeister und dem Revierförster. Dabei kam das Gespräch auch auf die Sperlingslosigkeit von Altenau. „Ist nun," fragte ich den Bürgermeister, der doch ein Auge auf den Fremdenverkehr haben muß — „ist nun wirklich niemals ein Sperling hier gewesen?" „Doch", erwiderte er, „ab und zu ist einer hergekommen, um einmal nachzusehen, ob hier nichts los sei. So kommen ja auch Weinreisende manchmal Versuches halber nach Orten hin, wo gar nichts für sie zu machen ist. Lange aufgehalten aber hat sich ein solcher Gast hier nie, sondern ist bald wieder scheltend abgezogen: daß ein Sperling die Nacht über in Altenau blieb, ist nicht vorgekommen." — „Und geht es auch ohne Sperling?" fragte ich. „Ja, es geht," sagte der Bürgermeister, „in Altenau wenigstens, wo überhaupt nicht so große Ansprüche gemacht werden." Jetzt nahm der Revierförster, der ein wenig zu spitzigen Bemerkungen geneigt war, das Wort. „In Berlin," sagt er zu mir, „ist natürlich ohne einen so schönen, so ehrlichen und so anständigen Vogel nicht auszukommen?" — „Nein," antwortete ich, mich bezwingend, „allerdings nicht. Ich will nicht behaupten, daß wir in Berlin gerade so viel von seiner Art brauchen, als dort thatsächlich vorhanden sind, aber ganz zu entbehren als Straßen-, Balkon- und Fenstervogel ist er nicht. Ich wenigstens wüßte, wenn er uns entzogen würde, nicht, wie ein Ersatz für ihn zu schaffen wäre."

So endete das Gespräch.   Indessen hat sich Altenau in einen Bade- und Kurort verwandelt, und wer weiß, ob nicht jetzt der Sperling dort einzieht.   Wo viel Fremde sind, fällt auch reichlich Brot ab und wird Hafer verstreut.   So wird denn der Sperling auch wohl nach Altenau kommen und wenigstens für die Sommerszeit seine Wohnung dort auf=schlagen.   Ob das für den Ort als erfreulich zu betrachten wäre oder nicht, darüber wage ich nicht zu entscheiden.

Die Scharfheide.

Um die Hirsche schreien zu hören, unternahm an einem Sonnabend, dem 24. September, eine Gesellschaft von Naturkundigen und Naturfreunden, denen ich mich anschließen durfte, einen Ausflug nach der Schorfheide. Die Erlaubniß zum Betreten des sonst dem Wandrer verschlossenen Forstgebiets war erbeten und bewilligt, sicheres Geleit uns versprochen worden. Zuerst ging es auf der Bahn nach Eberswalde, von dort mittelst Kremsers über Heegermühle, Steinfurth und Eichhorst, das von einem schönen großen Bestande alter Eichen seinen Namen hat, nach Wildau, wo wir zuerst des tiefen, waldumkränzten, sagenumwobenen und maränenreichen Werbelinsees ansichtig wurden. Dort stiegen wir aus, und zu Fuß ging es durch den Forst nach Hubertusstock.

Während wir noch auf dem Wege waren, senkte sich die Dämmerung herab, und aufsteigender Nebel fing an den Hintergrund zwischen den Stämmen zu verschleiern. Nicht weit von Hubertusstock hörten wir zum ersten Mal das Geschrei eines brünstigen Hirsches. Dem ersten folgten bald andere, und nicht lange darauf scholl es von beiden Seiten des Weges. In kleinen Abtheilungen versuchten wir nun, uns möglichst

an das Wild anzuschleichen, um es auch zu sehen. Ab und
zu gelang uns das auch und, durch den bläulichen Duft hin=
durch, der zwischen den Bäumen hing, erkannten wir die
Silhouette eines „geweihten" Hirsches. Aber der zunehmende
Nebel und die einfallende Nacht machten nach kurzer Zeit die
weitere Beobachtung der Thiere unmöglich. In Hubertusstock,
wo das einfache kaiserliche Jagdschlößchen steht und dabei der
Bildstock mit dem Schutzpatron der Waidmänner, sammelten
wir uns wieder. Die Luft war noch eben so hell, daß ich
die herrlichen alten Eichen, die um das Schlößchen stehen,
bewundern und an der einen von ihnen den prachtvollen Epheu
erkennen konnte, der sich bis hoch in ihren Wipfel hinein=
gerankt hat. „Er blüht jetzt," sagte ich mir. Als ich am
andern Morgen den Eichbaum wiedersah, bemerkte ich, daß
der Epheu darum in beginnender Blüthe stand. Es war aber
nicht still in ihm und um ihn wie am Abend vorher, sondern
ich vernahm ein Gesumme von unzähligen Bienen und Hor=
nissen, die bei ihm einkehrten und offenbar mit der Be=
wirthung, die ihnen zu Theil wurde, zufrieden waren. Bietet
doch auch der Epheu so ziemlich das letzte Bienenbrot des
Jahres. Dieser aber hatte eine unsägliche Menge blühender
Dolden entfaltet.

Als wir nach einiger Zeit zusahen, ob wir noch alle bei=
sammen wären, stellte es sich heraus, daß ihrer fünf von der
Gesellschaft fehlten. Ohne Zweifel hatten sie sich im Walde
verlaufen, indem sie sich von den Hirschen zu weit vom Wege
ablocken ließen. Wie sollten sie sich nun in Nacht und Nebel
wieder zurechtfinden? Es war nicht viel Aussicht für sie
vorhanden, vor dem Morgen wieder Fühlung mit der Mensch=
heit zu gewinnen. Es wurde gesucht, gerufen und gepfiffen

— alles umsonst! Endlich gaben wir sie mit lebhaftem Bedauern verloren und stiegen von Hubertusstock durch den dunkeln Wald nach dem See hinab, wo bei dem Forsthause Spring lange schon die Bootsleute auf uns warteten.

Als wir auf dem Wasser waren, wurde das Rufen und Pfeifen immer noch fortgesetzt, doch nur das Echo gab uns Antwort. Da, als wir schon über eine Viertelstunde in den See hinausgerudert waren, schien es uns plötzlich, als erklänge vom Ufer her ein schwacher Ruf. Die Bootsleute hoben ihre Ruder auf, alles war mäuschenstill — horch, da erklang aufs neue der Ruf, nur schwach, aber doch deutlich hörbar. Sofort wurde gewendet und dorthin zurückgefahren, woher wir gekommen. Bald hatten wir die Gewißheit, daß es die Vermißten waren, die uns anriefen, und nicht lange danach nahmen wir sie, die sich verlaufen und nach längerem Umherirren endlich das Ufer erreicht hatten, in unser rettendes Boot auf. Die Freude des Wiedersehens war groß, und dem Führer unserer Expedition, der für das Leben aller Mitglieder derselben verantwortlich zu sein glaubte, fiel ein Stein vom Herzen.

In fröhlicher Stimmung fuhren wir nun über den See nach dem kleinen Dorf Altenhof, wo übernachtet werden sollte. Die Fahrt dauerte lange, etwa anderthalb Stunden. Der nächste Weg führt in schräger Richtung über den See, bei der Dunkelheit aber und dem Nebel konnte nur durch glücklichen Zufall, wenn diese Richtung eingeschlagen wurde, das Ziel erreicht werden. Die vorsichtigen Schiffer suchten zunächst auf dem kürzesten Weg das gegenüberliegende Ufer zu gewinnen, was ihnen auch gelang. Alsdann hielten sie sich in der Nähe des Ufers, an dem der Wald, wie eine hohe schwarze Mauer

erscheinend, durch den Nebel hindurch zu erkennen war, und
arbeiteten sich langsam daran weiter. Es war eine schöne
Nacht trotz Nebel und Finsterniß. Die Luft war milde und
still. Den Dunst, der den Himmel verschleierte, durchbrang
allein das röthliche Licht des Mars mit mattem Schimmer.
Vom Walde her erscholl ab und zu der Schrei einer Eule.
Sonst vernahm ich nur die Ruderschläge, hörte nur, was mit
unwillkürlich gedämpften Stimmen die Mitfahrenden einander
erzählten. Es war aber dabei eine Anzahl weitgereister
Männer. Ich hörte, wie einer von ihnen anfing: „Auf der
Insel Mauritius habe ich die Beobachtung gemacht . . . ."
Dann sagte ein anderer: „Auf meiner Reise von Aden nach
Ceylon . . . ." Ein dritter hub an: „Ich habe im Nord=
polarmeer etwas gesehen, das . . . ." Ein vierter bemerkte
zu seinem Nachbar: „Wenn Sie nach Buenos Aires kommen,
sind Sie wohl so gut, Schmidt aufzusuchen und ihm zu
sagen . . . ." Ich kam mir, als ich solchen Gesprächen lauschte,
unangenehm klein vor, denn meine eigenen Forschungsreisen
haben sich kaum über das Gebiet unseres engeren Vaterlandes
hinauserstreckt. Aber ich dachte bei mir: den Mund halten
und etwas lernen ist auch keine schlechte Sache, und das
tröstete mich. Indessen kam das Gespräch auch auf näher
liegende Dinge und dabei auf die Maränen des Werbelin=
sees. Diese waren, wie erzählt wurde, in den dreißiger Jahren
beinah gänzlich verschwunden, weil an dem See Tausende von
Kormoranen sich angesiedelt hatten, die ihn nach und nach
fast vollständig ausfischten. In dieser Noth wurden die
Schützen aus Potsdam nach dem Werbelin geschickt, die solchem
Unfug bald ein Ende machten, indem sie die Fischräuber bis
auf den letzten abschossen. Darauf haben die Maränen sich

in erfreulicher Weise wieder gemehrt. Gefangen werden sie besonders um ihre Laichzeit im Spätherbst, da sie nach oben kommen, während sie sonst in der Tiefe des Wassers sich auf= zuhalten pflegen.

Unter so anregenden Gesprächen verging uns die Zeit rasch. Auf einmal, als wir um eine Waldecke bogen, blinkte am Ufer ein Licht auf, und von ihm beglänzt trat, halb vom Nebel verschleiert, eine anscheinend riesenhafte Jungfrau aus dem Dunkel hervor. Alle erkannten sofort, daß es eine Fee war, und in aller Herzen — ich bin überzeugt davon — regte sich derselbe Gedanke. Diesem gab einer von uns Aus= druck, indem er mit an den Mund gehaltenen Händen hin= über rief: „Ist das Essen fertig?" — „Ja!" scholl es zu= rück. Darüber entstand in dem Boot eine so freudige Be= wegung, daß einige, mit Recht, wie ich glaube, bemerkten, es sei doch gut, daß wir uns schon in flachem Wasser befänden. Denn das für seine Länge sehr schmale und dabei kiellose Fahrzeug war reichlich belastet. Unterdessen kamen wir auch schon an das Land, und das Licht stellte sich als das einer Laterne heraus, mit der eine nur mittelgroße Maid über das Wasser leuchtete. Auf schwankendem Brett gelangten wir an das Ufer und von dort, während die Laternenmaid uns mit rüstigem Schritt voranging, zum Gasthof, lebhaft begrüßt von sämmtlichen Hunden des Dörfchens, die natürlich an= nahmen, der Ort wäre von einer Räuberbande überfallen. Denn es war nach neun Uhr, eine Zeit, da sonst alles in Altenhof schon in tiefem Schlaf liegt. Am Ufer roch es schon ein bischen nach Braten, im Gasthof empfing uns ein ge= deckter Tisch. Ohne Säumen nahmen wir Platz daran und erhoben die Hände zum lecker bereiteten Mahle. Lange saßen

wir nicht beisammen, balb nach zehn Uhr begab sich alles
zu Nest. Nur eine kleine Zahl von uns, wir waren unser
zwanzig, konnte ber Wirth zur Nacht bei sich lassen, bie andern
wurden zu zweien und breien unter bie Eingeborenen bes
Dörfchens vertheilt. Ich kann nur sagen, baß ich gut schlief,
obgleich bas mir beschiebene Bett um eine gute Kopflänge zu
kurz für mich war. Aber ich hätte mich auf Steinen ober
in einem hohlen Baum ober in einem Storchnest nieber legen
können, ohne mich zu beklagen; so freute ich mich auf ben
anbern Morgen.

Der Morgen begann für uns ziemlich früh. Um 3 Uhr
ging ber bestellte Wecker von einem Hause zum anbern unb
klopfte alles, was an Fremben im Ort nächtigte, heraus. Für
freunbliche Herbergung konnte ich mich bei keinem bebanken,
benn weber als ich in bas Haus eintrat, noch als ich fortging,
habe ich meine Wirthe gesehen. Um halb vier Uhr waren
wir alle im Wirthshaus beim Kaffee vereinigt, balb nach vier
stießen wir vom Lanbe ab, um nach ber Försterei Schorf=
heibe hinüberzufahren.

Die Luft war milbe und weich. Ein sanfter Wind hatte
in bas Wasser ein wenig Bewegung gebracht, so baß es mit
plätschernben kleinen Wellen auf bas Ufer schlug. Der Nebel,
ber am Tage vorher bie Aussicht verschleiert hatte, war ver=
schwunden, ber Himmel zum Theil bebeckt von leichtem Ge=
wölk, zwischen bem bas wunbervolle Sternbild bes Orion
hervorglänzte unb bie Venus ihr silbernes Licht erstrahlen
ließ. Der Wagen stanb steil aufrecht auf seiner Deichsel.
Ueber bas Wasser blinkte ein Licht von einem Kahn her, auf
bem Fischer bei ber Arbeit waren. Als wir am anbern Ufer
lanbeten, machte sich schon ein wenig bie beginnenbe Däm=

merung bemerkbar. Auf breitem Wege gingen wir durch den schweigenden Wald nach dem Forsthause Spring, wo wir mit dem Förster, der uns zu führen bestimmt war, zusammentreffen sollten. Nicht ein Lüftchen regte sich im Walde. Wenn ein Zweig zitterte, so war die Bewegung durch einen verschlafenen Vogel hervorgebracht. Auch gegen Sonnenaufgang zu kühlte die Luft sich nicht ab, nichts war zu verspüren von dem Zusammenschauern, das sonst dem Tage vorangeht. Es war eine der wunderbar warmen Nächte, wie sie bei uns nur der Hochsommer oder der beginnende Herbst bringt. Während wir wanderten, wurde es heller und heller. Als wir, unserm Ziel nahe, wieder einen Blick auf den See gewannen, der dort eine anmuthige Bucht bildet, war das Wasser schon lichtblau gefärbt, wie der Himmel, an dem allein noch der Morgenstern leuchtete.

Der Förster von Spring kam uns schon marschfertig aus seinem Garten entgegen. Da er meinte, daß eine so große Heerschar, wie wir bildeten, nicht sehr geeignet sei, sich unbemerkt an das Wild heranzubirschen, so theilten wir uns in zwei Haufen, von denen der eine sich auf eigene Hand und auf gut Glück in den Wald schlug, der andere sich der Führung des Försters überließ. Diesem letzteren schloß ich mich an, weil ich dachte, es sei mehr Aussicht dabei, etwas zu sehen zu bekommen. Und darin habe ich mich nicht getäuscht. Zwei Stunden ungefähr hat der gefällige Mann uns hin- und hergeführt auf den Plätzen, wo das meiste Wild anzutreffen ist, und wir haben eine Menge davon gesehen und gehört. Es ist dies die sogenannte „engere Schorfheide", die auf beschränktem Raum ungefähr 500 Stück Rothwild enthält, da-

runter etwa 120 geweihte Hirsche. In diesem Revier bildet der
Wald keine geschlossenen Bestände, er hat mehr den Charakter
eines Haines in der engeren Bedeutung dieses etwas aus
der Mode gekommenen Wortes oder eines Parks, ohne darum
den Eindruck des künstlich Angelegten zu machen. Die Bäume,
schöne alte Birken, Eichen und Kiefern, stehen in solchen Ab=
ständen von einander, daß jeder einzelne zu voller Geltung
kommt. Den Boden, der sich bald eben ausbreitet, bald in
flachen Mulden sich senkt, dann wieder zu mäßigen Hügeln
sich emporwölbt, bedeckt, außer wenigem Gesträuch, Farnkraut
und hohes Gras. Das war beides nach dem Thau der Nacht
triefend von Nässe, und diejenigen unter uns, die sich nicht
mit derbem Schuhwerk vorgesehen hatten, konnten sich nach
zweistündiger Wanderung über Mangel an nassen Füßen nicht
beklagen.

Schon auf dem Wege nach Spring hatten wir Hirsche
schreien hören. Nun erscholl von allen Seiten her das Ge=
schrei, das vielmehr ein dumpfes Brüllen zu nennen ist und
besonders im Ausklingen, wenn es ruckweise wiederholt wird,
an das Gebrülle des Löwen erinnert. Bald erklang es ferner,
bald näher, und wenn es einmal in größerer Nähe erklang,
hemmten wir alle zugleich den Schritt, schwiegen still mitten
im leise geführten Gespräch und spähten, indem wir kaum zu
athmen wagten, nach der Richtung hin, aus der die Töne
gekommen waren. Einmal nach dem andern bekamen wir
das schreiende Thier zu Gesicht, wie es langsam, fast schwer=
fällig, zwischen den Stämmen hinschritt, den Kopf zurückge=
legt — ein prächtiges Bild. Jetzt kommt der Hirsch auf eine
lichtere Stelle, jetzt wendet er uns den Kopf zu, so daß sein
Geweih in Gabelform erscheint: er äugt, er sieht uns.

„Strolche!" sagt er zu sich, wendet den Kopf ab, geht lang=
sam weiter und hat sich bald unsern Blicken entzogen. Jeder
der großen Hirsche ist begleitet von einer kleinen Gesellschaft
von Hindinnen und Kälbern, die meist vor ihm hergehen und,
furchtsamerer Natur als er, leicht flüchtig werden und rasch
davon eilen, wenn sie merken, daß Menschen in der Nähe
sind. Daneben aber sieht man Rudel von scheuem Damwild
über die Landschaft dahinhuschen, geräuschlos wie Schatten.
Dieses heimliche, warmblütige, scheubegehrliche Leben im sonst
reglosen Walde und in der Morgenfrühe verleiht dem Ganzen
etwas Zauberhaftes.

Aus der schönen Nacht ging der Tag hervor, lieblich,
wie eine Rose aufblüht. Jetzt war der Morgenstern erblichen,
jetzt flammte es goldig hinter den Stämmen auf. Jetzt fiel
das erste Sonnenlicht in das zierliche Laub der Birken, jetzt
streifte es den Boden und ließ im Grase und Kraut Millio=
nen von Diamanten funkeln. Wenige Vogelstimmen be=
grüßten den Morgen. Die Stimmchen von Meisen erklangen
hie und da aus dem Gezweige, und einige Male ließ sich ein
scheltender Häher vernehmen.

Bei Hubertusstock fanden wir uns alle wieder zusammen
und wanderten gemeinsam nach Elsenau durch den Wald. Es
that mir leid, daß ich nicht oft still stehen durfte, um mich
an dem Anblick des einen oder des andern Baumes längere
Zeit erfreuen zu können. Was für herrliche Birken sind da
zu sehen, was für Eichen und Kiefern! Welch ein Baum
wird die Kiefer, wenn man sie frei wachsen läßt, statt sie zu
zwingen, die Gestalt eines Besenstiels anzunehmen! Es sind
in der Schorfheide Kiefern von ganz eigenartigem Wuchs,

wozu ich besonders diejenigen zählte, die unmittelbar oder in geringer Höhe über dem Boden sich in mehrere Stämme theilen. Einem Maler, der Freude an schönen Bäumen hat, muß das Herz aufgehen, wenn er diesen Wald durchwandert. Aber man braucht nicht ein Maler zu sein, um an dergleichen seine Lust zu haben. Gott sei Dank, hier und da ist noch durch starke Hand dafür gesorgt, daß der Wald nicht allein vom forstmännischen Gesichtspunkt aus betrachtet und behandelt wird. Den „überständigen" Bäumen in der Schorfheide ist es zuzuschreiben, daß dort noch Höhlenbrüter, die anderwärts schon verschwunden sind, sich ansiedeln können. So ist dort, wie mir der Förster erzählte, noch der Schwarzspecht häufig. Mein Freund Seidel, der für diesen durch das Märchen berühmt gewordenen Vogel ein besonderes Interesse besitzt, wird das gewiß mit Vergnügen hören.

In Elsenau, das am nördlichen Ende des Werbelinsees liegt, erwartete uns ein durch den trefflichen Leiter unserer Expedition vorherbestelltes Frühstück. Auch denjenigen unter uns, deren Sinn am wenigsten auf das Materielle gerichtet ist, war es nicht unwillkommen, in dem großen Forst endlich auf gekochte Eier, Butterbrot, Kornschnaps und Bier zu stoßen. Nachdem wir uns gestärkt und theils im Garten des Gasthofes, theils unter den Linden vor der Thür längerer Rast uns erfreut hatten, wurde wieder aufgebrochen. Zunächst ging es nach Grimnitz an dem schönen See gleichen Namens, wo die Reste einer alten Askanierburg in Augenschein genommen wurden. Von dort kamen wir rasch nach dem benachbarten Joachimsthal, unserer Mittagsstation. Nach dem Essen, das dort im „Kurfürsten Joachim" eingenommen wurde, fuhren wir zu Wagen nach der Haltestelle Beitz, von Beitz aus erreichten wir mit der Bahn Berlin.

Der ganze Ausflug in allen seinen Theilen war durchaus gelungen. Wie sehr war er vom Wetter begünstigt worden, und wie viel Herzerfreuendes hatten wir gesehen! O unsere heimische Mark — der soll mir kommen, der sie verachtet!

Zwölf Treiber und doch nichts.

Auf märkischer Haide bei Biesenthal sollte eine Reh- und Hasenjagd abgehalten werden. Dazu hatte der Jagdherr ein halbes Dutzend Schützen eingeladen und außerdem ein Dutzend guter Bekannter, die als Treiber dienen sollten. Treiber sind in dortiger Gegend schwer aufzutreiben, so war der gute Herr auf den Gedanken gekommen, es einmal mit einem Aufgebot von Freiwilligen zu versuchen. Von den Zwölfen aber, zu denen ich auch gehörte, war keiner ein gelernter Jäger. Es waren ein Chemiker, ein Baumeister, ein paar Literaten dabei, und andere hatten andere Gewerbe, vom edlen Waidwerk aber verstanden sie alle so gut wie nichts. Dennoch waren sie freudig darauf eingegangen, sich als Treiber zu verpflichten, weil sie sich die Sache sehr leicht vorstellten. Was gehörte denn mehr dazu, als „Hoho!" zu rufen und mit einem Stock an die Bäume zu schlagen, und das konnte am Ende jeder fertig bringen.

Es war ein sehr unfreundlicher Novembertag. Ein schneidender Wind fegte über Feld und Hag und trieb von Zeit zu Zeit dunkles Gewölk zusammen, aus dem eine Mischung von Schnee und Hagel herunterfiel. Unter diesen Umständen

war es den Zwölfen sehr willkommen, daß in der einsam gelegenen Mühle, die der Versammlungsort war, zunächst aus
den reichlich mitgebrachten Vorräthen ein kräftiges Frühstück
zusammengestellt und eingenommen wurde. Ganz praktisch
aber hatte der Jagdherr es vielleicht doch nicht eingerichtet,
daß er mit dem anfing, was diese Männer sich in ihren
Herzen schon als das Beste vom Ganzen ausgemalt und als
Lohn für ihre Mühe vorgestellt hatten. Denn als sie gut
gegessen und getrunken hatten und nun bedachten, wie wenig
angenehm es eigentlich draußen war, bezeugten einige von
ihnen wenig Lust mehr, an die Arbeit zu gehen. Es schien
ihnen viel vortheilhafter, in dem warmen Raum zu bleiben
und weiterzuzechen, als sich in Wind und Wetter hineinzu-
stürzen und das arme Wild, das sich auch gewiß in seine
Schlupfwinkel zurückgezogen hatte, aufzuscheuchen. Ein Theil
der Uebermüthigsten schlug vor, Streik zu machen, falls sie
nicht außer der Naturalverpflegung, die ihnen zugesichert war,
auch noch zwei Mark Trinkgeld erhielten. Allein mildes Zureden und ernste Ermahnungen halfen. Nicht wenig trug
auch ein in etwas ferne Aussicht gestelltes Mittagessen dazu
bei, die Schwankenden zur Pflicht zurückzurufen, die Trotzigen
zu bändigen und den schon im Ausbrechen begriffenen Auf-
ruhr zu dämpfen. Man trank aus, knöpfte sich fest ein,
drückte den Hut ins Gesicht, nahm den Stock in die Hand
und ließ sich hinausführen. Draußen wurde jedem der Zwölf
sein Platz angewiesen und ihm gesagt, wie und wo er vor-
zugehen habe. Auch die Schützen vertheilten sich, und auf
ein gegebenes Zeichen setzte die Treiberlinie sich in Bewegung.
Hier und dort klang es „Hoho!“ und wacker wurde mit den
Stöcken an die Bäume geschlagen. Nach einiger Zeit hörte

man ein paar Schüsse fallen, die indessen niemand verletzten.
Die Sache fing günstig für das Wild an, das erste Treiben
verlief resultatlos. Es wurde aber nachher behauptet, daß
vier Rehe langsam zwischen zwei Treibern durchgegangen
wären. Ob das wahr ist, weiß ich nicht. Es ist bekannt,
daß die Jäger gern übertreiben, und so mag es vielleicht ein
einziger Hase gewesen sein, aus dem später die vier Rehe geworden sind. Indessen will ich doch zugeben, daß es mir so
gewesen ist, als hätte ich etwas Rehartiges zwischen den
Stämmen durchschimmern gesehen. Sonst wurde anerkannt,
daß die Treiber sich für das erste Mal nicht ganz schlecht gehalten hätten. Sie wären ja noch Anfänger in ihrem Hand-
werk, und wenn sie sich rechte Mühe gäben und ordentlich
aufzupassen sich bestrebten, so würde es ja jedesmal besser
gehen. Das Hoho-Rufen und das Anschlagen hätten sie
schon ganz schön heraus.

Darauf wurden noch fünf oder sechs Treiben abgehalten,
bei denen sich leider immer mehr Mißstände herausstellten.
Es wurde unter anderm gerügt, daß mehrere der Treiber
nicht ganz bei der Sache waren, sondern Allotria trieben.
Da war einer z. B., der sonst in seinen Mußestunden sich als
Dilettant mit Malerei beschäftigt. Der hatte sein Skizzenbuch
mitgebracht, und wenn er an einen Punkt kam, den er für
schön und malerisch hielt, holte er es hervor, blieb stehen
und nahm unbekümmert um das Wild die Gegend auf. Ja,
ich glaube, er zeichnete das Wild, das in seine Nähe kam,
mit ab, anstatt sich ihm in den Weg zu stellen. Ein anderer, der etwas naturwissenschaftlich veranlagt ist, ließ sich
durch ein paar Blümchen, die halberfroren noch in so später
Herbstzeit zwischen dürrem Gras und Kraut hervorsahen, zum

Botanisiren verlocken. Man denke sich einen botanisirenden Treiber! Es konnte nicht anders sein, als daß er dabei seine Pflicht gänzlich vernachlässigte und weit hinter der vorrückenden Reihe zurückblieb. Daß die wilden Bewohner des Waldes, wenn sie ihn so beim Grafen erblickten, gar keinen Respekt vor ihm zeigten, sondern ohne jede Scheu um ihn herumsprangen, war nur zu natürlich und von ihrem Standpunkte aus gewiß berechtigt. Am gefährlichsten aber für das Ganze der Treibjagd erwies sich doch ein alter Herr mit eisgrauem Haar, von dem man wohl hätte erwarten können, er werde den anderen mit gutem Beispiel vorangehen. Zu meinem Bedauern muß ich sagen, daß er Gewohnheiten offenbarte, die sich nur durch die große Rauhigkeit der Witterung einigermaßen entschuldigen ließen. Er führte nämlich eine mächtige Flasche bei sich, die ein starkes und — ich will es bekennen — nicht übel schmeckendes geistiges Getränk enthielt. Diese Flasche nun minderte nicht allein seine eigene Treibertüchtigkeit, sondern wirkte auch auf andere verderbend ein, indem sie die weniger Charakterfesten anzog, wie der Magnet das Eisen. Auch wenn er auf dem äußersten Flügel aufgestellt wurde, brachte er bald diesen, bald jenen selbst von den Entfernteren in seine Nähe und war schließlich immer, wenn er aus dem Gehölz heraustrat, von einer kleinen Schar von Verehrern umgeben. Daß dadurch die Reihe zerrissen und dem Wilde freie Bahn geschaffen wurde, liegt auf der Hand.

Ein anderer Umstand aber, der dazu beitrug, die Treiber aus ihrer Richtung zu bringen und Unordnung in ihrer Reihe zu stiften, war die Schwierigkeit des Terrains, die sich die meisten wohl nicht so bedeutend vorgestellt hatten, als sie in der That war. Anweisungen zu geben, ist nicht schwer, aber ihnen zu folgen und sie pünktlich auszuführen, das ist etwas ganz anderes. Wenn man nun vor einem jungen Kiefern= bestand hingestellt wird, und es heißt: „Hier also gehst du grade durch und hältst genau immer dieselbe Richtung ein!" so ist das ja leicht gesagt, aber wie soll man durch die Kiefern, die ganz dicht bei einander stehen, hindurchkommen, wenn kein Weg da ist? Im Urwalde, weiß ich wohl, ver= fährt man auf die Weise, daß man sich mit der Axt einen Weg bahnt; hier aber hatte man erstens keine Axt zur Hand, zweitens lag das Bedenken vor, ob nicht die Niederlegung der jungen Bäume zu einem Conflikt mit der Forstverwaltung führen würde. Sollte man sich durchzudrängen versuchen, indem man Stämme und Zweige, soweit es möglich war, mit den Händen zur Seite beugte? Ich glaube nicht, daß man weit damit gekommen wäre. Ich muß gestehen, daß ich selbst kurze Zeit in Verlegenheit war, wie ich durch die Kiefern hindurchgelangen sollte. Nachdem ich mir dann die Sache ein Weilchen überlegt hatte, verfuhr ich nach folgendem Prinzip: ich drückte den Hut ins Gesicht, senkte den Kopf, schloß die Augen und brach dann mit dem Kopf voran durch, daß es nur so knackte und prasselte. Auf diese Weise kam ich ganz gut vorwärts und blieb unverletzt bis auf einige unbedeutende Hautabschürfungen. Andere aber machten es nicht so wie ich, sondern wenn ein Kieferndickicht vor ihnen war, durch das sie hindurch sollten, gingen sie einfach so lange an dem= selben hin, bis ein Weg sich öffnete oder bis sie an hohen Wald kamen, zwischen dessen Stämmen sie bequem hindurch= spazieren konnten. Auf diese Weise kamen häufig ihrer drei oder vier zusammen, die alsbann gemüthlich dahinschlenderten, statt zu treiben, und sich dabei über Rußland, die sociale Frage, Ostafrika und wer weiß was sonst noch, unterhielten.

Die Dickichte waren es aber nicht allein, die den Treibern Schwierigkeiten machten, es gab auch feuchte Stellen, kleine Luche und Fenne, wie sie in den märkischen Wäldern so häufig sind. Als ich auf einer Berglehne hinging, bemerkte ich einen Treiberkollegen, der unterhalb des Berges, in gleicher Richtung wie ich, eine kleine Niederung durchschritt. Plötzlich rief er mir, da er mich auch gesehen hatte, zu: „Es wird hier schrecklich naß!" — „Das glaube ich wohl," entgegnete ich, „die Gegend sieht ganz danach aus!" Nach einer Weile hörte ich es wieder von unten heraufschallen: „Es geht hier nicht weiter — ich versinke." — „Sie müssen weiter," rief ich zurück, „es geht nicht anders. Sie müssen die Richtung, die Ihnen vorgeschrieben ist, einhalten, es mag kommen, was da will." — Das sah er denn auch ein und gedachte seiner Pflicht. Er rief mir noch etwas zu, ich glaube: „Grüße mein Lottchen, Freund!" oder etwas Aehnliches und verschwand im Röhricht. Ich hielt ihn für verloren, und es that mir leid um ihn, denn er war noch nicht alt, befand sich in gesicherter Lebensstellung, galt als ein Mann von gefälligen Manieren und verwaltete, wenn ich nicht irre, ein Ehrenamt bei der Commune. Daher war ich freudig überrascht, als er später wieder zum Vorschein kam. Nasse Füße hatte er, sonst war er wohlbehalten.

Daß sämmtliche Treiber unzerschossen davonkamen, mußte als ein großes Glück angesehen werden, denn einige von ihnen zeigten das hartnäckigste Bestreben, sich immer zwischen die Jäger und das Wild zu stellen. Und es war mancher Familienvater unter ihnen. Zwei wurden vermißt, als die

Jagd zu Ende war, und man machte sich viele Sorge um sie.
Nach langem Suchen wurden sie endlich gefunden in einem
fremden Revier, in das sie sich verirrt hatten. Da wankten
sie umher halbverhungert und ohne Fühlung mit der übrigen
Welt und riefen immer noch mechanisch „Hoho!" und schlugen
mit den Stöcken an die Bäume, ohne daß es einen Zweck
hatte. Es dauerte einige Zeit, bis sie wieder ganz zur Be-
sinnung gekommen waren und sich daran erinnern konnten,
wie sie hießen uud woher sie stammten.

Das Revier, in dem gejagt wurde, ist sehr wildreich.
Was für Rehe und Hasen wimmelten um uns herum! Ein
reizender Anblick war es, wenn mehrere Rehe zugleich die
Treiberkette durchbrachen und über Wiesen und Felder dahin-
flogen, um jenseits derselben im Walde zu verschwinden.
Dem großen Wildreichthum des Reviers ist es wohl zuzuschreiben, daß wider Erwarten doch einige arme Thierlein,
jung und unvorsichtig, wie sie waren, bei dieser Gelegenheit
ums Leben kamen. Es waren im ganzen zwei Rehe und
drei Hasen, die, als das letzte Treiben vorbei war, nach der
Mühle zur Strecke gebracht wurden. Daß die Beute nicht
größer war, kann ich nicht bedauern. Das Wild im Walde
munter umherspringen zu sehen, ist doch besser, als es vor
sich zu haben, wie es todt und blutend am Boden liegt. Dieser
Meinung waren denn auch alle, die an der Jagd theilge-
nommen hatten, mit Ausnahme der Jäger.

Beim Mittagessen hielt der Jagdherr eine Rede, in
welcher er sagte, eine Jagd mit solchen Treibern, wie sie diesmal zu seiner Verfügung gewesen wären, hätte er noch in
seinem ganzen Leben nicht gemacht. Darauf dankte er uns
und brachte ein Hoch auf uns aus, in das wir begeistert ein-

stimmten. Als er aber nachher im Vertrauen gefragt wurde, ob er immer derartige Treiber haben möchte, sagte er: „Auf= richtig gesagt: nein!" Nun, wie man auch vom waidmänni= schen Standtpunkt aus darüber urtheilen mag, jedenfalls war das Ganze für uns ein großes Vergnügen gewesen, ein an= strengendes, aber, wie ich glaube, sehr gesundes Vergnügen. Lebemännern, die zur Korpulenz neigen, kann ich nur rathen, während der Jagdzeit zwei oder drei Mal in der Woche eine Jagd als Treiber mitzumachen. Karlsbad oder Marienbad können sie sich dadurch ersparen.

Die Stadt der vollkommnen Leute.

Zu den merkwürdigsten Orten, die der Mond bescheint, ge=
hört oder gehörte vielmehr die Stadt der vollkommenen Leute,
die im fernen Westen von Nordamerika, wo es auch sonst
sonderbare Menschen giebt, gegründet war. Sie führte ihren
Namen mit Recht, denn sie wurde von Leuten bewohnt, an
denen nichts auszusetzen war, und die sich vollkommen glück=
licher Zustände erfreuten.

Das große soziale Problem war an diesem Orte gelöst
worden, das Ideal der kühnsten Lehrer der Volksbeglückung
zur Wirklichkeit gemacht. Von allen Bürgern dieser glücklichen
Stadt besaß keiner mehr als der andere, keiner wußte mehr,
keiner genoß größere Ehren als sein Mitbürger.

Alle körperliche und geistige Arbeit war so eingetheilt,
daß auf jeden erwachsenen Bewohner ein gleicher Antheil
fiel. Am Bürgermeisteramt wie am Nachtwächterdienst nahm
jeder in gleichem Maße theil, und die Straßenreinigung
wurde von allen gemeinsam besorgt. Brodneid und Klassen=
haß waren vollständig ausgeschlossen. Zu einer bestimmten
Stunde standen alle zugleich auf, gingen an ihre Arbeit,
tranken ihren Frühschoppen, aßen zu Mittag, tranken ihren

Abendschoppen und legten sich zu Bett. Im Schlafe träumten alle dasselbe.

Die Ausbildung der Jugend war eine durchaus gleichartige; die Einheitsschule, die bei uns in der alten Welt von vielen so dringend, aber noch immer vergeblich gewünscht wird, war zur Wahrheit geworden. Niemand lernte mehr als der andere. Aller überflüssige Lehrstoff, wie die alten Sprachen z. B., war als unnützer Ballast über Bord geworfen, von einer Ueberbürdung der Schüler war nicht die Rede. Der Unterricht wurde abwechselnd von einem der Erwachsenen ertheilt, die alle eine gleiche Summe von Kenntnissen besaßen.

Es gab eine Anzahl Gemeindeklaviere, die in einem besondern Gebäude aufgestellt waren. Auf diesen lernte jeder annähernd fertig dasselbe Stück spielen.

Der tägliche Speisezettel war für die ganze Einwohnerschaft derselbe. Besondere Leckerbissen durfte sich keiner verschaffen, und keiner mehr oder etwas Besseres trinken als der andere. An einem Tage im Jahr, an dem die Gründung der Stadt gefeiert wurde, tranken alle erwachsenen Bürger programmäßig etwas über den Durst. Am Tage darauf erhielt jeder von ihnen einen Hering aus der Gemeindetonne.

Nichts ist schrecklicher als Religionshaß und Glaubensverfolgung. Wo diese zu Hause sind, flieht die Gerechtigkeit und das Vergnügen; Greuel und Grausamkeit herrschen da. In der Stadt der vollkommenen Leute war selbstverständlich auch in religiöser Beziehung Friede und Einigkeit zu Hause. Man hatte zuerst eine Religion eingeführt, die aus allen Religionen der Erde gemischt war, schaffte sie indessen wieder ab, als sich herausstellte, daß sie zu verwickelt und zu schwer zu erlernen war. Darauf einigte man sich dahin, zur obersten

Glaubensformel den pythagoräischen Lehrsatz zu erklären, und hatte nicht Ursache, diese Wahl zu bereuen. Niemals gab diese neue Glaubenslehre zu Streitigkeiten Anlaß, kein Zweifler lehnte sich gegen sie auf.

Ehren und Titel wurden gleichmäßig auf alle vertheilt. Wer die Schule durchgemacht hatte, erhielt den Doktortitel, wer da dreißig Jahr alt war, wurde zum Assessor erklärt. Mit dem vierzigsten Jahre wurde man Geheimrath, mit dem fünfzigsten Präsident, mit dem sechzigsten Oberpräsident, mit dem siebzigsten Admiral. Alle diese Titel wurden erworben, ohne daß man nöthig hatte, ein Examen zu machen oder etwas dafür zu bezahlen.

Daß die schönen Künste nicht vernachlässigt wurden, geht schon aus dem hervor, was vorher über die Aufstellung von Gemeindeklavieren bemerkt worden ist. Auch gedichtet wurde, und zwar allgemein in der Vormittagsstunde von 11 bis 12. Die Dichtungen, welche in der Stadt der vollkommenen Leute entstanden, waren frei von aller Empfindsamkeit. Sie behandelten stets praktische Vorwürfe, z. B. den Gährungsprozeß, den Schwerspath, den Rachenkatarrh, die Entfernung, den luftdichten Verschluß, die Kugel und Aehnliches. Liebesgedichte wurden nicht angefertigt, weil man über die Neigung der beiden Geschlechter zu einander überaus nüchternen Ansichten huldigte. Man war sich klar darüber, daß es sich dabei lediglich um die Erhaltung der Gattung handelt, und darin liegt nichts wesentlich Poetisches.

Als einen großen Fortschritt betrachtete man es, daß die Namen abgeschafft waren. Statt benannt zu sein, waren sämmtliche Einwohner numerirt. Starb jemand, so wurde seine Nummer in dem Hauptverzeichniß durchgestrichen und blieb gelöscht, bis wieder ein Kind geboren ward, auf das sie dann übertragen wurde. Nach dieser Art der Bezeichnung lautete eine Verlobungsanzeige, um ein Beispiel zu geben: „Verlobte: 327 und 2158."

Die Gleichartigkeit der Ernährung, der Kleidung, der Bildung, der ganzen Lebensweise bewirkte es, daß sämmtliche Bewohner der Stadt der vollkommnen Leute einander sehr ähnlich sahen. Personen desselben Alters und Geschlechtes waren sehr schwer von einander zu unterscheiden, sie unterschieden sich eigentlich nur durch die verschiedene Nummer. Eine und dieselbe Photographie genügte für viele.

Diese Aehnlichkeit der Leute untereinander war so groß, daß, wenn ein Bürger abends nach Hause ging, er in ein beliebiges der auch völlig gleichartig gebauten Häuser sich begeben konnte. Fand er den Hausherrn schon anwesend, so entfernte er sich wieder mit den Worten: Entschuldigen Sie, ich habe mich geirrt. Andernfalls — vorausgesetzt, daß auch die Zahl der Kinder stimmte — betrachtete er sich als den Herrn des Hauses, und wenn noch einer nach ihm kam, mochte dieser nun wirklich der Richtige sein oder nicht, so entfernte sich derselbe alsbald mit derselben obigen Entschuldigung. Eifersucht, diese fürchterliche Leidenschaft, die so große Verheerungen in der menschlichen Gesellschaft anrichtet, so oft zu Mord und Todschlag führt, war in diesem Wohnort verständiger Menschen etwas durchaus Unbekanntes.

Verbrechen gegen das Eigenthum kamen nicht vor, da niemand Grund hatte, dem andern etwas wegzunehmen.

Was der eine besaß, besaß auch der andre.   Man kam ohne
Gerichte, ohne Gefängnisse aus.

Der Gesundheitszustand der Einwohner war ein vorzüg-
licher.   Man brauchte keine Aerzte, weil infolge der so überaus regelmäßigen Lebensweise schwere Krankheiten überhaupt
nicht vorkamen.   Kleine Leiden, wie der Schnupfen, von dem
stets alle Bewohner der Stadt zugleich ergriffen wurden, be-
kämpfte man mit einfachen Hausmitteln.   Hatte jemand das
fünfundsiebzigste Jahr erreicht, so wurde er regelmäßig von
einem Bacillus befallen, der sein Ende herbeiführte.   Er
wurde dann unansehnlich und fleckig, vertrocknete und ging ein.

So hätten die vollkommnen Leute noch viele Jahre,
Jahrhunderte vielleicht, ruhig und glücklich in ihrer Stadt
wohnen können, wenn sie nicht einmal gegen ihr Prinzip
einen Fremden bei sich eingelassen hätten.   Vielleicht plagte
sie der Stolz, vielleicht wollten sie, daß andre von ihrem Glück
hörten, damit sie ihre Einrichtungen nachahmen und zu demselben Zustande der Vollkommenheit und Glückseligkeit gelangen
könnten.   Jedenfalls war es verhängnißvoll für sie, daß sie den
Fremden einließen und ihn mit ihren Einrichtungen bekannt
machten.   Denn nachdem sie ihm alles gezeigt und gesagt
hatten und nun meinten, er müßte außer sich darüber gerathen, was für vollkommne und vernünftige Leute sie wären
fragten sie ihn endlich, wie es ihm bei ihnen gefiele.   Darauf
antwortete der Fremde: Es ist alles sehr schön, aber auch
zum Sterben langweilig.   Darüber lachten sie anfangs, nachher aber, als der Fremde schon abgereist war, überlegten sich
einige die Sache genauer, fanden, daß er vollkommen recht
hatte, und hängten sich auf.   Die andern folgten ihrem Bei-

spiele, und in kurzer Zeit hatte die ganze Bewohnerschaft, Alt und Jung, sich aufgehängt.

So ging diese große und glückliche Stadt unter. Der Tag, der sie bescheint, erblickt in ihr kein lebendes menschliches Wesen mehr. In den Straßen heult der Präriewolf.

Seltsames Abenteuer.

Es war an einem schönen Herbstabend, als ich zu . . . im Staate Kentucky in das Wirthshaus „Zum fliegenden Alligator" trat. Ich fand daselbst eine Gesellschaft ehrenwerther Männer versammelt, unter denen mir einer sofort besonders auffiel. Es war ein Mann in den mittleren Jahren von sehr gutem, gesundem Aussehen, einfach aber anständig gekleidet. In seinem Wesen und seinen Bewegungen jedoch zeigte er sich noch ein gut Theil eckiger, als man es sonst bei Amerikanern zu finden gewohnt ist. Doch das Merkwürdigste an ihm war seine Stimme. Dieselbe hatte etwas Schnarrendes an sich, das wenig angenehm war, und beim Sprechen trennte er in auffallender Weise die einzelnen Silben der Wörter von einander. Nie habe ich, außer bei Taubstummen, welche sprechen gelernt hatten, eine so sonderbare Sprechweise und Betonung gehört. Neben diesem Herrn saß ein anderer von mehr gewöhnlichem Aussehen, mit dem er nahe befreundet zu sein schien, denn derselbe widmete ihm offenbar seine ganze Aufmerksamkeit und legte ihm häufig in zärtlicher Weise seine Hand auf die Schultern oder auf den Rücken, redete auch fast unaufhörlich zu ihm. Der Sonderbare selbst sprach nicht viel, nur von Zeit zu Zeit brachte er mit seiner schnarrenden Stimme eine kurze, nicht immer von tiefer Auffassung des Gegenstandes zeigende Bemerkung vor. Der Mann erregte aber in hohem Grade meine Aufmerksamkeit, ich wünschte sehr, etwas Genaueres über ihn zu erfahren, und nahm deshalb in seiner Nähe Platz. Balb war ich mit seinem Freunde im Gespräch, er selbst aber schien mich nicht im Geringsten zu beachten, sondern saß schweigend und unbeweglich wie in tiefes Nachdenken versunken da. „Na, Bill,“ — rief plötzlich der Freund des Sonderbaren, indem er ihn kräftig auf die Schultern schlug — „wie geht's, alter Knabe?“ — „„Al—les in Ord—nung!““ schnarrte der Angeredete mit einer Stimme, die mir durch Mark und Bein ging.

„Mein Freund Bill“ — sagte mein gefälliger Nachbar, sich zu mir wendend — „ist ein Prachtjunge und einer der edelsten Menschen, die ich kenne. Aber er hat Unglück gehabt im Leben, viel Unglück. Vor drei Jahren fiel er in die Hände der Plattfußindianer und ward mit mehreren Unglücksgefährten zum qualvollen Tode bestimmt. Schon war er an den Marterpfahl gefesselt, trocknes Reisig war schon um seine Füße gehäuft und angezündet, schon brannten die Spitzen seiner Zehen lichterloh, da kommt plötzlich im allerletzten Augenblick die Rettung. Ich selbst war es, der an der Spitze eines Trupps Bewaffneter ihm zu Hilfe herangesprengt kam. Die Indianer niedermachen, das Feuer auslöschen und unsern armen Freund vom Pfahl losbinden war für uns das Werk eines Augenblicks. Bill war gerettet, aber den Schrecken und die Todesangst dieses Tages hat er noch nicht wieder verwinden können. Nicht nur daß er etwas schwach auf seinen beiden damals angebrannten Füßen steht, sondern er hat auch

eine gewisse Steifigkeit in sämmtlichen Gelenken davon behalten, sowie eine geringe Lähmung der Zunge, woher seine
sonderbare Sprache stammt, welche Ihnen gewiß schon aufgefallen ist. Aber ein prächtiger Kerl ist er geblieben, ein
Mensch von unverwüstlichem Humor, und das Herz hat er auf
der rechten Stelle. Ja," — fuhr er fort, indem er plötzlich
sehr ernst wurde, und seine Stimme klang bewegt — „ja,
auf der rechten Stelle hat er das Herz, aber ganz gesund ist
es leider auch nicht. Das ist ja auch gar kein Wunder, wenn
man bedenkt, was er ausgestanden hat. So hat er denn von
jenem Schreckenstage her auch einen bedenklich starken Herzschlag behalten, der mir oft Besorgnisse einflößt und gegen
den die Aerzte nichts anderes zu verordnen wissen, als was
ich selbst schon vorher mit richtigem Gefühl ihm verordnet
hatte: Branntwein mit Wasser. Wollen Sie einmal alle
stille sein und aufhorchen? Sie werden es deutlich hören können,
wie ihm das Herz schlägt."

Sofort waren wir alle mäuschenstill und horchten. Richtig,
das war Bills Herzschlag. Und allerdings, er war ungewöhnlich stark, er hörte sich an wie das Ticken einer großen
Wanduhr, nur daß er schneller ging. Auf uns alle hatte
die Erzählung von Bills Schicksalen einen großen Eindruck
gemacht. Wir ließen unsere Gläser neu füllen und beeilten
uns, mit dem Schwergeprüften auf sein Wohlergehen anzu-
stoßen. Mechanisch ergriff dieser, ohne sich sonst zu bewegen,
mit beiden Händen das vor ihm stehende große Glas, führte
es langsam und ruckweise zum Munde und goß seinen Inhalt, ohne abzusetzen und ohne zu schlucken, in seine offenbar
recht geräumige Kehle hinunter. Für einen Mann, der soviel
gelitten hatte, eine sehr anständige Leistung! Auf dieselbe

Weise, wie er das Glas vom Tische aufgenommen hatte, setzte er es dann auf denselben nieder.

„Brav, Bill, brav!" rief der Freund und Retter des Genannten, der ihm mit Entzücken zugesehen hatte — „einen bessern Kerl wie du giebt es auf der ganzen Welt nicht. Hier, Bill, ist ein Fremder, welcher sich glücklich schätzen würde, deine nähere Bekanntschaft zu machen. Ich wette darauf, daß er vor Begierde brennt, sich mit dir zu unterhalten. Nun Bill, was sagst du dazu?" Bei diesen Worten gab er seinem Schützling einen Rippenstoß, welcher nicht eben auf eine leibende Gesundheit berechnet zu sein schien. Kaum war das geschehen, so drehte Bill mir langsam sein Gesicht zu und schnarrte mühsam hervor: „„Freut mich un—end—lich, Ih—re Be—kannt—schaft zu mach—en. Wie geht es Ih—rer wer—then Fa—mi—li—e? —"" „Prächtig, prächtig!" rief unser gemeinsamer Freund. „Bill weiß doch immer, was sich schickt. Nicht war, Fremder?"

Ich muß gestehen, daß der Blick, mit dem Bill mich an= sah, mich ein wenig aus der Fassung gebracht hatte. Nie in meinem Leben vorher oder nachher habe ich solche Augen gesehen. Sie waren durchbohrend, wenn sie einen ansahen, und doch hatten sie zugleich etwas unheimlich Todtes. Ja, so mußte der Mann aussehen, der mit brennenden Füßen am Marterpfahl der Indianer gestanden hatte. Nach kurzer Zeit hatte ich mich soweit gefaßt, um ihm erwidern zu können, daß ich meines Theils nicht weniger erfreut sei, eine so schätzenswerthe Persönlichkeit kennen zu lernen, und daß es meiner Familie den letzten Nachrichten zufolge, die ich von ihr erhalten hätte, wohl ginge. Bill hörte schweigend zu, er versank augenscheinlich wieder in Gedanken. Als sein

Freund aber, wohl um aus seinem Nachdenken ihn aufzu=
rütteln, ihn am Arm faßte, drehte er sein Gesicht, das er
unterdessen abgewendet hatte, aufs Neue mir zu und sagte
mit seiner sonderbaren Stimme zu mir: „„Wel—chen po—
li—ti—schen Stand—punkt neh—men Sie ein?"" Die
Frage kam mir einigermaßen überraschend. Da ich es aber
für unhöflich hielt, nichts darauf zu erwidern, so legte ich in
Kürze dar, welche Stellung ich in politischen Dingen ein=
nähme und welcher Art meine Ueberzeugungen wären. Darauf
schwieg ich und erwartete, daß Bill etwas erwidern würde.
Das that er jedoch nicht, obwohl er fortfuhr, mich mit starren
Augen anzusehen. Die Lage fing an peinlich zu werden,
als mein freundlicher Nachbar uns beiden heraushalf, indem
er Bill heftig auf das rechte Bein schlug und zu ihm sprach:
„Hast du nicht gehört, was der Fremde sagte?" Bill hatte
offenbar zugehört, schien aber durch das Gehörte nur in ge=
ringem Grade befriedigt worden zu sein, denn er brach so=
fort in die mir gewidmeten merkwürdigen Worte aus: „„Sie
sind ein gro—ßer E—sel, mein Herr!""'

Das war mir denn doch zu viel. Ich vergaß mich,
holte aus und versetzte dem Unverschämten eine gewaltige
Ohrfeige. Im nächsten Augenblick that es mir leid, daß ich
einen körperlich leidenden Menschen geschlagen hatte, um so
mehr, als in Folge meiner Handlungsweise etwas unsäglich
Grausenvolles sich ereignete. Zuerst ließ sich ein Rasseln
vernehmen, das seinen Sitz in Bills Kopf hatte. Darauf
drehte sein Kopf sich unter schnurrendem Geräusch mit un=
begreiflicher Geschwindigkeit siebzig bis achtzig Mal um seine
Achse und blieb endlich — schrecklich ist es zu sagen — mit
nach hinten gerichtetem Gesicht stehen. Mit ersterbender

Stimme, die tief aus seinem Innern zu kommen schien, schnarrte der Unglückliche: „„Al—les in Or—bnung!"" während er zugleich beide Hände zu seinem Kopf erhob, versuchend denselben zurecht zu drehen. Es war vergebens. Jetzt fing es auch in Bills Brust an zu schnurren, dann gab es einen Knacks, und seine Arme sanken kraftlos herab. Er war augenscheinlich todt.

Während dies geschah, waren alle Gäste, von Entsetzen erfaßt, aufgesprungen — ich nicht zuletzt, denn als Mörder des armen Bill hatte ich vor allen andern Grund, an meine Rettung zu denken. Mit einem Schreckensruf sprang auch Bills Freund und Beschützer empor und warf sich auf den Todten. Zuerst schüttelte er ihn, dann machte er sich mit einer Art von Schlüssel, den er aus der Tasche zog, in den Ohren und in der Herzgegend des Erschlagenen zu schaffen. Als er auf solche Weise vergeblich versucht hatte, ihn ins Leben zurückzurufen, wandte er sich im heftigsten Zorne mir zu. „Mensch", rief er, „was haben Sie gethan! Sie haben das größte Wunder der Welt zerstört. Meinen künstlichen mechanischen Menschen, an dem ich fünfundzwanzig Jahre hindurch ununterbrochen gearbeitet, haben Sie mit einem Schlage entzwei gemacht. Wußten Sie nicht, was Sie vor sich hatten, daß es alles nur Räderwerk, Hebel, Schraube, Elektricität und dergleichen war? Jetzt ist alles hin, alles verdorben, der ganze Mechanismus ist übergeschnappt. O mein armer Bill! Eben wollte ich mit ihm die große Rundreise machen und ihn für Geld sehen lassen. O wie viel Geld hätte ich mit ihm verdient! Zum reichsten Manne der Welt würde er mich gemacht haben. Er war ein Kunstwerk, wie es die Erde nicht wieder sehen wird. Er verstand alles. Er sprach wie ein Weiser, er trank wie ein Mann, er rauchte

wie ein Schornstein. Er hätte alle Frauen in sich verliebt ge=
macht. Er war der edelste Mensch, der treueste Freund, an ihm
war kein Falsch. Er gewann im Kartenspiel, ohne zu betrügen."

So jammerte laut der unglückliche Mechaniker. Dann
in einem Anfall von Wuth fiel er über mich her, als wollte
er mich erwürgen. „Ersetze ihn mir" — schrie er — „ersetze
ihn mir, du grausamer Mörder, oder ich werde dir den
Kopf umdrehen, wie du ihn meinem Bill umgedreht hast."

Einige Gäste befreiten mich von dem Rasenden. Die
meisten ergriffen für mich Partei. Einer erklärte sogar offen,
daß er es für höchst unpassend erachte, einen künstlichen Men=
schen in eine Gesellschaft ehrenwerther Männer mitzubringen,
wo derselbe lediglich zu Zwistigkeiten Anlaß geben müsse, zu=
mal wenn er, wie dieser sogenannte Bill gethan, andere
Gäste ohne Grund beleidige. Gegen diesen meinen Verthei=
diger wandte sich jetzt die ganze Wuth des Mechanikus.
Er zog seinen Revolver hervor, und der andere that des=
gleichen. Das war der Augenblick, den ich für den geeignet=
sten hielt, mich zu drücken. Draußen angelangt hörte ich,
wie im Innern des Wirthshauses eine große Anzahl von
Schüssen abgegeben wurde. Dann wurde es ganz still drinnen.
Ich zog den Schluß daraus, daß alle todt waren, und hatte recht.

Am andern Tage fand unter großer Theilnahme der
Bevölkerung des Ortes die Beerdigung der Opfer statt,
welcher ich auch beiwohnte. Auch der arme Bill wurde mit=
begraben, da im Orte sich niemand fand, der im Stande war,
ihn zu repariren. Als Todesursache hatten die Todtenbeschauer
bei ihm angegeben: Selbstumdrehung des Halses und durch
einen Schlag herbeigeführt. Lösung einiger Schrauben.

Lippert & Co. (G. Pätz'sche Buchdr.), Naumburg a. S.

www.ingramcontent.com/pod-product-compliance
Lightning Source LLC
Chambersburg PA
CBHW020347030726
47496CB00007B/2044